DIETRICH THEDEN
Ausgewählte Werke

AF209156

———
Herausgegeben
und mit einem Nachwort versehen
von Volker Griese
———

Kriminalnovellen

Dietrich Theden

Lebend — tot

Kriminalnovellen

BOD

Bearbeitung und Satz: Volker Griese
Titelbild: Bauernstelle ›Schimmelhof‹
Herstellung u. Verlag: Books on Demand, Norderstedt

ISBN 978-3-839-13940-0

INHALT

DER GEHEIMRAT

Das Pastoratsgebäude in Höved unterschied sich von den Bauernhäusern der Ortschaft hauptsächlich dadurch, dass es ganz zu Wohnzwecken eingerichtet war, während in den bäuerlichen Behausungen neben den Wohnräumen die mehr oder minder weiten Dielen, Kammern und Böden noch den ländlichen Wirtschaftszwecken dienten. Im Übrigen war das Pastorhaus ein einstöckiger, langgestreckter Fachwerkbau mit hohem, schrägem Strohdach und mit gekreuzten Pferdeköpfen an den Giebelspitzen, genau wie bei den bäuerlichen Anwesen, und es wirkte nur freundlicher durch die vermehrte Zahl der Fenster und die blendende Sauberkeit an dem Haus selbst und in der Umgebung.

Die wie große Brillengläser konvex gebogenen Fensterscheiben brachen das Sonnenlicht, soweit sie diesem zugänglich waren, in buntem Farbenspiel und gaben an der Hauptfront des Hauses im Schatten der uralten Linden ein farbenfrisches Spiegelbild des sommerlichen Laubgrüns. Sie gestatteten aber, wenn man nicht ganz nahe herantreten konnte, keinen Durchblick in das Innere der Räume und bewirkten dadurch den Eindruck einer gewissen sicheren, abgeschlossenen Geborgenheit, dem sich aus der gepflegten Umgebung der einer augenfälligen Wohlhabenheit beigesellte.

Und eine Stätte ruhiger Geborgenheit war das Pastorhaus, wie kaum ein anderes des Kirchdorfes, und das nicht bloß deshalb, weil der geistliche Bewohner mit einem Übermaß irdischer Güter gesegnet war, sondern auch, weil er mit dem Herzen in seinem Beruf aufging und als Freund und Berater der ganzen Gemeinde unter deren schirmender Achtung stand.

Das Pastorhaus war in Freund und Leid für jeden offen und Pastor Hans Petersen mit Rat und Tat für alle bei der Hand, die bei ihm anklopften. Selbst das Anklopfen war nicht immer nötig, denn wo Hans Petersen seine Anwesenheit ersprießlich schien, da stellte er sich auch selbst ein, wenn man nicht zu ihm kommen wollte, und seine Anteilnahme gab den Festen erst die rechte Weihe, wie seine Güte und offene Hand in jeder Notlage eine rasche und dauernde Milderung zu finden wussten.

Ein Strahlen ging von dem faltigen, ehrwürdigen Greisenantlitz aus, dem niemand zu widerstehen vermochte, weil es aus einem lauteren Grund aufquoll und immer wieder bis in die Seele weiterdrang, und wo der Geistliche in den seiner Obhut unterstellten Ortschaften sich sehen ließ, da streckten ihm überall Verehrung und anhängliche Freundschaft die Hände von Arm und Reich und Jung und Alt entgegen.

Kein Wunder, dass bei solchen Beziehungen zwischen Prediger und seiner Gemeinde jedes Ereignis im Pastorhaus auch einen lebhaften Widerhall in Höved und den umliegenden Dörfern hervorrief und eine gehobene Stimmung die Gemeindeglieder beseelte, als mit der Verlobung der einzigen Tochter des Geistlichen das Glück im Pfarrhaus den sichtbaren Höhepunkt erreicht zu haben schien.

Die Kunde von der Verlobung durchlief die Gemeinde in einer Woche zu Anfang August, und die Leute strömten, obwohl noch mit der Ernte beschäftigt und von der angestrengten Arbeit ermüdet, am nächsten Sonntag in solchen Scharen nach der altertümlichen Kirche, dass das kleine Gotteshaus die angeregte Menge kaum zu fassen vermochte und mehr als hundert Personen an den Seiten und in dem schmalen Mittelgang stehend verharren mussten. Aber niemand, der irgend zu Hause abkommen konnte, wollte fehlen, und in der Menge war nicht einer, dem nicht das Herz höher schlug, als mit dem weißhaarigen Geistlichen und seiner Gattin das Brautpaar eintrat und das Paar und die Mutter der Braut auf den für sie reservierten Sitzen Platz nahmen, während der Pastor langsam und bewegt die Treppe zur Kanzel hinaufstieg.

Hans Petersen hatte immer zu seiner Gemeinde gesprochen, wie er von ihr verstanden werden konnte; aber so bezwingend warm und in der klaren Einfachheit ergreifend hatte er doch nur ausnahmsweise die Worte gefunden. Er liebte nicht die großen Gesten und die tönende Phrase; schlicht und voll ruhiger Würde war seine Haltung, voll Ernst, Überzeugung und Herzlichkeit sein Vortrag, und nur bei besonderen Anlässen ließ ein Vibrieren der Stimme eine aus der Tiefe quellende Erregung den Zuhörer vernehmbar durchklingen. Dieses Beben riss aber auch diesmal die Gemeinde zu lautlosem Horchen hin und ließ die Worte des Geistlichen laut und verständlich bis in die entfernteste und versteckteste Ecke dringen.

Er nickte halb vergessen von der Kanzel herunter, als er auf die Verlobung seines Kindes zu sprechen kam.

»Die Gnade des Schöpfers erneuert sich alle Tage,« sagte er und wandte vorübergehend den Blick den Plätzen zu, wo er die Seinigen wusste, »und sie hat zu dem alten Segen einen neuen auch in mein Haus getragen. Sie treibt mit Sonnenschein und Regen die Saaten auf den Feldern und mit Freudenschein und Tränen die in den Menschenherzen; sie gibt dem Regen die Kraft, die in Sonnenstrahlen ermattete Natur neu zu verjüngen, und sie gibt den Tränen die köstliche zwiefache Weihe, den Schmerz im bekümmerten Herzen zu lindern und den Jubel im Glück zur bescheidenen Dankbarkeit abzuklären. Dankbar ist mein Kind, dankbar mein Haus – und von Herzen auch euch, die ihr hergekommen seid, um an geheiligter Stätte die Gnade mit mir zu preisen ...«

Weiter ging er von der Kanzel aus auf die eigenen Interessen nicht ein; aber er wurde umdrängt, als er nach Beendigung des Gottesdienstes unter den Silberpappeln neben dem Friedhof seinem Heim zustrebte. Hundert Hände boten sich ihm dar, und für jeden der Gratulanten hatte er der Persönlichkeit angepasste Worte des Dankes.

Die Frauen umringten die Frau Pastor und das Brautpaar,

und die junge Braut mit dem schweren blonden, in der Sonne goldig leuchtenden Haar und den sanften, strahlenden Blauaugen in dem sympathischen, frisch geröteten Antlitz lenkte so viele Blicke der Bewunderung auf sich, wie der Bräutigam in seiner herben, fast kalten Zurückhaltung und Wortkargheit die Mehrzahl der Dörflerinnen enttäuschte.

»Ist das nun ein Gesicht für einen Bräutigam!« tuschelten die losesten Zungen außer Hörweite hinter dem Paar her. »Die Anne, ja, die sieht aus, wie man sich das von Verlobten vorstellt – aber der Mann – – ordentlich frostig kann einem dabei werden. Stattlich ist er ja – aber die Augen, die gefallen schwerlich jedermann. Na, die Anne wird ja wissen, was sie an ihm hat, und uns geht das schließlich nichts an; aber vorgestellt hat man sich ihn doch anders, nicht so – so patzig, so – grantig – und – so rühr mich nicht an. Und wenn er noch was wär! Aber bloß so'n Ellenreiter bei Bruhn, das ist doch auch nichts Wichtiges.«

Einige Männer suchten den Bräutigam oberflächlich in Schutz zu nehmen.

»Was mehr als'n Ellenreiter ist er doch wohl,« warf einer hin, »und bei Bruhn ist er wie's Kind vom Haus.« – »Ist ja auch der Sohn von einem Freunde Bruhns,« ergänzte ein Zweiter, »und dient nicht um Lohn, sondern weil er sich weiter ausbilden will. Und wenn er die Anne Petersen heiratet, gründet er sich auch gleich ein eigenes Geschäft und noch größer als das von Bruhn, obgleich das auch schon ganz nett ist.«

»Ganz nett?« fragte eine Bäuerin dagegen. »In Neumünster und Preetz und Kiel sind auch nicht viel größere – und wenn: mehr Geld als bei Bruhn ist da auch nicht – oder noch lange nicht so viel.«

»Na ja, Bruhn hat's, das ist wahr,« nahm der erste Opponent wieder das Wort. »Aber der Freund, der tot ist, soll dem Volontär – das ist er nämlich, der Bräutigam – auch einen höll'schen Batzen hinterlassen haben, und wenn da noch dem

Pastor seins zukommt, dann zählt das doch – womit ich den Zukünftigen der Anne aber nicht weiter in Schutz nehmen will, denn gefallen hat er mir auch nicht sehr.«

Nein, »gefallen« hatte Alois Scheffer niemand recht, und das dämpfte die gehobene Stimmung einigermaßen ab. Nur im Pastorhaus und im Heim des Kaufmanns Bruhn ging der Wellenschlag der Freude hoch.

Heinrich Bruhn war ein Mann, der klein angefangen, aber sich im Verlauf von einigen Jahrzehnten zu einem der reichsten Kaufleute der Provinz emporgearbeitet hatte. Er begrüßte die Verlobung des Freundessohnes als der Erste mit ehrlicher Genugtuung.

»Staatsstreich, lieber Scheffer!« lobte er. »Zwei und einen halben Monat im Ort und fischt sich das schönste und reichste Mädel der Gegend weg – Sie haben ein Riesenglück! Und ob der Pastor vermögend ist? Ich weiß es, das können Sie mir glauben. Was seine Frau ihm mitgebracht hat, ist fast so viel, als Ihr Vater und ich zusammen zurückgelegt haben. Und dann hat er selbst auch noch geerbt, und wenn er auch viel für die ausgibt, die's nötiger haben als er – da ist noch übergenug. Das hätte Ihr Vater erleben müssen, Jung.«

Alois Scheffer nickte.

»Ja, er hätte sich mit uns gefreut. Aber einer von meiner Familie muss natürlich auch jetzt dabei sein, und da habe ich an den Geheimrat gedacht, den einzigen noch lebenden Bruder meiner Mutter, den Onkel Gutklug. Ich kenne ihn persönlich nur oberflächlich, glaube aber doch, dass er diese meine Bitte nicht abschlagen wird.«

»Schreiben Sie ihm, Scheffer,« riet Bruhn zu. »Ist natürlich mein Gast, der Herr Geheimrat – soll ich eine Einladung mit beilegen?«

»Wollen Sie die Güte haben?«

»Selbstverständlich!«

Nach der Kirchzeit war das Gedränge bei Bruhn groß, und

Alois Scheffer, der ein gewandter Verkäufer war, wurde in dem Laden vermisst.

»Ich kann ihn aber doch jetzt nicht aus dem Pastorhaus entführen,« meinte Bruhn gut gelaunt.

Als der Laden geschlossen war, eilte der Kaufmann gleichfalls nach dem Pastorhaus, kam gerade zum Kaffee zurecht und vermehrte die kleine Gesellschaft um einen Gast, der alt befreundet und willkommen war.

Der Kaffeetisch war unter den alten Linden vor dem Haus gedeckt, und Bruhn bemerkte einen schräg gegen eine Tasse gelehnten Brief in weißem Umschlag, dessen Aufschrift ihn interessierte. ›An Herrn Geheimrat Gutklug, vortragender Rat im Ministerium des Innern, zu Berlin W., Lützowstraße Nr. 11‹, lautete die Adresse.

»Aha!« sagte Bruhn befriedigt, »da wird der Herr Geheimrat sich bald entschließen müssen und kann vielleicht schon in einigen Tagen zur Stelle sein. Geben Sie her, Scheffer, ich bring das Ding gleich die hundert Schritt weg in den Briefkasten.«

Scheffer nahm den Brief an sich und stand auf.

»Das darf ich doch nicht annehmen,« wehrte er ab. »Ich bitte um Entschuldigung, meine Herrschaften – meine Beine sind jung, und in ein paar Minuten bin ich zurück.«

Er ging die kurze Strecke mit unbedecktem Kopf, schwenkte den Brief in der Hand, ließ ihn, als er um eine dichte Dornenhecke gebogen war, in der Tasche verschwinden und zog an seiner Stelle einen zweiten, in unscheinbarem blauen Couvert, hervor, der dann in den nahen Postkasten wanderte.

Anne Petersen kam ihm bis an die Gartenpforte entgegen, hängte ihren Arm zärtlich in den seinen und plauderte.

»Meinst du, dass er kommt?« fragte sie.

»Ich zweifle nicht, meine Liebe.«

»Es wär auch unrecht von ihm, nicht?«

»Ich würde es ihm nie verzeihen.«

»Ist er sehr alt und sehr förmlich, Lois?«

»Alt? Nein. Er ist der jüngste Bruder meiner seligen Mutter – dreiundvierzig, mehr nicht.«

»Ach, so jung?«

»Und förmlich? Eher das Gegenteil. Ritterlich natürlich, aber auch lebenslustig.«

»Sagtest du nicht, er sie Junggeselle?«

»Allerdings. Ich werde mich womöglich noch vor ihm in acht nehmen müssen –«

»Ach du! Warum hat er denn nicht geheiratet?«

Scheffer zuckte die Achseln.

»Zu dir kann ich nicht ironisch sein, Liebe; sonst läge mir ein klein wenig Spott nicht fern.«

»Wieso, Lois?«

»Na, zum Beispiel: Er kennt die Frauen – und weil er sie kennt, nimmt er keine.«

»Da hat er kein Vertrauen?«

»Wie's scheint: nein.«

»Da fürchte ich mich fast vor ihm –«

»Du? Du bist eine Ausnahme. Du wirst ihm auch gefallen.«

»Ja? Wann meinst du denn, dass er hier sein kann?«

»Die Frage interessiert uns auch,« rief Bruhn vom Kaffeetisch aus. »Was meinen Sie, Scheffer?«

Scheffer rechnete.

»Den Brief hat er voraussichtlich morgen Abend. Mittwoch früh kann er selbst oder seine Antwort eintreffen.«

»Jawohl, soll sich ein bisschen beeilen,« pflichtete Bruhn bei. »Anne-Braut, bitte mir gegenüber; ich seh auch noch gern solch junges Gesicht. – Der Kuchen ist famos, Frau Pastorin – nicht wahr, lieber Petersen?«

Der Nachmittag verging in heiterer Unterhaltung, und die Sonne am lichtblauen Himmel lachte mit den Menschen unter den breitästigen, schattigen Linden um die Wette.

Der Mittwoch kam, aber die Antwort von dem Geheimrat blieb noch aus und er selbst auch.

»Na, Scheffer, war ja auch der früheste Termin,« tröstete Bruhn leichthin. »Morgen, übermorgen wird's schon werden. Grüßen Sie Pastors von mir.«

In der Mittagszeit war es still im Geschäft, und der Volontär benutzte die Pause, um sie im Haus der Braut zu verbringen.

Er hatte sich erst eine knappe Viertelstunde entfernt, als ein fremder, bestimmt und selbstbewusst auftretender Herr den Bruhnschen Laden aufsuchte, den Chef zu sprechen verlangte und zu diesem ins Kontor geführt wurde.

»Herr Bruhn?« fragte der Unbekannte.

Der Kaufmann verließ seinen Sessel, musterte den Gast interessiert und streckte ihm lebhaft die Hand hin.

»Selbst, Herr Geheimrat Gutklug! Seien Sie willkommen in Höved. Ihr Neffe ist natürlich beim Fräulein Pastor –«

»Pardon!« entgegnete der Besucher gedämpft. »Sprechen wir unter vier Augen – ich meine: Kann uns niemand belauschen?«

»Be– – was?«

»Sie haben richtig verstanden –«

»Und das soll bedeuten?«

»Bitte, leiser! Ich bin der Kriminalkommissar Krohme aus Berlin –«

»Wie – – nicht der Geheimrat Gut– Gut– –«

»Bedaure! Ein Geheimrat dieses Namens existiert nicht.«

»Exi– – wie belieben –? Und was soll dann Ihr Besuch –?«

»Bitte, lesen Sie«

Der Kommissar reichte ihm ein Papier, vor dem der Kaufmann unwillkürlich stutzte.

»›Ha– Haftbefehl‹ –?« las Bruhn stockend. »›Gegen den Kaufmann Heinrich Ferdinand Hambrok, auch Robert von Friesen‹ – – ja, was geht das mich an, Herr –?«

»Lesen Sie nur gefälligst weiter.«

»›– Friesen, Adalbert Frengo, Alois Scheffer‹ – – wie – A– Alois – Alois – Sch– Sch– – – Herrgott!«

Bruhn schlug sich vor die Stirn.

»Der Mann ist ein Schwindler,« raunte der Beamte mit ernster Betonung.

»Unmöglich, Herr –!«

Der Kommissar zog einen Brief aus der Tasche und reichte ihn ruhig dem Kaufmann.

›Herrn F. Schüllge, Berlin N., Elsasserstraße 34III.‹, las Bruhn auf dem blauen Hauscouvert. »Kenne ich nicht,« erklärte er bündig.

»Wollen Sie nicht von dem Inhalt Kenntnis nehmen?«

Bruhn riss den Bogen heraus und las fliegend:

»Lieber Fritz! Bald wird es mir in dem Nest und bei den Heiligen im Pastorat aber doch zu langweilig, und ich sehne den Zeitpunkt herbei, wo ich Schluss machen kann. Das Mädel ist ja niedlich, aber ich will doch nicht sie, sondern den Schatz seiner Ehrwürden und meines geehrten Chefs, die übrigens alle beide so wenig sehen wie die Eulen am Tag. Die reine Posse mit den beiden Strohköpfen, in der jetzt auch Deine Rolle, biederer Onkel Geheimer, wie ich Dir schrieb, einzusetzen hat. Ich hoffe Dich bereit, erwarte zunächst Deine – wohlwollende – Antwort und dann Deine Hochgeborene in eigener Person. Ich habe Dich für Mittwoch in Aussicht gestellt; motivier Dich, wenn Du noch abgehalten bist, aber beeile Dich auch, damit ich bald zu den Fleischtöpfen Berlins zurückkehren kann. – Miss wähnt mich hoffentlich noch immer im Babel an der Seine? Lass Sie in dem Glauben.

Gruß

Dein H.«

Der Kaufmann war kreideweiß vor Erregung.

»Der Halunke!« zischte er.

»Seien Sie dem Zufall dankbar, der uns den Komplizen festnehmen und den Brief abfangen ließ.«

»Ja ja! Aber wie kommt der Elende gerade auf unsern stillen Kirchort, auf den Pastor?«

»Er hat vor Jahren in Neumünster gelernt. Sollte ihm von dort Ihre Firma bekannt sein?«

»Ah, natürlich!«

»Dann hat er jetzt die alte Kenntnis zu verwerten gesucht. Ist der Herr Pastor wohlhabend?«

»Mehr als das –«

»Das dürfte er hier erfahren und den Entschluss gefasst haben, beide Gelegenheiten auszunutzen.«

»Ja! Aber woher kann ihm die Kenntnis von meinem Freund Scheffer gekommen sein, als dessen Sohn er sich hier eingeführt hat?«

»Wo lebt Ihr Herr Freund?«

»Er ist seit einem Dutzend Jahren tot. Er lebte in Stettin.«

»Aus Stettin stammt auch Hambrok, und sein Vater stand bei einem Kaufmann Scheffer in Diensten.«

»Ah, das erklärt alles! Armer Petersen, arme, arme Anna!«

»Wann kommt er denn wieder zurück?«

»Um Drei –«

»Gestatten Sie, dass ich ihn bei Ihnen erwarte?«

»Hier? Um Gottes Willen, nur bei mir keine Verhaftung!«

»Verzeihen Sie, ich werde mich sogleich nach dem Pastorenhaus bemühen.«

»Dahin? Nein, nein! Dann lieber bei mir! Aber ich will nicht Zeuge sein – mir würde die Galle überlaufen.«

»Wie Sie wünschen. Wir haben noch eine Stunde Zeit.«

Die eine Stunde dehnte sich zu zweien aus und der Kommissar neigte bereits der Furcht zu, dass der Hochstapler von der Festnahme des Komplizen erfahren und rechtzeitig die Flucht ergriffen haben könnte, als der Ersehnte langsam die Straße herabkam und ahnungslos in den Laden trat. Der Kommissar hatte neben der Eingangstür Aufstellung genommen, von welcher er verdeckt wurde.

Der Kommis machte große Augen, als sie den Beamten sich in auffallender Weise dem bei ihnen nicht gerade beliebten Volontär nähern sahen.

»Herr Heinrich Ferdinand Hambrok?« fragte der Beamte scharf.

Der Entlarvte wurde aschfahl, warf einen Blick auf die Tür, stieß heftig gegen den Kommissar und suchte zu flüchten. Aber der Beamte hielt dem Anprall stand, fasste den Verbrecher am Kragen und legte ihm mit Unterstützung der herzugeeilten Kommis Handschellen an.

Dann führte er ihn nach dem nahen Amtsgericht ab.

Bruhn kam keuchend aus seinem Kontor.

»Tür auf – Fenster auf – Luft!« stöhnte er und rang nach Atem.

Hunderte von Menschen umstanden alsbald drohend das Amtsgericht, und zwei Gendarmen und der Richter hatten genug zu tun, die aufgebrachte Menge von einem Sturm auf das nur wenig Widerstand bietende Gebäude abzuhalten.

Die Fäuste geballt, murrend oder laute Verwünschungen ausstoßend, ging die Menge erst spät am Abend auseinander, und erst lange nach Mitternacht konnte der Verhaftete auf einem Leiterwagen durch die Gendarmen nach Neumünster gebracht und von dort mit der Eisenbahn an das Landgericht in Kiel eingeliefert werden.

Der Pastor war tief gebeugt, die unglückliche Braut fast gebrochen, und sorgend stand zwischen beiden die Mutter, die in der Liebe zu Mann und Kind als Erste die Fassung zurückgewann.

»Der's geschickt hat, der wird's auch tragen helfen – er sei dem Sünder gnädig!« sagte an dem darauffolgenden Sonntag Hans Petersen von der Kanzel.

Aber die Männer und Frauen unten auf den Bänken kamen nicht so leicht über das Leid, an dem sie mittrugen, hinweg und neigten noch weniger zur Versöhnung. Und sobald sie die

Kirche hinter sich hatten, brach der Groll durch. »Den ›Geheimen‹, der ihm helfen sollte,« hieß es, »hat er gerufen – aber der Teufel hat sie alle beide geholt!«

DORE DREWS

Im Morgengrau des dämmernden Tages klang aus einem Haselgebüsch der Schlag der Nachtigall und vom Wald herüber der Frühruf des Pirols. Die Nebelschleier hoben sich von den Feldern, schmückten Gräser und Getreide mit blinkendem Tau, und wichen, langsam zur Höhe steigend, dem siegenden Licht des im Osten aufglühenden Sonnenballs.

An der Gartenpforte des ›Schimmelhofes‹ stand die jugendliche Besitzerin des großen Bauerngutes, neigte den schlanken Oberkörper über das Staket und spähte suchend und erwartend auf die stille Landstraße hinaus.

Sie strich sich leicht über die hohe, klare Stirn, legte die Hand ans Ohr und lauschte.

Vom nahen Teich her ein Quaken der Frösche, von den Feldern ein gedämpftes Zirpen und Schwirren, aus dem Garten der eintönige Lockruf eines Buchfinken, in der Waldferne verklingend der Sang einer Schwarzdrossel – sonst kein Laut in der weihevollen Morgenstille.

Die Luft war wohlig kühl. Ein Duften lag um Bäume und Sträucher, die Natur war erfrischt und verjüngt vom Schlaf der Nacht.

Das Mädchen sog die würzige Luft in tiefen Zügen ein. Ihre Brust dehnte sich, ein Seufzer hauchte über ihre Lippen.

Sie schritt zögernd in den Garten, brach von einem Syringengebüsch einen Armvoll der blütenschwersten Zweige, kniete neben einem Beet nieder und fügte zu den lila Dolden Händevoll duftender Narzissen. Ihr Blick hing sinnend an der schneeig weißen Blütenhülle mit dem feingekerbten, scharlachroten Rand und an der leuchtend gelben Nebenkrone – und schweifte achtlos darüber hinaus, weit in die Morgenhelle, als das Knirschen und Schrillen eines herannahenden Wagens ihrem feinen Lauschersinn vernehmbar wurde.

Sie erhob sich langsam. Die von dem Maimorgen auf ihre Wangen gezauberte zarte Färbung verschwand, ihr Antlitz leuchtete einen Moment weiß wie die Blüten in ihrem Arm und färbte sich wieder in jähem Wechsel zu starker Glut.

Der nahende Wagen war mit einem Paar kräftiger Braunen bespannt. Auf dem Kutschbock saß Jochen Diersau, der alte herrschaftliche Kutscher. Die Pferde trotteten in schläfrigem Trab, und Jochen hockte krumm und nachlässig, von einem neben ihm lehnenden großen Reisekoffer halb verdeckt.

Er wurde auf das Mädchen erst aufmerksam, als er dicht bei der Pforte angelangt war und die hell gekleidete Gestalt von dem Grün der den Garten umsäumenden Dornhecke sich licht abzeichnete.

Er zügelte die trägen Braunen und hielt an.

»Gu'n Morgen,« sagte er grüßend, und in seinem ehrlichen alten Gesicht leuchtete es auf. Er kannte das Mädchen von klein auf und machte von dem Recht alter Freundschaft Gebrauch, wenn er eine vertrauliche Redeweise auch der jungen Frau gegenüber beibehielt.

»Wo – wo is Herr von Dircksen?« fragte Dore Drews befangen und stockend.

»Uns Leitnant? De?« antwortete Jochen gedehnt. »De is all ünnerwegs. He is na Depna hin, tau den Herrn von Böhm – Du weetst jo. Krischan is mit em und sall den'n Voss, den'n he ritt, von'n Bahnhoff na Hus bringen.«

»He – he wüll von dar – glik na'n Bahnhoff?« stotterte das Mädchen, in peinvollem Erschrecken erblassend.

»Jo, dat wüll he,« bestätigte Jochen. »Segg mal, Deern,« forschte er, »all die schönen Blaumen – hm – de sünd doch ni för em?«

Sie starrte ihn an.

»För em?« wiederholte sie wie abwesend.

»Na, ick meen man,« sagte Jochen. »Awer 't is man gaud, wenn't ni wahr is. Uns' jung' Herr – ick weet, dat mi dat nix angeiht und dat ick dat ok woll ni verstah – – awer ick meen, gefall'n wüll he mi ni mihr. As he noch lütt wier, dar wier dat anners, un dar dacht ick mi, de wier bäter as de annern und wör mal en fixen Kierl warrn. Nu is he grot un hübsch un forsch, awer eben so as sien Vadder. De ol Fru – min Ol –, de em plegt hett as sien tweete Mudder, de kinnt he ni mihr, und mi, na mi kiekt he so von baben an. För den'n Jung wier ick ümmer de Jochen, für den Herrn Leitnant bün ick de Diersau. Un dat geföllt mi ni.«

Dore verstand keine Silbe. Der Redeschwall des alten Mannes wurde von einem Brausen und pfeifenden Sausen in ihren Ohren verschlungen, das sie zu betäuben drohte. Ihre Knie wankten, die Schläfen hämmerten, ihr Herz klopfte zum Zerspringen.

»Na Depna –?« wiederholte sie verstört.

Vor ihren schreckhaft geöffneten Augen tanzten schwarze Schatten, die Blumen entfielen ihrem Arm – sie stand wie entgeistert.

»He kümmt ni – –,« flüsterte sie heiser.

»Deern!« mahnte Jochen bestürzt. »Nu segg mi, wat heet denn dat? Lat du doch den Bingel lopen, du krigst jo söben för eenen. Un all' söben sünd bäter as de. Ne, wokeen dat dacht harr! Hest du di in den Slüngel verschaten? Lat di dat ni marken, Deern! Nimm di tausamen, dat brukt keen Minsch tau wäten. Ick bün jo stumm as dat Graww, up mi kannst du di verlaten. Ick bit mi leewer de Tung aff, Dweeten – –«

Sie drehte sich um, klinkte tastend die hinter ihr zugefallene Pforte auf und schritt wankend in den Garten. Jochen kletterte vom Bock und sah ihr nach, bis sie in einer Buchenlaube seinem Blick entschwunden war. Er bückte sich, las die Blumen auf, bestieg wieder den Wagen und setzte seinen Weg fort.

Er schüttelte den grauen Kopf.

Die erneute Annäherung des jungen Herrn an die Jugendgefährtin hatte ihm nie gefallen wollen. Er hatte die dunkle

Empfindung, dass die beiden nicht zusammenpassten, dass eine Kluft zwischen dem Offizier und Gutsbesitzersohn und der wohlhabenden, aber bürgerlichen und einfachen Bauerntochter bestand. Hatte der junge Sausewind ein nicht gutzumachendes Unheil bereits angerichtet?

Jochen versetzte den Braunen einen Schlag mit der Peitsche, dass sie erschrocken aus ihrer Trägheit auffuhren und in scharfen Trab verfielen. »Ji fulen Racker, ick wüll ju!« knurrte er grimmig und fügte gleich darauf hinzu: »De verdammte Bingel! – – Arm Deern, du hest wat dörchtaumaken. Irst dat Truerspill mit Vadder un Mudder – un nu dat ok noch. Arm Dweeten –!«

Dore ließ sich in der Laube auf eine Bank fallen. Der eine übermächtige Gedanke: »Er kommt nicht!« übertäubte dermaßen alles Empfinden, dass ihr schwindelte und alle Lebenslust in ihr verlöschte, als sei der Tod an sie herangetreten. Sie presste die Hände auf die wogende Brust und schloss die schmerzenden Augen ... Er kommt nicht ... Er hat es nicht der Mühe wertgehalten, sich von ihr zu verabschieden ... Er ist zu der Anderen geeilt – der Ebenbürtigen, Vornehmen, der Tochter des reichen Gutsherrn, derselben, die er vor der Jugendfreundin mit loser Zunge spottend preisgegeben. ... Er nimmt Abschied von der Verhöhnten – er tritt mit Füßen die, der er seine heiße Liebe geschworen, die er belogen hat – bewusst und virtuos.

Sie starrte ins Weite. Durch den Eingang der Laube waren die Fenster des Hauses sichtbar. Weiß waren die dunklen Scheiben von den Rahmen umspannt, und diese scharfeckigen, seltsam großen und leuchtenden Rahmenvierecke schienen hin und her zu zucken, von dem Haus sich zu trennen und in fliegende Punkte aufzulösen, auseinander und wieder zusammenzugaukeln. Im einen Augenblick schienen sie verblasst und verflüchtigt, im nächsten zeichneten sie sich wieder grell und scharf und fest von den schwarzen, lichtlosen Scheiben und der eintönigen, schmutzroten Wand ab, als ob sie unverrückbar angemauert wären.

Dore ließ die Hände von der Brust sinken und merkte es nicht, dass sie kraftlos vom Schoß auf die taufeuchte Bank glitten. Sie empfand nichts von der kühlenden Frische des Taus, der in unzähligen feinen Perlen das Holz bedeckte, sie starrte auf die gaukelnden Vierecke, bis ihr Erkennen auch diese nicht mehr erfasste, das Auge ausdruckslos und stumpf und tot ins Nichts gerichtet war ... Zügellos irrten die Gedanken in die Ferne – wie das Rauschen eines Wasserfalls brauste es an ihrem Ohr. Weit, weit weggerückt war, was sie gestern noch beseligt hatte, ihr unfassbar, dass es je gewesen. Und dann vom dämmernden Ahnen bis zum grausam klaren Erkennen: Er wird nicht wieder kommen, er hat gespielt mit dir. Dein Glück ist dahin, dein Leben hat keinen Zweck mehr. Es ist tot um dich her, alles, alles, und für immer – er und dein Lieben, dein Hoffen und Leben, und du selbst, du selbst!

Ein Schmerz überrieselte und lähmte sie; fassungslos sank sie zurück. Ihr Haupt drückte sich in das junge Laub und lehnte sich kraftlos und schmerzend an einen Stamm in der grünen Wand. Die blutlosen Lippen pressten sich aufeinander, ihr Atem begann seltsam zu zittern und zu fliegen, die Hände zuckten im Krampf ... Wirre Bilder dämmerten dem gemarterten Geist ... Sie sah die glänzende Uniform des Mannes im Sonnenlicht schimmern und blitzen – eine Frau an seiner Seite, weiß, mit lang wallendem Schleier, den Myrtenkranz auf dem leicht gesenkten Haupt – – und sie, sie selbst, versteckt, verlassen, scheu und entehrt abseits unter den neugierig Gaffenden ... Die Kirchglocken läuteten freudig und feierlich – plötzlich ein schriller Misston mitten in den festlichen Jubel, wie fliegende Schatten glitt es vom schrägen Dach des Gotteshauses über den Weg und die Menschen, schwer und dumpf hallten die Glocken, schwarz ging der Hochzeitszug, und wo eben noch das Brautpaar geschritten war, trugen ein Dutzend

Männer zwei Särge. In den Särgen zwei ihr teure Menschen – ihre Eltern, die jäh aus dem Leben geschieden, sie hingestreckt von dem wahnwitzigen Mann, er gemordet von der eignen frevlerischen Hand ... Um den altersgrauen Turm flatterte eine Schar von Dohlen, aus der Kirche tönte Orgelklang zu den Leidtragenden, eine frohe Weise zu Beginn, dann getragen, ernst, dumpf und klagend. Von der Kanzel eine hohle Grabstimme, im Zug hinter den Särgen Jauchzen und kreischendes Fiedeln ...

Dore erschauerte in Fieberfrost. Ihr blonder Kopf war kraftlos ins Laub geglitten, bis er einen neuen Halt gefunden. Ein Regen von blinkenden Tautropfen kühlte das bleiche Antlitz. Sie war nicht ohnmächtig; aber namenlose Seelenpein bannte und lähmte sie und ließ Hochzeitsjubel und Grabgeläut verstummen ...

*

Dreimal brachte der Briefträger Lebenszeichen von Hans von Dircksen.

Flüchtig, mit Bleistift, waren die ersten Zeilen im Wartesaal des ländlichen Bahnhofs aufs Papier geworfen.

»Geliebte! Teure!« redete er die Verlassene an. »Gegen alles Wünschen kann ich den Abschiedskuss nicht auf Deine Lippen drücken. Der höhere Wille, der des Vaters, hat mich den Weg nach Depenau machen lassen, wenn auch mein Herz zu Dir flog. Nur Minuten bleiben mir noch bis zur Abfahrt – ich grüße und küsse Dich und rufe Dir ein herzensvolles ›Auf Wiedersehen!‹ zu. Behalte mich in frohem Gedenken, wenn auch die Laune des Glücks uns – wer vermöchte es zu sagen! – vielleicht erst später wieder vereinigen sollte, als wir beide es wünschen. Immer in Liebe Dein Hans.«

Nach Wochen folgte eine Karte. Sie trug die farbige Abbildung des Vergnügungsparks eines bekannten Vororts Berlins und darunter mit schlechtem Blei hingekritzelt eine einzige Zeile. Die Karte war schmutzig und zerknittert, die Schrift halb verwischt. Nur mit Mühe vermochte das Mädchen die Worte: »Gruß vom Wilmerdorfer See von H. v. D.« zu entziffern.

Mit dem dritten Schreiben kam die entscheidende Wendung, und Hans von Dircksen hatte es sich erspart, mit dem Suchen nach schonender Form sich aufzuhalten.

»Mein liebes Kind,« lautete der Brief. »Hast Du es eingesehen, dass wir eine Dummheit gemacht haben? Du hast mir nicht geantwortet, und ich erkenne daraus, dass Du die Situation schneller erfasst und beherrscht hast als ich. Aber ich will in der einfachen Klugheit auch nicht zu weit hinter Dir zurückstehen und bitte Dich, selbstverständlich überzeugt zu sein, dass ich Deinem schnell gesprochenen Wort keine tiefere Bedeutung beigelegt habe, als Du in klugem Verstehen dem meinem. Es war ein Rausch, er ist vorbei, und ich freue mich, dass er für eine kurze Spanne schön war. Willst Du heiraten? Ich wünsche Dir alles Gute und werde Dir freundschaftlich und dankbar gesinnt bleiben für immer – bald hätte ich geschrieben: auch dann noch. Aber damit würdest Du wohl nicht einverstanden sein – und noch weniger Dein Zukünftiger. Also lebe wohl und viel Glück! Hans von Dircksen.«

– Dore Drews hatte immer etwas Besonderes in ihrem Wesen gehabt und war durch den Besuch einer höheren Töchterschule über ihren Stand gebildet. Das hatte ihr die nähere Umgebung entfremdet und sie fast ausschließlich auf sich selbst angewiesen. Sie zog sich scheu in sich zurück, als die Katastrophe über ihr junges Leben hereinbrach, die ihr in jähem Wechsel die Eltern nahm und sie zur Herrin des reichen Bauernsitzes machte; sie wehrte noch ängstlicher jeder nicht unumgänglichen Berührung mit den Leuten und Nachbarn, seit die Liebe in ihr Leben getreten und – traumgleich – wieder entschwunden war.

»He hett de Deern wat in'n Kopp sett,« hieß es im Dorf.

»Awer se wüll tau hoch rut, dat deiht ni gaud,« behauptete die dörfliche Stimmung. »Ob se ni an ehr Mudder denkt?« tuschelten die bösen Jungen. »De wier dat ok beter west, wenn se in ihr Kath blewen wier un den'n Buern up sin Hoff laten harr. En fien Gesicht alleen deit dat ni, dar stickt oft de Deuwel achter. Na, all as dat is. Wier se krank? Wier he krank? Is de Deern krank? Den'n dat nix angeiht, de sall sin Näs dar ni instäk'n. Awer utsehn deiht se – dat Gesicht as Melk, de Ogen as en Sod un de Gang – – de Gang as de Dod ...«

*

Der Leutnant Hans von Dircksen entzündete durch Reiben an der Flurwand eine Wachskerze, wartete ein paar Sekunden, bis sie ordentlich brannte, und stieg, eine Walzermelodie halblaut vor sich hinpfeifend, die Treppe nach seiner in der zweiten Etage gelegenen Wohnung hinauf.

Er war in Zivil und kam in angeheiterter Stimmung von einem jener Zechgelage heim, die meist auf dem Tanzsaal eines der Vororte Berlins zu beginnen und in einer der Weinstuben der inneren Stadt zu enden pflegten. Der Abend war ungewöhnlich angeregt verlaufen, und Hans von Dirksen freute sich der Perspektive, die eine neu angeknüpfte Bekanntschaft ihm schon für die nächste Zukunft eröffnet hatte. Veni, vidi, vici – konnte er wieder einmal ausrufen, und das stolze Bewusstsein seiner Unwiderstehlichkeit den wählerischen Schönen gegenüber schwellte ihm die Brust.

So –? hatte er denn einen falschen Schlüssel erwischt, dass die Etagentür nicht wie sonst dem Druck sofort nachgeben wollte? Er hielt den Aluminiumschlüssel, auf dessen Bart er zur besseren Unterscheidung von anderen ein kleines Kreuz eingeritzt hatte, in den Flackerschein der Wachskerze und prüfte. Nein, da war das Kreuz, also musste er nur ungeschickt gewesen sein. Ein erneuter Versuch hatte glatten Erfolg.

Eine warme Luft schlug ihm entgegen. Die Tür zu seinem Arbeitszimmer stand bis zur Hälfte geöffnet und hatte die Wärme auf den Flur strömen lassen. »Dussel,« titulierte er sich unhöflich, »hat man wieder nichts im Kopf gehabt als die Schürzen, und Haus und Hof sperrangelweit aufgemacht: Bitte, Herr – Herr – Langfinger, treten Sie näher.«

Er glaubte sich bestimmt zu entsinnen, sie ins Schloss geworfen zu haben. Hm … Da er die kleine Etage allein bewohnte – seinen Burschen hatte er im Rückgebäude einquartiert –, musste er sich wohl täuschen.

Er entzündete einige Flammen der Gaskrone. Puff, Puff! Den olivfarbenen, weichen, kühn eingedrückten Filzhut auf dem Kopf, den dicken Winterüberzieher noch fest zugeknüpft und den Kragen hochgeschlagen, schritt er mit dem Wachsanzünder auf den Flur und ins Schlafzimmer – puff, puff! – und beide Räume lagen von Glühlicht mondkalt durchleuchtet wie das Wohnzimmer.

Dircksen nestelte den Überzieher auf und hing ihn auf dem Flur an einen Halter, den Filzhut achtlos daneben. Er stieß die Tür des Wohnraumes hinter sich zu und lehnte sich gegen den Ofen. Eine hündische Kälte trotz der frühen Novemberzeit. Der Winter konnte gut werden. Acht Grad unter null – hatte ihm jemand gesagt. Wer? Einer der Kameraden. Es konnte schon sein. Und bei der Nordpoltemperatur hatte er die Tür aufgelassen. Wenn er da Besuch mitgebracht hätte! Wäre ein schönes Zähneklappern geworden.

Er trat ans Thermometer. Vierzehn Grad? Na, das ging noch. Da hätte es sich ja immerhin aushalten lassen.

Er war für einen Junggesellen elegant eingerichtet und tat Fremden gegenüber mit seinem Heim angeben. War er allein, so pflegte der »Plunder« ihm nicht zu imponieren … Er stolperte bei Auf- und Abschreiten auf dem knarrenden Parkett über den mächtigen Kopf eines imitierten Eisbärenfelles, sah über die Achsel nach dem Hindernis und stieß mit dem Fuß

verächtlich gegen den drohend geöffneten Rachen ... Ein dik-
ker Teppich dämpfte im Speisezimmer seine Schritte zur Laut-
losigkeit ... Das Dunkel des Raumes flößte ihm Unbehagen ein.
Er entzündete die verschiebbare, kuppelüberwölbte Mittel-
flamme der Krone, nahm von einer mit Obst gefüllten Schale
des Büfetts eine Apfelsine und zerlegte sie kunstgerecht ... Ihr
Genuss erfrischte ihn. Er warf sich auf eine Chaiselongue und
starrte zur Decke. Das Gitterwerk und Weingeranke, das der
Pinsel des Malers an die weißgraublaue Decke gezaubert hatte, schien sich zu bewegen, als ob der Wind hindurchstrich.

Dircksen fuhr auf. »Zu dumm!« brummte er und rieb sich
die Stirn, »hab ich so'nen Affen?«

Er suchte nach dem Stiefelknecht und fand ihn an der gewohnten Stelle. Polternd flogen die Glanzstiefel auf den Flur,
über den roten Läufer, auf dem sie gewöhnlich liegen blieben,
hinaus, aufrecht der eine, seitwärtsgekippt der andere.

In wenigen Minuten waren Wohn- und Speisezimmer und
der Flur dunkel ... Gähnen, Pfeifen, Polter im Schlafzimmer,
dann verlöschte das Licht auch dort.

Hans von Dircksen stieß ein unwirsches Grunzen hervor und
zog die in dem ungeheizten Zimmer ausgekühlte Decke bis über
die Ohren.

Die Tanzweisen des Abends klangen und schrillten in ihm
nach ... Das dunkle Zimmer schien von ihnen erfüllt und in
wiegende Bewegung gesetzt ... Ein Knacken irgendwo in dem
Raum, sekundenkurz, unangenehm hart ... Es peinigte den
umnebelten Sinn des nach Ruhe Verlangenden. Er horchte.
Ah bah! Ein Dehnen in der vom Korridor her angewärmten
Tür, ein bedeutungsloser Riss in dem Föhrenholz des dummen Kleiderschrankes, ein – ach, das scherte den Teufel! Er
schnarchte ... und lauschte nervös wieder auf. Ein Glucksen?
Er hat das Waschwasser in den Eimer gegossen, ein Rest ist
von dem Verschluss hinuntergetropft – – gluck! – ein leises,
fernes, klingendes Klirren ... Die Porzellanblake in der Gas-

lyra schwankt leicht hin und her und erzeugt das aufregend feine Klirren, das er kennt. Hat es beim Schließen des Hahns einen Ruck gegeben, kommts von der Erhitzung, der Abkühlung des Porzellans? – – Er fuhr wieder auf und knurrte über die Leute unter, über und neben ihm. Das hatte sich genau angehört, wie wenn jemand in seiner Nähe unbedacht aufgetreten ... Wie das täuscht, reflektierte er, halb schon im Schlaf. Wieder –? Er öffnete noch einmal die schweren Lieder und blinzelte in das ihn umgebende Dunkel. Die Leute waren rücksichtslos – andere wollten doch auch ihre Ruhe haben – und rumorten die da, als ob sie allein die Herren im Haus. – Windig draußen – kam es ihm noch dämmernd zum Bewusstsein. Heulte und fauchte und drückte gegen die Fenster – gut, dass man im warmen Bett lag ... Er wälzte sich auf die andere Seite, und regelmäßige Atemzüge kündeten seinen tiefen Schlaf ...

Vom Schlafzimmer führte eine Tür in den Baderaum. Sie wurde behutsam geöffnet. Durch den Spalt griff ein Arm nach dem vor der Tür stehenden Sessel und drückte ihn zur Seite. Das leichte Geräusch der Rollen unter den Füßen des Sessels und das Rascheln eines Kleides weckten den Schläfer nicht. Eine dunkle Gestalt schob sich durch die genügend geöffnete Tür, das fahle Antlitz vom matten Schimmer einer Wachskerze gespenstisch beleuchtet. Die linke Hand mit dem Kerzchen war durch die vorgehaltene rechte geschützt. Das Schleifen des Kleides auf dem Fußboden, das Streifen gegen Tür und Möbel ließ den unheimlichen Gast lauschend stehen bleiben. Sekundenlanges Zögern, dann rasche Schritte gegen das Bett hin ... In einem rotsamtenen, an dem Nachttisch befestigten Futteral schimmerte der vernickelte Schaft eines Revolvers auf, den der Eigentümer der Wohnung zu seiner Sicherheit sich dicht zur Hand angebracht hatte. Magere Finger streckten sich nach der Waffe aus – ein Ruck – der weiße Lauf gleißte auf. Der Schläfer bewegte sich – der Schimmer der Kerze traf ihn unverhüllt – er fühlte etwas Kaltes an der Schläfe – – ein Blitz, ein kurzer, scharfer, harter Knall – – ein Zucken und Strecken des Körpers ...

Der nächtliche Besucher verlöschte die Kerze und lauschte. Eine Viertelstunde verging. Nichts im Haus rührte sich. Der Sturm fauchte gegen die Fenster – – sein Toben und Heulen mochte den Knall verschlungen haben.

Eine Hand tastete nach dem Stearinlicht auf dem Nachttisch – das Zischen eines Reibholzes – im matten Kerzenlicht lag der Raum. Eine hagere Frauengestalt beugte sich über den Toten, leichenblass das Antlitz, unnatürlich groß, starr das Auge – – Dore Drews.

Sie glitt vom Lager an die Tür zum Baderaum, schloss sie und rückte den Sessel davor. Sie zerrte die Decke von dem Toten zurück, drückte ihm die Waffe in die Rechte und glitt ruhig und lautlos aus dem Totenzimmer, durch den Flur, die Treppe hinab. Über den Hof und durch das geöffnete Tor zu diesem erreichte sie die Straße.

*

Leutnant von Dircksen hatte sich erschossen.

Man fand keine andere Erklärung, und man stand vor einem Rätsel, für dessen Lösung niemand und nichts einen Schlüssel zu geben vermochte.

Selbstmord in plötzlicher Geistesumnachtung. –

Er hatte sich vor wenigen Wochen mit der reizenden Tochter des seinen Eltern altbefreundeten Gutsherrn Böhm von Depenau verlobt und das junge Mädchen wahr und leidenschaftlich geliebt – er hatte einen reichen Monatswechsel gehabt wie wenige seiner Kameraden, hatte Schulden und Sorgen kaum dem Namen nach gekannt – er war bei den Kameraden beliebt gewesen und hatte sich der höchsten Achtung der Vorgesetzten zu erfreuen gehabt – er hatte noch am letzten Tag seines hoffnungsvollen Lebens sich im engen Freundeskreis voll heiterer Ausgelassenheit gezeigt – – er konnte die Waffe nur erhoben haben erkrankt und umnachtet.

Er wurde begraben, betrauert, vergessen ...

Dore Drews war aus dem Heimatdorf verschwunden. Erst nach Monaten wurde sie in einer Irrenanstalt bei Hamburg durch den Zufall aufgefunden. Der Gemeindevorsteher des kleinen holsteinischen Dorfes wollte einen kranken Verwandten besuchen. Er hatte auf einer Bank in dem parkartigen, im ersten Frühlingsgrün prangenden Garten Platz genommen, zeichnete mit dem Eichenstock ungelenke Initialen in den Sand zu seinen Füßen und wurde von seiner Beschäftigung durch eine weibliche Gestalt abgelenkt, die aus einem Seitenweg auftauchte und sich wenige Schritte von ihm auf einem Sitz niederließ. Sie trug eine Handvoll blühende Syringen im Arm, die sie fest an sich drückte ... Er erschrak im Innersten. Die vermisste Dore Drews! Blass, lächelnd – irr ...

Er erkundigte sich nach der Dauer ihres Aufenthaltes in der Anstalt. Seit dem November –. Sie war von der Polizei aus einem Hotel, in dem ihr seltsames Wesen Besorgnis geweckt hatte, abgeholt und in die Anstalt verbracht worden ... Man war dem Zufall dankbar, der über die Unbekannte Aufklärung brachte, und man strich die Summen ein, die von den Erben für ihren Aufenthalt gern oder ungern bezahlt wurden.

»Seit dem November –«

Das Interesse der Dorfbewohner schlug eine Zeit lang in Mitleid um. »De arm Deern,« hieß es bedauernd. »Vadder un Mudder ünner de Ird, de sik giern harrn un keen Vertruun un keen Segen, as von den' Preester up ehren Sarg, den'n se sik sülm makt harrn. Un de Deern keen Rauh un keen Leew un Gaudgahn, bet se nu ok still is un slöppt un drömt mit apen Ogen ... Ob de Leutnant dat wäten hett? Un ob sien Gewäten sik verfehrt hett, dat he dat dauhn möst un ni anners künn? Ja, de Leew – den'n een sien God, den'n annern sien Dod –«

DAS LANGE WUNDER

Wer im guten Rock auf der Straße geht, braucht noch nicht reich, und ein Haus, das nach außen hin glänzt, innen noch nicht Gold zu sein. Der Schein trügt eben, wie das alte Sprichwort sagt.

Aber oft sieht man doch an der Schale, was der Kern wert ist, und auf dem ›Seekrug‹ erkannte man an dem Mann und an seinem Anwesen, was dahinter steckte: an dem Mann, der mit dem freien Selbstbewusstsein auftrat, das der gefestigte Besitz verleiht, und an der Wirtschaft, die an Umfang, Sauberkeit und Gediegenheit die Nachbarschaft augenfällig übertraf.

Der ›Seekrug‹ gehörte zu dem wohlhabenden Kirchdorf Brügghofen zwischen Neumünster und Kiel, umfasste etwa hundertundfünfzig Morgen Land mit gutem Lehmboden und einen kleinen, von Ried und zum Teil von schöner Buchenwaldung umsäumten See, der dem Besitz den Namen gegeben hatte.

Mit der landwirtschaftlichen Tätigkeit und der nebensächlichen Fischerei war der Wirkungskreis des Bauern vom ›Seekrug‹ nicht erschöpft. Der vielseitige Mann betrieb im rechten Flügel des großen Wohnhauses eine gutgehende Gastwirtschaft und im linken das renommierteste und einträglichste Kramgeschäft des Ortes. Neben dem von Kiel bezogenen, von den Fremden bevorzugten Lagerbier schenkte er an die Dorfbewohner ein Braunbier aus, das er in eigener Brauerei herstellte und in erheblichen Quantitäten auch über die Straße verkaufte. Auf ein weiteres Geschäft, das er »mitnahm«, deutete ein zwischen den Ladenfenstern angebrachtes Blechschild, das in goldenen Lettern auf schwarzem Grund die Generalagentur einer Feuerversicherungs-Gesellschaft ankündigte und die meisten Hauseigentümer von Brügghofen und den umliegenden Ortschaften zu ihm in Beziehung hielt.

Die Hauptquelle seines Reichtums fand aber der Krugwirt in einem Obsthandel, der mit den Jahren einen außerordentlichen Umfang angenommen und den Namen Christian Lahusen in weitesten Kreisen bekannt gemacht hatte. Er war der Erste gewesen, der in großem Maßstab die Eisenbahn in seinen Dienst gestellt, das überall reichlich wachsende Obst, Kirschen, Pflaumen, Birnen und Äpfel, in Mengen aufgekauft und in Waggonladungen nach Kiel und Hamburg versandt hatte. Und seit fast zwei Jahrzehnten kamen nun die Insten als die Kleinbesitzer in den Dörfern, die Bauern von den Halb- und Vollhufen, ja selbst die Herren von den größeren Gütern um Brügghofen und schlossen mit Christian Lahusen ab.

Sie waren mit dem Vermittler, der solide Preise zahlte und sich kulant zeigte, solange zufrieden, als nicht eine »Marotte« Lahusens bekannt wurde, die zuerst Lächeln, dann Kopfschütteln und zuletzt Auflehnung hervorrief.

Der Bauer vom ›Seekrug‹ hatte zwei Töchter, mit denen er »hoch hinaus« wollte. Die jüngere, Marie, zählte erst vierzehn Jahre und befand sich noch in einem guten Kieler Pensionat, aus dem die ältere, Dorothee, im letzten Sommer als Sechzehnjährige heimgekehrt war. Dorothee hatte die jüngere Schwester kürzlich auf einige Wochen besucht und in Kiel eine vornehme Bekanntschaft gemacht, die bald nach ihrer Rückkehr sich ebenfalls im ›Seekrug‹ einfand und den Gästen und Ladenkunden von dem Krugwirt stolz als Baron Herbert von Warregg vorgestellt wurde. Das heißt: vorgestellt wurde, wenn der elegante und etwas reservierte Herr sich bequemte, die bäuerliche Umgebung einiger Beachtung wertzuhalten, wozu er nicht immer aufgelegt schien.

»Wahrhaftig, Lahusen muss den Rappel gekriegt haben,« tuschelten die Leute, »dass er sich so einen Hans Obenaus ins Haus laden konnte!«

»Geladen« war der Baron freilich nicht nach dem ›Seekrug‹, aber er hatte doch vom Tag seiner Ankunft an Lahusens Wohlgefallen erregt und merkwürdigerweise dem klugen Geschäftsmann sowohl durch seinen Namen wie durch seine etwas hochfahrenden Manieren imponiert.

Der Baron führte ein reiches Gepäck mit sich und wusste sich mit modischer Eleganz zu kleiden. Das weite, nach unten etwas verengte Beinkleid zeigte stets eine tadellose Bügelfalte, Rock und Jackett saßen ihm wie angegossen. Für die Wochentage bevorzugte er einfache graue oder modefarbene Jackettanzüge, wie sie die Gutsbesitzersöhne jener Gegend auch zu tragen pflegten, denen er aber durch hoch schließende weiße Westen, hohe Stehkragen, neuartig geschlungene Krawatten, gelbe oder braune Strandschuhe und leichten grauen oder rotbraunen Filzhut etwas ausgesucht Apartes zu verleihen wusste. Die Sonntage ehrte er durch Glanzstiefel, meist perlgraues Beinkleid, langen schwarzen Gehrock und sorglich geglätteten Zylinder, den er ein wenig schief und in die Stirn gezogen zu tragen pflegte.

Wanderte Warregg in diesem Staat durch den Ort oder promenierte er am Seeufer, das besonders an den Sonntagnachmittagen von der erwachsenen dörflichen Jugend ziemlich belebt war, dann zog er viele Blicke auf sich, darunter sowohl bewundernde der Dorfschönen als auch unwirsche oder feindselige der Burschen.

Der Zylinder machte Warregg noch länger, als er ohnehin war, und streckte sein etwas schmales Gesicht unvorteilhaft. Die Sauluslänge veranlasste sogar Lahusen mitunter zu Scherzen, wenn der Gast keine der etwas niedrig geratenen, aber doch für gewöhnliche Menschenkinder ausreichend hohen Türen ohne mehr oder minder tiefen Bückling passieren konnte.

»Ich werde wohl doch noch den Meister Zimmermann holen und bauen lassen müssen!« rief Lahusen belustigt.

»Nicht nötig, Christian,« sagte, als der Baron draußen war, ein befreundeter Nachbar; »schreib darüber: ›Esel, bück dich‹ – das genügt auch.«

»Du bist auch nicht der Kleinste, Detlev,« gab Lahusen zurück.

»Das nicht, Christian; aber wenn mir dein Baron, oder was er sonst ist, einen von seinen Kragen, die allein schon einen halben Meter hoch sind, abgibt und mir sein Spind zweimal auf den Schädel stülpt – so'ne Stange wie er werd ich doch nicht.«

»Neid, Detlev,« wehrte Christian Lahusen und fuhr sich mit der Hand über den kurzgestutzten, am Kinn durchrasierten Backenbart.

»Streitet euch nicht,« fiel ein zweiter Gast trocken ein. »Die Länge steht ihm wenigstens, weil er sich wie so'n Ladestock zu halten weiß. Mir gefällt bloß das Gesicht nicht, und wenn ich auch nicht sagen kann, was drin ist – drin ist was, was mich immer denken lässt: Junge, dir trau ich nicht.«

»Was drin ist?« spottete der Erste wieder. »Habichtsnase, Katzenaugen –«

Christian Lahusen hantierte geräuschvoll am Schenktisch, unterdrückte seinen Groll und lenkte das Gespräch auf ein anderes Thema.

*

Ganz unrecht mit der Charakteristik der Habichtsnase und der Katzenaugen hatte der übelwollende Spott aber nicht, weil die Nase wirklich ein wenig, wenn auch nicht entstellend, hakenförmig gebogen war, und weil den kalten Augen eine schwer zu bestimmende Färbung zwischen fahlem Grau und Gelb etwas Unbestimmtes, vielleicht Lauerndes gab.

Das Gesicht des Barons war aber, wenn auch mit seiner Glätte und seinem Gemisch von Blasiertheit und Hochmut den Bauern nicht sympathisch, doch auch nicht unschön und noch weniger uninteressant. Es belebte und verinnerlichte sich auch, wenn Warregg sich mit seinem Gastgeber unterhielt, und der Baron konnte dann eine Liebenswürdigkeit entfalten, die Christian Lahusen wohlig umschmeichelte und ihn die Abneigung seiner dörflichen Umgebung gegen den Gast lediglich auf das Unverständnis und den nörgelnden Groll gegen die Bildung und höhere Lebensstellung des adeligen Herrn zurückführen ließ.

Er ging dann stillschweigend über die Sticheleien hinweg, zuckte überlegen mit den Schultern und kam höchstens etwas aus dem Konzept, wenn er das Verhalten seiner Tochter beobachtete und aus seinem eigenen Kind nicht klug wurde.

Dorothee Lahusen war in ihrem Äußeren die typische Holsteinerin: übermittelgroß, schlank bei vollen Formen, blühend gesund, mit reichem hellen Blondhaar, blauen Augen, freier, hochgewölbter Stirn und offenen, klaren Zügen.

Auch ihr Charakter wies die trefflichen Eigenschaften ihrer Landsfrauen auf: die Tüchtigkeit in der Wirtschaft, den Fleiß, den Sinn für peinliche Ordnung, die Geradheit im Wesen, die schlichte, aber ehrliche Anhänglichkeit an die Familie und nahestehende Freundschaft und die etwas schwerfällige Verschlossenheit gegen Fremde.

Die ihr zuteilgewordene gute Pensionsbildung hatte die letztere Eigenschaft der Norddeutschen wohl ein wenig gemildert oder imgrunde nur hinter gewandten Formen versteckt, die schwerer zu durchschauen waren und die angeborene Zurückhaltung gefälliger gaben; dagegen war durch die sorgliche Erziehung und den Aufenthalt in der Stadt ihre Intelligenz lebhafter und vielseitiger entwickelt worden als bei den Alters- und Standesgenossinnen im Heimatdorf, und diese höhere geistige Reife hob sie nicht nur über die Dorfmädchen hinaus, sondern gab auch ihrem Verhalten gegenüber dem sich um sie bewerbenden adeligen Gast eine Eigenart, die ihrem Vater auffiel und dem Baron die vertrauliche Annäherung unliebsam erschwerte.

Sie hatte den Freiherrn während des Besuches ihrer Schwester im Haus einer Pensionsfreundin kennengelernt. Bei kleinen Ruderpartien im Hafen oder auf ländlichen Ausflügen in die frühlingsgrüne Buchenwaldung Düsternbrooks hatte er sie zu bevorzugen und sich ihrer Gesellschaft, wo es anging, zu versichern gesucht.

Sie war dagegen nicht ganz gleichgültig geblieben, hatte aber eine sie anregende oder ihr gar aus dem Innern quellende Freudigkeit nicht empfinden können. Dankbar für die Aufmerksamkeit hatte sie, als sie wieder von Kiel abreiste, ein Bouquet von ihm angenommen, war aber sehr verwundert gewesen, ihn selbst eines Tages im ›Seekrug‹ sich einquartieren zu sehen.

Einige Monate waren seitdem vergangen, und Warregg war noch immer da. Er hatte sich mit dem Vater befreundet und ging als Vertrauter im Haus aus und ein, ohne dem Mädchen näher zu kommen.

Dorothee behandelte ihn nicht unfreundlich und unterhielt sich besonders bei den Hausmahlzeiten mit ihm wie mit den anderen, vermied es aber, mit ihm allein zu sein.

Sie konnte sich keine Rechenschaft geben, was sie gegen sein Werben zur Vorsicht bestimmte, und sie wusste auch nicht, warum sie es unangenehm empfand, wenn er bei gesteigertem Verkehr in den Stunden gegen Abend in den Laden kam, um ihr und dem Vater zu helfen, und verbindlich mit den Kunden zu plaudern suchte.

»Kleingeld?« fragte er einmal, als Dorothee kein genügendes Wechselgeld mehr in der Kasse hatte und eben den rothaarigen Lehrburschen fortschicken wollte, um sich die fehlenden Münzen holen zu lassen. »Gestatten Sie, mein liebes Fräulein« – und Warregg holte eine Handvoll Nickelgeld, das er lose in der Tasche trug, hervor, zählte es auf und scherzte:

»Wollen Sie mich nicht zu ihrem Bankier ernennen? Provision verlange ich nicht einmal.«

Am nächsten Abend stellte er sich wieder ein. Der Laden war stark besucht, und sowohl Lahusen wie seine Tochter hatten vollauf zu tun.

»Not am Mann?« fragte Warregg liebenswürdig. »Geprüfter Kassenwart – darf ich Ihnen das ein Amt ein wenig abnehmen, lieber Lahusen?«

Christian Lahusen war einverstanden, rief, wenn er ein Geldstück zum Wechseln hinwarf, laut den abzuziehenden Betrag und beschäftigte sich ohne Aufenthalt mit dem nächsten Kunden.

Dorothee fühlte sich nicht behaglich, aber sie machte es dann doch dem Vater nach, und Warregg versah seinen Posten aufmerksam und gewandt. Er fand auch offenbar Vergnügen daran, scherzte, dass er doch zu etwas nütze zu sein scheine, und hielt die üblichen Stunden dienstwillig ein.

Und dann ging das so fort und wurde zu einer Art Gewohnheit, die nur die eine Unannehmlichkeit mit sich brachte, dass nun die weiblichen Kunden sich gerade die Abendstunden für ihre Einkäufe auszusuchen schienen und den Laden dann oft beängstigend anfüllten. Warregg belustigte sich darüber, Christian Lahusen blinzelte ihm verständnisvoll zu, und Dorothee bediente mit einem verräterischen Eifer, dass ihr das Blut zu Kopf stieg.

Pünktlich an jedem Sonnabendabend zahlte der Freiherr seine Wochenrechnung, die bei dem niedrigen Pensionssatz von vier Mark für den Tag nicht allzu hoch anlaufen konnte und eine merkliche Steigerung nur hin und wieder erfuhr, wenn der Gast sich einmal den Luxus einer guten Flasche Wein gönnte.

»Vermögen muss er doch wohl haben,« gab Detlev Bruhn, der am schlechtesten auf den Eindringling zu sprechen war, einmal widerwillig zu.

»Der? Der hat mehr als du und ich zusammen, Detlev!« trumpfte Lahusen.

»Hat er mit dir über seine Verhältnisse gesprochen?« forschte der andere.

»Na ob!«

»Was ist er denn für'n Landsmann?«

»Niederösterreicher, wenn du's wissen musst.«

»So – na ja. Und sein Vater – hat der'n Geschäft?«

»Der ist Bankdirektor, nebenher Gutsbesitzer. Von dem Schloss auf dem Gut habe ich eine Fotografie gesehen – brillant, sag ich.«

»Hat er die bei sich?«

»Ja, das heißt: Er hat sie sich schicken lassen.«

»Hm, hat er sich auch schon Geld schicken lassen?«

»Für die paar Monate? – Ein Mann wie der steckt doch keine drei Sechser zu sich. Und was braucht er? Hier in vier Monaten nicht so viel wie in einer Woche in den großen Städten. Hast du eine Ahnung! Der spart hier, Detlev. Das solltest du dir an den Fingern abzählen können. Er macht sich selbst darüber lustig.«

»Bleibt er denn – noch lange bei euch?« fragte Detlev Bruhn umschreibend, weil ihm die direkte Frage, die das halbe Dorf beschäftigte: »Wird er denn noch nicht bald mit seiner Werbung herausrücken?« nicht über die Lippen wollte.

»Na, das wird sich ja zeigen,« antwortete Lahusen unbestimmt.

»Einen – einen Beruf scheint er nicht zu haben?« forschte Bruhn noch.

»Gelernt hat er natürlich was – studiert – Jura, in Wien und Berlin. Aber wie's solchen Leuten geht, Detlev: Die richten sich ihre Feiertage ein, wie sie wollen. Die brauchen ja nicht zu verdienen, weil sie mehr haben, als sie überhaupt verzehren können.«

»Ich würde da faul – ich meine, ich müsste doch was zu tun haben –«

»Ja du, Detlev. Ich ja auch. Aber unser Geschmack und der anderer Leute, die dürfen ja verschieden sein. Und ganz liegt er hier ja auch nicht still. Abends zum Beispiel, an der Kasse – was denkst du wohl, wie der da mithilft!«

»So?« – fragte Detlev Bruhn etwas gedehnt und einsilbig. Lahusen schenkte sich ein Glas Braunbier ein.

»Prost, Detlev!«

»Prost, Christian! Du bist ja wohl mitten im Pflaumengeschäft jetzt?«

»Ist eben vorüber.«

»Gut abgewickelt und« – Bruhn schnippte mit den Fingern – »profitiert?«

»Danke, ich bin zufrieden.«

»An Aussteuer für deine Älteste wirds also nicht fehlen – na, denn will ich man 'n Haus weiter stiefeln.«

Und damit ging er.

*

Ende September fuhr Warregg auf einen Tag nach Kiel, kehrte dann zurück und half Lahusen bei den Abrechnungen über die im Hauptgeschäft geendete Apfelernte. Die eingegangenen Posten erreichten mit der Sendung eines großen Hamburger Hauses eine beträchtliche Höhe.

»Sollten wir die zwanzig Mille nicht voll bekommen können?« scherzte Warregg. »Ich hätte wirklich nicht geglaubt, dass sich mit so'n paar Äpfelfuhren –«

Lahusen fiel lachend ein: »So'n Kapitälchen zusammenscharren ließe? Na, Sie rechnen doch wohl mit anderen Summen, schätz ich –«

»Das wohl, wenigstens mein Alter. Der hängt gleich noch ein paar Nullen daran, wenn er einmal zu rechnen anfängt. Mir imponiert aber auch der kleine Betrag, weil ich weiß, wie er zusammengebracht ist. Allen Respekt, lieber Lahusen. Diese eine Hamburger Firma nur – wie heißt sie gleich – Graskeller Nummer sechzig oder siebzig, wenn ich nicht irre – richtig: Hinrich Kruse, die den Wechsel gesandt hat – ist die sicher?«

»Todsicher. Nörgelt mitunter und streicht auch mal ab, ist aber sonst grundehrlich«

»Dann habe ich selbstverständlich nichts gesagt. Und Wechsel auf Sicht. Dabei ist ja auch kein Zinsverlust. – Wir sind gerade unter vier Augen, lieber Lahusen. Wollen Sie einmal die Bücher zuklappen und mir eine diskrete Frage gestatten –?«

»Gewiss.«

Christian Lahusen ahnte, was kommen würde. Endlich! dachte er bei sich, und das runde Gesicht rötete sich ihm.

Warregg ging gerade zum Ziel.

»Sie wissen, was mich hier hält. Wollen Sie mir Ihre Tochter zur Frau geben?«

»Haben Sie schon mit ihr gesprochen?« fragte Lahusen stokkend.

»Nein. Ich wollte korrekt vorgehen und mich zuerst Ihrer Einwilligung versichern.«

Lahusen stand auf.

»Wenn meine Tochter will – ich hätte nichts dagegen.«

»So werde ich sie fragen.«

»Ja.«

»Sie hat jetzt in der Wirtschaft zu tun. Aber am Nachmittag, wenn sie frei ist – sie kann doch auch kaum überrascht sein.«

Lahusen drückte dem Gast die Hand.

»Fragen Sie sie,« redete er kurzatmig zu.

Also doch reelle Absichten, dachte er triumphierend, und die Schläfen pochten ihm. Das Aufsehen im Dorf, die verblüfften Gesichter! Die Niederlage der Zweifler und Neider!

Lahusen fuhr sich mit dem Taschentuch über die Stirn, packte die Bücher und Abrechnungen in den eisernen Geldschrank, kramte hinter dem Schenktisch, flitzte durch Haus und Hof und konnte die Zeit bis zum Nachmittag nicht erwarten.

Das Mittagsmahl verlief still.

Am Nachmittag kam entgegen der Berechnung der Männer

eine Freundin, die Geburtstag hatte, und holte Dorothee zu Kaffee und Festkuchen ab.

Christian Lahusen schwitzte Unmut, und Warregg zog sich missgestimmt auf sein Zimmer zurück.

Am Abend in den Stunden des gesteigerten Ladenverkehrs war an eine Erklärung nicht zu denken. Der Baron fehlte sogar an der Kasse, saß einsam im Gastzimmer und las die Zeitungen, oder er promenierte im Garten auf und ab und musterte melancholisch die herbstlich verblühten Anlagen.

Die Luft war noch sommerlich warm, und sie lockte nach dem Abendbrot auch Dorothee in den Garten hinaus.

Die Blätter an den Obstbäumen waren vom Herbstwind der vorangegangenen Tage nur wenig gelichtet worden; aber es fehlte ihnen doch das sommerlich Frische in Form und Farbe, und die vorgeschrittene Jahreszeit mit ihrem beginnenden Verfall ließ sich nicht verkennen.

Dorothee zog sich in eine Buchenlaube zurück, blickte durch den Eingang nach dem See hinüber und sah über einer Waldpartie die Mondscheibe im dunkeln Himmelsblau stehen. Ein fahler Silberschimmer wob auf den Buchenwipfeln und auf dem stillen, geheimnisvoll spiegelnden See, und ein Frieden lockte in der Natur, der mit dem herbstlichen Sterben in wundersamem Gegensatz stand.

Das junge Mädchen mit dem lauteren, offenen Sinn war empfänglich für die Herrlichkeit und doch auch poetische Trauer in der Natur; ein plattdeutsches Liedchen mit schlichten Versen und schlichter Melodie kam ihr in den Sinn, das wie kein anderes in die sie und das Fleckchen Erde beherrschende Stimmung zu passen schien. Gedämpft sang sie vor sich hin:

> Wenn de Mahn an'n Hewen steiht
> Und so fründli rünner gröt,
> Is dat, as't den Minschen geiht,
> Wenn dat Glück em blöht.

Wenn de Mahn an'n Hewen steit
Un en Wulk daröwer treckt,
Is dat, as't den Minschen geiht,
Wenn de Sorg em weckt.

Eine Pause. Dann leise die melancholische Schlussstrophe:

Wenn de Mahn an'n Hewen steiht
Un de Nacht is stumm un swart,
Is dat, as't den Minschen geiht,
Slöggt ni mihr sin Hart.

In der lautlosen Stille schreckten sie Schritte auf, die sich der Laube zu nähern schienen. Sie erhob sich, trat in den Eingang und verließ, als sie in dem auf sie Zukommenden den Freiherrn erkannte, die Laube, um ihm keine Zusammenkunft an einem Plätzchen zu geben, das von ihm oder von anderen als ein Versteck hätte gedeutet werden können.

Sie erwiderte seinen Gruß mit Zurückhaltung.

»Mein liebes Fräulein, ich muss Sie sprechen. Wollen Sie mir eine Minute zuhören?« begann Warregg.

Sie nickte und sah voraus, dass der Bewerber eine Aussprache herbeiführen wollte. Sie blieb ruhig dabei, schritt auf den Mittelweg des Gartens und duldete ihn an ihrer Seite.

»Fräulein Dorothee, ich bin Ihnen gefolgt, seit ich das Glück hatte, Sie kennenzulernen. Sind Sie im Unklaren, welcher Beweggrund mich leitete?«

Sie hemmte neben einem Beet verwelkter Sonnenblumen ihre Schritte und sah in voll an.

»Ich will es Ihnen sagen – ich muss es,« fuhr er fort. »Ich liebe Sie. Wollen Sie meine Frau werden, Dorothee?«

Sie wunderte sich, dass sie seine Worte klar erfasst hatte und doch weniger von ihnen als von seinem Antlitz angezogen wurde, das in dem Zwielicht des Abends seine Eigenart schärfer hervortreten zu lassen schien, als sie bis dahin beobachtet hatte. Aber während noch seine Erklärung in ihrem Gehör nachsummte, löste sich aus ihrer geschärften Betrachtung ihre dem innersten Antrieb entspringende Antwort. Das Antlitz des Mannes schien ihr gelblich fahl, an der Stelle des rasierten Backenbartes störte ein schwärzlicher Grund; der nach oben gewichste Schnurrbart kam ihr geziert vor; von den Augenwinkeln liefen die feinen Linien des Alters aus, und der Blick hatte etwas Glühendes und Stechendes, das sie überrieselte.

»Nein,« antwortete sie und schüttelte den blonden Kopf. »Ich danke Ihnen,« fügte sie fest hinzu, »aber ich kann Ihre Werbung nicht annehmen.«

»Nicht?« wiederholte er beherrscht. »Verzeihen Sie, dass ich zu hoffen wagte. Ihres Vaters Ja war mir sicher. Nach Ihrem Nein zieht es mich fort nach meiner Heimat.«

Er verbeugte sich förmlich.

»Ich werde den Zug morgen Mittag benutzen und vielleicht keine Gelegenheit mehr haben, Sie noch zu sehen. Leben Sie wohl, Fräulein Lahusen.«

Sie neigte nur den Kopf und atmete auf, als er rasch dem Haus zuschritt und sie im Abendfrieden wieder allein war.

— — —

Ob Warregg hierauf mit dem Vater gesprochen und ihm ihre Ablehnung mitgeteilt hatte, erfuhr sie nicht, weil sie sich noch eine Stunde im Garten aufhielt und dann still ihre Stube aufsuchte, ohne dem Vater zu begegnen.

Sie lag noch wach und träumte vor sich hin, als um die elfte Stunde die letzten Gäste aus der Wirtschaft sich zu entfernen schienen und sie kurze Zeit darauf auch den Vater sein Zimmer aufsuchen hörte. Selbst die Mitternachtsstunde hörte sie noch im Halbschlummer von der tief tönenden Kirchturmuhr Brügghofens ankündigen – dann versank auch sie in den festen, gesunden Schlaf der Jugend.

*

Lahusen pflegte frühmorgens der Erste zu sein, der sich erhob, durch Klopfen an die Tür die Tochter weckte, dann durch das Haus wanderte und den Ladenlehrling sowie die Knechte und Mägde aus dem Schlaf rüttelte, indem er solang derb auch an die Türen der Kammern pochte, bis die Schläfer mit vernehmlichem »Ja – jawoll« anzeigten, dass sie verstanden hatten.

Am Morgen nach der Abweisung Warreggs durch Dorothee fuhr Lahusen unruhig von seinem Lager empor, weil es ihm gewesen war, als hätte er ein starkes Klopfen gegen die Fensterläden des Gastzimmers von der am Haus vorüberführenden Landstraße her vernommen.

Er sah nach der Uhr, die wenig nach fünf zeigte, und horchte angestrengt.

Ja, da wieder, dumpf: Bum – bum – bum –

»Nanu?« stieß er verwundert aus, sprang aus dem Bett und kleidete sich hastig an.

Im Sommer wurde im ›Seekrug‹ stets um fünf aufgestanden; seit ein paar Wochen aber doch wieder um sechs. Auch die Fuhrleute, die einzukehren pflegten, kamen nicht früher. Wer konnte der Ruhestörer sein?

Bum – bum – bum – kam es wieder vom Gastzimmer her.

Lahusen öffnete die Tür ein wenig und rief durch den Spalt: »Jawoll, gleich!«

Er fuhr schnell noch mit dem Kopf in die Waschschüssel, trocknete sich ab, vollendete in Eile das Ankleiden und ging, um dem frühen Gast zu öffnen.

Ein breitschultriger Fremder in dunkelgrauem Überzieher, mit steifem schwarzem Filzhut auf dem Kopf, stand vor ihm.

»Guten Morgen. – Herr Lahusen?«

»Der bin ich.«

»Pardon, dass ich unzeitig bei Ihnen eindringen musste.« Er stellte sich vor: »Groth, Polizeikommissar von Kiel.«

»Wer – was?« fragte der Krugwirt überrascht.

Der Beamte zeigte flüchtig auf ein ihn legitimierendes Schildchen, das unter dem Überzieher auf dem Jackett angebracht war, und fuhr fort:

»Ich komme dienstlich. Bitte, eine Unterredung ohne Zeugen.«

Lahusen ging gespannt ins Gastzimmer voran.

»Dienstlich – zu mir?« fragte er zweifelnd.

Der Fremde knöpfte ruhig das Jackett auf, holte ein Lederetui hervor, blätterte unter einer Reihe von Papieren und sonderte eins davon aus.

Er entfaltete den Bogen, trat lesend ans Fenster und fragte:

»Wohnt ein Baron Herbert von Warregg bei Ihnen?«

»War–egg?« stotterte Lahusen bestürzt.

»Herbert von Warregg, angeblich –«

»An– angeblich?«

»Bitte, beantworten Sie meine Frage: Wohnt der Herr bei Ihnen?«

»Ja – allerdings –«

»Ist er zugegen?«

»Natürlich, auf seinem Zimmer.«

Der Kommissar lächelte.

»Angenehm. Ich hatte schon gefürchtet, der Vogel könnte ausgeflogen sein. Ich habe den Befehl, den Herrn Baron zu verhaften.«

»Ver– was? Ver–haften?«

»Ich bedaure, dass ich sie belästigen muss, und dass sie einem Schwindler in die Hände gefallen sind.«

»Schwindler? Unmöglich!« rief Lahusen erregt.

Der Beamte zeigte ihm den Haftbefehl.

Die Buchstaben tanzten Lahusen vor den Augen. Nur mit Mühe entzifferte er den Kopf des Schriftstückes: »Oberstaatsanwaltschaft am Landgericht Kiel.« Weiterhin: »Haftbefehl«, dann den fremdartigen Namen: »Tomas Gliczek« und darunter in Klammern: »Freiherr Herbert von Warregg, auch

Oberleutnant Thomas von Böwegg.« Zum Schluss die Unterschrift: »Der Oberstaatsanwalt: Rüttgers.«

Rüttgers! Ja, den Namen kannte er. Der Mann war der Bruder eines Gutsbesitzers, mit dem er in Geschäftsverbindung stand.

Der Mann galt als scharf in seinem Beruf.

Und dieser Vertreter der strafenden Gerechtigkeit war dem Baron auf den Fersen – der Baron von Warregg ein Thomas Gliczek und ein gemeiner Schwindler.

Ah!

Lahusen stöhnte und brauchte Zeit, ehe er sich fassen konnte. Aber dann gab er sich einen energischen Ruck und forderte den Beamten auf, seine Pflicht zu tun.

»Kommen Sie!«

Er durchschritt einen schmalen Flur zwischen Gastzimmer und Laden und deutete auf eine Treppe, die nach dem oberen Stockwerk führte.

»Bitte, gehen Sie voran,« ersuchte der Beamte. »Aber halten Sie sich seitlich, damit ein Knarren der Holzstufen vermieden wird.«

Sie schritten auf den Zehen an drei oder vier Türen vorüber, bis Lahusen vor einer weiteren stehen blieb und mit einer Handbewegung anzeigte, dass der Schwindler im Innern des Raumes zu suchen sei.

Der Kommissar drückte behutsam auf die Klinke und fand die Tür abgeschlossen. Er zog einen Dietrich aus der Tasche und öffnete geräuschlos. Mit wenigen Schritten stand er dann neben dem Lager; das Bett war leer.

Groth sah sich im Zimmer um. In einer Ecke standen die Koffer des Gastes, in einem Schrank hingen noch mehrere Anzüge, und die halb offenen Schubfächer einer Kommode waren mit Wäschestücken angefüllt.

Das Bett war in der Nacht nicht berührt worden.

Der Beamte warf einen kühl musternden Blick auf Lahusen.

»Bewohnt der Mann noch andere Zimmer?« fragte er misslaunig.

»Nein, nur dieses eine, das größte im Haus.«

Der Kommissar trat ans Fenster.

»Aha!« stieß er lebhaft aus. »Also doch entwischt!«

Er zog ein fingerdickes Seil empor, das vom Fensterkreuz bis dicht an die Erde reichte, und rief Lahusen an seine Seite.

»Sehen Sie, wie er seinen Weg genommen hat? Das Gesindel hat eine feine Witterung und macht sich beizeiten aus dem Staub. Hat er gestern Abend vielleicht noch eine Depesche erhalten?«

»Nicht, dass ich wüsste.«

»Er war von vorgestern Nachmittag bis gestern früh in Kiel bei seiner Geliebten, und dadurch sind wir auf seine Spur gekommen –«

»Geliebten –?« flocht Lahusen, der nur das eine Wort aufgriff, halb abwesend ein.

»Polin zweifelhafter Güte,« ergänzte der Kommissar, »leidenschaftlich und intrigant. Seit Beginn des Sommers hatte er sich nicht um sie gekümmert, nicht einmal ihr ein Lebenszeichen gegeben. Vorgestern kehrte er unerwartet zu ihr zurück, brachte ihr Geld und versprach, ihr von hier aus mehr zu schikken. Die Frau glaubte sich von ihm betrogen und denunzierte ihn. So erfuhren wir seinen Aufenthalt; aber leider nur wieder, um abermals das Nachsehen zu haben. Hm – mein Pochen hat ihn nicht erst aufgescheucht, das geht daraus hervor, dass er das Bett nicht berührt und somit die Flucht schon abends geplant und wahrscheinlich in den ersten Nachtstunden ausgeführt hat. Die Tür schloss er vorsichtig ab, um die Entdeckung der Flucht so lange als möglich hinauszuzögern, wenn sie nicht vorzeitig durch den verräterischen Strick herbeigeführt wurde. Das hatte er aber –« Groth bog sich aus dem Fenster und sucht sich zu vergewissern – »kaum zu fürchten, da das Fenster nach dem Garten zu und hinter Syringenbüschen ziemlich versteckt liegt. Natürlich wird er bei Ihnen einen Bären angebunden haben?«

Christian Lahusen schüttelte den Kopf.

»Nein, das nicht. Noch gestern Abend hat er auch für die letzten Tage auf den Pfennig beglichen.«

»Gestern war Donnerstag. Zahlte er regelmäßig an diesem Tag?«

»Nein, sonst sonnabends.«

»Wie lange hielt er sich schon bei Ihnen auf?«

»Seit Sommeranfang.«

»Ah! Also während der ganzen Zeit seines Versteckspiels mit der werten Polin. Und zahlte immer, sagen Sie?«

»Ja, immer.«

»Und stets sonnabends?«

»Ohne Ausnahme.«

»Ja, warum denn gestern? Fiel Ihnen das nicht auf?«

Lahusen war verlegen.

«Herr Kommissar,« sagte er dann entschlossen, »er bewarb sich um meine Tochter. Mein Kind hat ihn gestern abgewiesen, und deshalb wollte er abreisen.«

»Ah so!«

Groth verriet nur durch ein Augenzwinkern, dass die Enthüllung ihn überraschte.

»Hm,« meinte er dann, »diese Ablehnung hätte ihn aber kaum veranlasst, bei Nacht und Nebel zu verschwinden und seine sämtlichen Sachen zurückzulassen. Es wäre ja ein nicht gewöhnlicher Zufall, wenn zwei Umstände ihm den Boden heißmachten. In der Hauptsache wird er aber doch wohl nicht infolge des Korbes, sondern vor den drohenden Handschellen geflohen sein. Wenn ich nur einen Anhalt hätte, wie die Kunde von dem Verrat der Polin ihn erreicht haben kann. Erhielt er mitunter Besuch?«

»Nie.«

»Gestern auch nicht?«

»Bestimmt nicht. Das heißt: vielleicht in der Nacht. Das weiß ich natürlich nicht.«

»Wann ist er auf sein Zimmer gegangen?«

»Gegen oder kurz nach zehn.«

»Nachher haben Sie nichts mehr von ihm gehört?«

»Nichts.«

Der Kommissar unterzog die Koffer und Kleidungsstücke einer Durchsuchung, fand aber nichts als einige Zeitungsblätter und eine Fotografie, die ein schlossartiges Gebäude zeigte.

»Das kommt mir doch bekannt vor,« bemerkte er nachdenkend. »Ist das nicht das Schloss Hemmelmark des Prinzen Heinrich?«

Lahusen kannte das Schloss nicht und berichtete zögernd, dass der Schwindler dieses Gebäude für den Landsitz seiner Familie ausgegeben habe.

»Das hat er sich bequem ausgesucht,« entgegnete der Kommissar ironisch, »das ist Hemmelmark in seitlicher, nicht ganz vorteilhafter Aufnahme von einer Parkstelle aus.«

Er forschte nach den weiteren Angaben des Schwindlers und machte sich Notizen.

»Ist mit der Post oder auf anderem Weg Geld für ihn angekommen?«

»Nein.«

»Dann ist es mir unklar, wovon er gelebt hat, und wie er zu den fünfhundert Mark gekommen ist, die er gestern großmütig seiner Geliebten dagelassen hat. Im Frühjahr soll er nennenswerte Mittel nicht besessen haben.«

Er fixierte den Krugwirt scharf.

»Sie haben, wie mir scheint, einen ziemlich ausgedehnten Betrieb. Hat er davon vielleicht, unbemerkt natürlich, Nutzen gezogen?«

Christian Lahusen wechselte die Farbe.

»Mich – bestohlen, meinen Sie?«

»Allerdings.«

Lahusen schlug sich vor die Stirn.

»Unglaublich! Ich –« murmelte er und unterzog sich einer Selbstkritik, die nicht höflich war.

Er erzählte, wie er dem Gast an der Ladenkasse hatte wirtschaften lassen.

»Das bring Aufklärung,« bestätigte der Kommissar kühl. »Waren Sie denn ganz mit Blindheit geschlagen?« Er lachte kurz auf. »Pünktlich aus Ihrer Tasche reguliert – drastisch! Abend für Abend ein paar Mark oder Taler, zuweilen vielleicht einen Goldfuchs – sind Sie überzeugt, dass er nicht noch tiefere Griffe gemacht hat?«

Lahusen stutzte.

»Sie belassen die Einnahmen doch wohl nicht in der Ladenkasse? Wo bewahren Sie Ihr Geld auf?«

»Im kleinen Privatkontor hinter dem Gastzimmer.«

»Kam er da hinein?«

»Mitunter. Er half mir manchmal bei den Schreibereien.«

Der Kommissar löste das Seil vom Fensterkreuz und zog die Fensterflügel zu.

»Ich schließe das Zimmer ab und stecke den Schlüssel zu mir. Alles bleibt, wie wir es gefunden haben. Sie haften mir dafür! Bitte, führen Sie mich in Ihr Kontor.«

Lahusen hastete die Treppe runter. Der plötzliche Einfall, dass der Schwindler in der letzten Nacht einen Hauptcoup ausgeführt haben könnte, beflügelte seine Schritte. Er riss die Tür auf und starrte in den engen Raum. Nein, gottlob, keine Unordnung und der eiserne Geldschrank unverletzt an der gewohnten Stelle.

»Der Schrecken ist mir ordentlich in die Glieder gefahren,« bekannte er und ließ sich auf einen Stuhl fallen.

Groth sah sich prüfend um.

Auf einem Stuhl seitlich vom Geldschrank bemerkte er einen in Fächer eingeteilten Drahtbehälter, wie er als Einsatz bei Handkassen üblich ist. Er hob ihn auf.

»Haben Sie den einzuschließen vergessen?« fragte er.

Lahusen sprang auf.

»Den – den? Wie kommt der dahin?«

Er holte klirrend sein Schlüsselbund aus der Tasche, tastete nach den Schrankschlüsseln und öffnete atemlos.

Mit einem Schrei des Entsetzens fuhr er zurück.

Die inneren Stahlfächer standen halb offen – die Beutel mit dem Gold- und Silbergeld, die Ledermappe mit den Banknoten und dem Wechsel der Firma Kruse, selbst die Rollen mit dem Kleingeld in Nickel – alles war spurlos ausgeräumt.

Lahusen jammerte und fluchte durcheinander und gebärdete sich wie wild.

Der Kommissar mahnte ungeduldig zur Ruhe.

»Wollen Sie das Haus zusammentrommeln und die Kunde in alle Welt hinaustragen lassen, damit der Schwindler nur ja gewarnt und zur Vorsicht angespornt wird?« fragte er energisch. »Fassen Sie sich, beantworten Sie meine Fragen, und dann vertrauen Sie der Polizei, dass ihre Maßregeln mehr Erfolg haben als Ihr Lamentieren! – Übrigens einfach mit Nachschlüsseln geöffnet; Sie müssen ja Ihre Schlüssel mit sträflicher Nachlässigkeit gehütet haben! Natürlich im Schloss stecken gelassen und ihm anheimgestellt, die Abdrücke freundlichst ungestört vorzunehmen. Welchen Betrag bewahrten Sie in dem Schrank auf?«

»Neunzehntausend Mark,« stöhnte der Bestohlene und brach fast zusammen.

Der Kommissar schien überrascht.

»So viel! In Gold oder Papier?«

»In Gold an dreitausend,« jammerte Lahusen, »und in Noten gegen elftausend –«

»Das sind erst vierzehn.« –

»Herrgott, ja, und ein Wechsel war noch dabei über viertausendundachthundert – der Halunke hat nichts zurückgelassen –«

»Wechsel?« forschte der Beamte, während er sich skizzenhafte Aufzeichnungen machte. »Wann fällig?«

»Nach Sicht – nach Sicht – das ist ja das Schlimmste, den wird er natürlich kassieren.«

»Sichtwechsel – ist ein Telegrafenamt in der Nähe?«

»Ja, an der Bahn – ich werde gleich telegrafieren,« antwortete Lahusen vibrierend.

»Überlassen Sie das mir,« bemerkte Groth kühl. »Wer honoriert den Wechsel?«

»Hamann und Sohn in Kiel – Herrgott, wenn man bloß das retten könnte!«

»Seien Sie beruhigt, Sie werden voraussichtlich auch das Übrige zurückerhalten. Der Wechsel, Herr, ist die Schlinge, in der sich der Verbrecher selbst fangen wird.«

Groth sprach überzeugt und gab seinen Worten durch Nikken Nachdruck.

»Ich will Ihnen über den Herrn Baron noch einige Auskunft geben – in Eile natürlich – damit Sie sehen, dass wir unseren Kumpan kennen; und dann halten Sie sich an die Instruktionen, die ich Ihnen erteile – oder ich stehe für nichts ein.«

Der klappte sein Notizbuch zu und lehnte sich gegen einen Tisch.

»Für den Bericht habe ich hier keine Zeit mehr; der drängt auch nicht.«

Lahusen wusste nicht, ob der Kommissar schielte oder an ihm vorübersah.

»Gliczek – ist ein internationaler Hochstapler –« Groth sprach dozierend, nur etwas rascher – »der zuletzt in Wien sein Konto stark belastet hat, zugleich aber noch von den russischen, englischen und preußischen Behörden gesucht wird. Ich kann Ihnen das im Augenblick alles nur flüchtig andeuten. Der Schwindler ist einer der geriebensten, der der Polizei je zu schaffen gemacht hat. Er taucht an irgendeiner Stelle plötzlich auf und verschwindet spurlos wie ein Meteor. Alles Suchen nach ihm bleibt umsonst, wie durch eine Hexerei sind alle Fährten abgeschnitten. Er überragt seine Genossen an Körperlänge und nie versagender Schlauheit, und wie sehr ihm darum in seinen Kreisen eine bewundernde Anerkennung gewidmet wird, geht am besten aus dem Beinamen hervor, unter dem er allgemein und seit Jahren bekannt ist. ›Das lange Wunder‹ heißt er in der Verbrechersprache und in den Polizeiregistern, und der Anerkennung, die mit diesem Spitznahmen seiner Intelligenz gezollt wird, hat er auch mit dem bei ihnen ausgeführten Coup Ehre gemacht. Ich hoffe nur, dass der habsüchtige Wunsch, die ungeschmälerte Ernte einzubringen, ihn diesmal seinem Schicksal in die Arme treiben wird.«

Groth zog die Uhr und blickte flüchtig darauf hin.

»Es ist doch schon fast halb sieben geworden. Um neun öffnen Hamen und Sohn ihre Schalter, und ziemlich pünktlich um diese Stunde, wenn überhaupt wird der Schwindler den Wechsel präsentieren. Ich werde gleich an die Polizei depeschieren, den Diebstahl und den Dieb anzeigen und ersuchen, das Bankhaus überwachen zu lassen. Aber dann weiter: Ich habe jetzt die Überzeugung, dass der Schwindler nicht ausgerückt ist, weil er sich verraten wusste, sondern des Diebstahls wegen, der mit dem Verrat durch die Freundin nur von ungefähr zusammentraf. Er wird annehmen, dass sein Verschwinden hier erst im Laufe des Vormittags entdeckt, dass dann allerdings Lärm geschlagen wird, er aber bis dahin sich in Kiel geborgen fühlen darf. Diese Sicherheit darf ihm nicht dadurch genommen werden, dass die Nachricht von dem Einbruch vorzeitig in alle Winde hinausgetragen wird. Schweigen Sie also verlässlich! Ich sah vorhin Wagen am Haus vorüberfahren, deren Ziel Neumünster oder Kiel ist. Haben Ihre Leute von dem Fall gehört, so wissen es im Nu die auf der Straße auch – bitte, unterbrechen Sie mich nicht – und mit denen fliegt die Nachricht nach den Städten, in die Läden und Gasthäuser, und ist herum, man weiß nicht wie, und trifft am Allerersten – das ist stets so – in die Ohren, für die sie am Letzten bestimmt war. Lassen Sie nichts verlauten, so bleibt der Verbrecher in seinem Gleis und wir haben, wenn er selbst den Wechseln nicht präsentieren und uns so entgehen sollte, verschiedene andere Möglichkeiten, ihn doch noch zu fassen; zum Beispiel bei seiner Geliebten oder auf dem Bahnhof und den Dampferstationen, die sämtlich überwacht werden müssen. Schweigen ist also die erst und unerlässliche Bedingung.«

»Ja, ja –« stimmte Lahusen zu.

»Bewahren Sie die Diskretion wenigstens bis morgen Abend, wenn Sie nicht schon früher von mir hören sollten. Gelingt uns seine Verhaftung sonst nicht, so lassen wir in der kommenden Nacht alle Hotels und Gasthäuser, alle Schlupfwinkel revidieren und werden ihn doch wohl irgendwo auffinden. Spätestens morgen Abend depeschiere ich Ihnen dann über unseren Erfolg. Bitte, jetzt noch ein Blatt Papier.«

Lahusen entnahm es hastig aus einer Schreibmappe und schob auch Tinte und Feder zur Hand.

»Dringend. Polizeipräsidium Kiel«, schrieb Groth und markierte den Eilvermerk noch durch wiederholtes Unterstreichen. »Gliczek bei Lahusen in Brügghofen Kasseneinbruch verübt. Flüchtig nach Kiel. Sucht vermutlich Bankhaus Hamann Sohn mit gestohlenem Wechsel auf. Wollen Nötiges veranlassen. Fahre sofort zurück. Groth.«

»Bald nach neun bin ich ja auch selbst wieder an Ort und Stelle,« bemerkte er noch zu Lahusen und verabschiedete sich kühl und gemessen.

*

Dorothee Lahusen mochte zu der gewohnten Stunde wach oder durch den Besuch aufgestört worden sein. Sie hatte die Zeit benutzt, den Morgenkaffee zu bereiten, und betrat, als der Beamte sich eben entfernt hatte, das Gastzimmer, um den Vater nach der kleinen, gemütlichen Wohnstube zu bitten.

»Jawoll,« antwortete Lahusen, der an ein Fenster getreten war, über die Schulter und überlegte, wie er den Vorgang der Nacht auch vor der Tochter einstweilen verbergen könne. Die Kunst, seine Empfindungen unter harmloser Miene zu verstekken, besaß er nicht, und sobald sie ihn nur ansah, musste sie an seiner Verstörung merken, dass etwas Besonderes vorgefallen war. In den Diebstahl wollte und durfte er ja auch die ihm Nächststehenden nach seinem Versprechen nicht einweihen. Plötzlich fiel es ihm ein: Das Verschwinden des Spitzbuben genügte ja auch an sich schon, um einige Aufregung zu rechtfertigen.

Er ging hinaus, um die grünen Läden vor den Fenstern des Gastzimmers, die er bei Erscheinen des Kommissars nur flüchtig aufgerissen hatte, vollends zu öffnen und am Hakenwerk zu befestigen.

»Sind die alle auf?« fragte er dann vom Flur aus Dorothee. Er meinte die Knechte und Mägde und den Lehrling.

Die hatten sich natürlich die Gelegenheit, sich einmal extra auszugähnen, nicht entgehen lassen, lagen wach und harrten des Weckrufes, der dann auch bald erging.

»Der – Warregg – ist abgereist,« sagte Lahusen am Kaffeetisch und konnte es nicht über sich gewinnen, seine Tochter dabei anzusehen.

Sie bemerkte seine Erregung und entgegnete ruhig, fast heiter:

»Es ist das Beste so, Vater.«

»Ja,« meinte er wortkarg, würgte ein paar Bissen hinunter, ließ sich noch eine Tasse Kaffee einschenken und entfernte sich, ohne sie getrunken zu haben, in Gedanken. Er verschloss den ausgeräuberten Geldschrank und machte einen Morgengang um den See.

Die herbstlich frische Luft tat ihm wohl. Es ging eine leichte Brise, die den Seespiegel kräuselte, das Waldlaub aufrauschen und lose Blätter zur Erde niederwirbeln ließ. Das Ried am Seeufer mit den trockenen, scharfrandigen Halmen raschelte wie Stroh, und die leichten Wellen nahe dem Ufer brachten sich plätschernd an einem vom Land her befestigten Boot.

Lahusen stand unter den Eindrücken seiner Umgebung, ohne sie bewusst wahrzunehmen. Das blaue Auge unter den buschigen Brauen schweifte umher, ohne das Geschaute zu erfassen und ohne von den quälend aus dem Innern aufsteigenden Gedanken abzulenken.

Der Geldverlust war, wenn der Dieb nicht gefasst und damit das gestohlene Gut gerettet wurde, schmerzlich und schwer, und Lahusen musste für ein gutes Jahr auf jeden Gewinn verzichten, wenn nicht noch ein durch die Ladenunterschlagung im Augenblick nicht zu übersehenden Betrag in bar hinzu kam.

Dennoch wurmte ihn mehr als der Verlust die schändliche Rolle, die der Betrüger in seinem Haus gespielt und mit der er ihn vor dem ganzen Dorf und darüber hinaus bloßgestellt hatte, das würde einen schönen Spott über seine Leichtgläubigkeit und Kurzsichtigkeit setzen und ein Achselzucken und verstecktes Anspielen auf wer weiß wie lange hinaus, nicht minder ein wirkliches oder geheucheltes Bedauern mit seiner Tochter, die über die Bäume gewollt hatte und dabei mit der stolzen Nase ins Gras gefallen war.

Er atmete schwer, und die nachträgliche Frage erfülle ihn mit heftiger Pein, was der Schurke von seiner Tochter gewollt hatte. War denn das ganze Spiel vom ersten bis zum letzten Tag erheuchelt und erlogen gewesen, allein zum Zweck des Raubens? Oder hatte sein Kind wirklich auf den entgleisten Menschen einen Eindruck gemacht, der ihm – zum ersten Mal vielleicht in seinem Leben – eine leise Regung zum Guten, einen Ansatz zu männlicher Ehrlichkeit eingegeben hatte? Hatte er sie geliebt, hatte er sie ehelichen, hatte der Gebrandmarkte sich in sein ehrliches Haus stehlen wollen ohne Rücksicht auf den Ausgang? Ja, Herrgott, und wie hätte sich dieser Ausgang gestalten müssen?

Eine quellende Freude belebte ihn, dass sein Kind, die Dorothee, in ihrer Geradheit sich nicht hatte bestechen lassen, dass sie in ihrer jungen Verständigkeit so gesund empfunden und den Mann trotz seiner Glätte abgewiesen hatte.

Er selbst konnte von seinem Kind lernen und er wollte keine Demütigung darin sehen, dass ihr vielleicht unbewusster Takt sie eine Gefahr hatte meiden lassen, der er, der reife, geschäftskundige, überkluge Mann, rettungslos verfallen war.

Nein, sein Kind war frei und rein, das war ein Herzenstrost in all dem Leid und gab ihm seine Fassung zurück, dass er sich beherrschen und mit seiner Umgebung soweit ohne Zwang verkehren konnte, dass das Ereignis der Nacht vorerst in Wirklichkeit sein Geheimnis blieb.

*

Die natürliche Ungeduld, mit der er dem nächsten Abend entgegenwartete, steigerte sich erst wieder, als zu der festgesetzten Zeit Stunde um Stunde verrann, ohne dass ihm die versprochene und sehnlichst erwartete Nachricht zuteilwurde.

Als der Abend zu Ende ging, suchte er sich mit der Annahme zu beruhigen, dass der Beamte in einem dürftigen Telegramm sich nicht genügend hätte auslassen können und deshalb wohl zu einem brieflichen Bericht gegriffen hatte, der erst am Morgen zu erwarten war.

Lahusen schlief fast gar nicht, ging am nächsten Morgen vor der Frühbestellung selbst nach der am Bahnhof gelegenen Post und bat um die an ihn gerichteten Sendungen.

Wenige Briefe – und keiner von Groth!

Lahusen taumelte in den Bahnhofswartesaal, der völlig leer war, und überlegte.

Was sollte er tun?

Noch länger warten oder – anfragen? Telegrafisch anfragen?

Ja, er entschloss sich für das Letztere. Die Herren von der Behörde konnten ihm seine Ungeduld nicht verübeln.

Er holte ein Depeschenformular aus dem Vorraum des Telegrafenamts, kehrte ins Wartezimmer zurück und schrieb bedächtig:

»Polizeipräsidium Kiel.« So hatte ja Groth selbst auch adressiert. »Ersuche Kommissar Groth um Nachricht, ob Gliczek ermittelt und gestohlenes Geld ganz oder teilweise gerettet ist.«

Er unterzeichnete seinen vollen Namen, bezahlte das Telegramm, ohne die verwunderte Miene des expedierenden Beamten zu beachten, und begab sich wieder heim.

Die Drahtantwort kam, als Lahusen sich mittags eben zu Tisch gesetzt hatte.

Er riss das Formular auf und las überfliegend:

»Christian Lahusen, Brügghofen. Kommissar Groth hierorts unbekannt, ebenso Diebstahl Gliczek. Polizeipräsidium Kiel.«

Lahusen wankte, reichte die Depesche seiner Tochter und klärte sie stotternd auf.

»Also zweimal betrogen – vom Dieb und vom Helfershelfer!« rang es sich ihm in niederschmetternder jäher Erkenntnis über die Lippen.

Dorothee begleitete ihn besorgt nach dem Telegrafenamt.

»Ist – ist vorgestern früh,« fragte er den Beamten, »eine Depesche an – an das Polizeipräsidium in Kiel aufgegeben worden – von – von Kommissar Groth – Einbruch betreffend bei mir?«

»Groth – und Einbruch bei Ihnen?« wiederholte der Schalterbeamte. Er durchblätterte den kleinen Stoß der in den letzten Tagen expedierten Drahtnachrichten. »Nein, Herr Lahusen,« erklärte er.

Lahusen depeschierte dringend an Hamann und Sohn über den Wechsel.

Die gleichfalls dringend Antwort lautete:

»Wechsel viertausendachthundert vorgestern früh von

Schwiegersohn Baron Warregg präsentiert und ihm ausbezahlt. Wenn Differenzen, erbitten Nachricht. Hamannsohn.«

»Natürlich! Natürlich!« keuchte Lahusen. »Mit der vorzeitigen Entdeckung des Einbruchs musste der Schurke rechnen, mit telegrafischer Anzeige und Gefährdung seiner Person auch – ah, schlau bedacht und schlau durchgeführt! Erst Vollendung des Werkes in Ruhe und jetzt ein Vorsprung von Tagen – die haben sich selbst und den Raub längst über irgendeine Grenze in Sicherheit gebracht!«

Wie ein Lauffeuer durcheilte nunmehr die Kunde von dem Schwindlerbaron und dem raffinierten Einbruch das stille Kirchdorf, und zu Hunderten strömten die Menschen nach dem ›Seekrug‹. Sie füllten das Gastzimmer und standen in Gruppen vor dem Haus auf der Landstraße, diskutierten unter Gruseln, prahlten, dem Schurken nie getraut zu haben, bedauerten die »arme Deern« und zuckten die Achseln über den betrogenen Lahusen, den sie großmütig als »nicht schlecht« anerkannten, aber doch nicht unverdienterweise bestraft hielten.

Die zu spät gerufene echte Polizei interessierte sich lebhaft für den Fall; aber alles, was sie feststellen konnte, war dass das ›lange Wunder‹ allein dem fantasiereichen Kopf des Helfershelfer entsprungen und in den Polizeiakten bis dahin nirgends zu finden war.

Lahusen aber behielt es im Gedächtnis, als er den materiellen Verlust längst verschmerzt hatte; und wenn er noch nach Jahren rechthaberisch den Freunden lästig wurde, beruhigte ihn rasch die Mahnung: »Kein Papst ist unfehlbar; denk an das ›lange Wunder‹, Christian.«

JOCHEN DUGGEN

I.

»Nee, ick möch blot weeten, wo de Bur bliwwt!« Die alte Haushälterin des Schimmelhofbauern schüttelte die Bohnen, die sie in der Schürze hereingebracht hatte, auf den Tisch und strich etliche haften gebliebene Ranken und Blattteile von der groben blauen Leinwand. Sie hatte die Worte mehr vor sich hin als zu dem Vorknecht gesprochen, der sich mit im Zimmer befand und eben bedächtig seine Pfeife stopfte. Sie sah auch nicht nach ihm hinüber; sie stemmte die Arme in die Seite und blickte zum Fenster hinaus.

Jochen Duggen, der Vorknecht, rieb ein Schwefelholz über die Hose und entzündete qualmend seine kurze Pfeife. Auf die Bemerkung des Alten antwortete er nicht. Er schaute einen Augenblick etwas aufmerksamer als gewöhnlich in ihr runzliches Gesicht; dann lehnte er sich aber ruhig gegen die große altmodische Kommode, in deren Nähe er bisher gestanden hatte, und sah zu Boden.

»Jochen!«

»Hm –?«

»Jochen, den'n Burn plagt rein de Deuwel!« sagte die Alte, mehr ängstlich als vorwurfsvoll. »Acht Dag von to Hus weg, un keen Trügkamen un keen Breef un keen Garnichts! Hier fehlt he an allen Ecken und En'n, un wo he nichts to dauhn hett, dar driwwt he sick rüm. He ward doch all' Dag slechter!«

Puh! – Jochen Duggen blies den Tabaksrauch in dichten Wolken vor sich hin. Aber er schwieg. Er änderte kaum die Stellung, und sein Blick haftete auf demselben Fleck am Boden wie vorher. Die alte Dore schien eine Antwort auch nicht zu erwarten. Sie setzte sich und begann mit ihrer Arbeit. Nichts war im Zimmer zu hören als das Tick-Tack der Wanduhr, das ritschende Geräusch vom Schneiden und Streifen der Bohnen und das laute Paffen des Knechts. Jetzt hob er den Blick und sah über seine Pfeife hinweg nach dem Kanarienvogel, der im Holzbauer am Fenster sich träge aufgeblasen hatte und struppig und hässlich aussah.

»De Knarrnvogel kriggt toveel to freeten, he versludert – un singt ni mehr,« warf er zerstreut hin und richtete sich aus seiner lässigen Stellung auf. »Ick gah na de Rahwisch; 't giww bald Regen, dar mutt dat Hei rin; 't is ok all lang drög. Wenn de Bur trügkömmt, mutt dat farrig wesen. Darwesen künn he all wedder. Vellicht kümmt he vöndag noch. Hüt namiddag künnt'n wi noch süss Perd mehr bruken. Da künnt't all' rinkamen. En veeruntwindig Foder giww't woll.«

Er griff nach dem Tabaksbeutel, der auf der Kommode lag. Der umschließende Riemen war aufgegangen, er schnürte ihn zu und steckte den Beutel ein. Dann ging er.

»Kamt ni to lat to Meddag,« mahnte Dora. »Se möten jo ok bald farrig wesen, se harken jo all den ganzen Vörmeddag. Un wenn de Bur kümmt – – awer ick heww slimme Gedanken vöndag, weet de Himmel, Jochen. – – – Weetst Du noch, wat he seggn deh, as de Stine Grotkoppen ehr Hochtid wier? ›Dweten‹, sä he, ›ick hol't ni ut, ick – ick gah na Amerika!‹ Ach Gott, wenn dat wier –«

»Ach wat, Unsinn!« unterbrach Jochen sie unwillig und schritt hinaus … »Jawoll Unsinn!« Die alte Frau fuhr sich mit der Hand über die Augen und unterdrückte nur mit Mühe ein Aufschluchzen. Die Augen wurden ihr nass; nur undeutlich erkannte sie die Gestalt des Vorknechts, der eben unter den Fenstern vorüberschritt, um durch den Garten nach der Rahwiese zu gelangen.

Der Vorknecht war ein armer Verwandter, ein Vetter des Bauern. Er war eine große, straffe Gestalt, energisch in seinem Wesen, oft bis zur Härte; aber gerade dadurch war er eine vortreffliche Stütze des weicheren Bauern, der eine sorglose Jugend verlebt hatte und eine Neigung zum Wohlleben nur schwer unterdrücken konnte. Jochen Duggen herrschte deshalb auf dem Hof fast mehr als der Bauer selbst, der ihm auch umso freiere Hand ließ, als der Hof dabei trefflich gedieh. Seit der Verheiratung der hübschen Tochter des benachbarten Gutspächters Grotkoppen kümmerte sich der Bauer um seinen schönen Hof noch weniger und war nicht selten tagelang abwesend, in der nur wenige Meilen entfernten Provinzialhauptstadt. Er hatte von der Tochter des Pächters einen Korb bekommen und suchte seinen Schmerz zu übertäuben. Aber eine ganze Woche wie jetzt war er bisher noch nicht fortgeblieben.

Dore grübelte besorgt und ließ die Hände oft müßig ruhen. War ihm etwas zugestoßen? Hatte er seine Würde vergessen und war er in schlechte Gesellschaft geraten? Er verfügte über große Geldmittel, gerade jetzt; das Geld zu erheben, war der Zweck seiner Reise. Durch Erbschaft war ihm ein Grundstück in der Stadt zugefallen; er hatte es an eine Baugesellschaft verkauft und war hingefahren, um das Geld zu holen. Achtzehntausend Mark. Würde er das alles vergeuden? Dore erschrak. Aber nein – nein – so viel nicht – alles nicht. Ein paar hundert Mark, ja, sündhaft viel – doch mehr nicht. Aber wenn ihm dabei ein Unfall begegnete? Wenn der unheimliche neue Eisenbahnzug aus dem Gleis brauste, den Damm hinunter, in tausend Stücke die Wagen? Oder wenn die Menschen, die schlechten Menschen in der Stadt, ihm ein Leid zufügten? Wenn sie das viele Geld sähen und ihn an sich lockten, ihn töteten und in irgendeiner engen Straße und irgendeinem dunklen Haus versteckten? – Sie grübelte sich in alle Möglichkeiten hinein und fuhr fast erschreckt zusammen, als die Glocke der Haustür schellte. Das Herz schlug ihr, dass sie es pochen hörte. Und vom Hausflur vernahm sie feste, etwas plumpe Schritte. Es klopfte.

»Herein!«

Sie atmete auf, als sie den Kommenden erkannte.

»Heww ick mi verfehrt,« rief sie ihm entgegen. »Awer in de Stuw is mehr Platz as in de Dör, darüm komm'n Se man rin, Preiß. Wat hebben Se denn vöndag? En Breew?«

Preiß war der Postbote. Er nahm die Mütze ab und trat grüßend näher. Dann suchte er in der abgenutzten Ledertasche und brachte einen ziemlich großen Brief zum Vorschein.

»Von'n Burn!« rief Dore erleichtert aus, als sie die Handschrift erkannte – eine Schrift, wie sie gleich ungelenk und gleich charakteristisch eckig übrigens beiden Vettern eigen war. »Na, dat is man gaut. Dat is ok Tid. 't is awer hitt vöndag, ni? Dat Meddagäten is noch ni tregg. Awer en Beersupp mit Stuten smeckt ok ni slecht, wat, Preiß? Un en Kirschen vörher makt ok nichts.«

Sie holte aus dem Wandschrank geschäftig eine bauchige Flasche mit Kirschbranntwein und schenkte ein Glas ein. Der geplagte Postbote setzte sich und wischte langsam den Schweiß von der Stirn. Dann trank er voll Behagen den belebenden Tropfen und aß mit Appetit die Biersuppe, die ihm Dore in voller Schüssel vorgesetzt hatte. Bald war das einfache Mahl verzehrt und Dore wieder allein.

Sie stand vor dem Tisch, auf dem der Brief lag. »Dar mut awer watt instahn,« murmelte sie und nahm das Schriftstück prüfend in die Hand. »Herrn Jochen Duggen« las sie, und auf dem Poststempel: »Hamburg«.

»Hamburg?« fragte sie gedankenverloren, »Hamburg? Wat deiht he denn dar? – 't is awer doch to dull,« fuhr sie zornig auf, »nu geiht he gar all na Hamborg!«

Entrüstet schritt sie durch den Garten und rief auf die Wiese hinaus nach Jochen. Dieser stand mit einigen Arbeitern im Gespräch, und sie musste wiederholt rufen, ehe er aufmerksam wurde, dann hielt sie den Brief in die Höhe und winkte. Und Jochen verstand sie. Er kam langsam heran.

»De Bur hett schrewen, Jochen, hier, kiek her!« rief sie ihm entgegen.

»– Na, denn is't jo gaud,« entgegnete Jochen.

»Un wat meenst du, wo he is?« fragte sie erregt.

»Na, dat warr ick jo sehn,« erwiderte er.

»Sehn, sehn – rat mal!«

»Kiel –«

»Nee.«

»Na, denn giww her.«

»In Hamborg!«

»In Hamborg?«

Jochen war überrascht. Er nahm den Brief hastig an sich und schritt dem Gehöft zu.

»Nee sowat, in Hamborg!« sprach er unterwegs. »Wokeen kunn dat denken, dar harr ick jo binah ok noch wesen künnt.«

Jochens verstorbene Eltern hatten die letzten Jahre in Blankenese gewohnt, und dort war er erst kürzlich gewesen, um den kleinen Nachlass zu ordnen, der allerdings kaum der Mühe verlohnt und nicht viel mehr als das Reisegeld ergeben hatte. Damit war er bei seiner Rückkehr noch von dem Bauern geneckt worden. Und vor einer Woche, bei seiner Abreise, hatte der Bauer scherzend gesagt, jetzt gehe er ebenfalls eine Erbschaft holen, hoffe aber mit volleren Taschen zurückzukehren.

Auf dem Tisch lag noch ein Rest ungeschnittener Bohnen. Jochen schob sie zurück und wischte mit dem Ärmel nach. Er legte die Pfeife hin und trennte den Brief mit dem Messer, das vom Bohnenschneiden schwarz angelaufen war, ungeübt auf. Zwei Bogen enthielt der Umschlag. Umständlich faltete Jochen einen derselben auseinander und las. Das Schreiben war umfangreich, die Schrift ungelenk. Jochen vertiefte sich gespannt in den Inhalt und seine Hand zitterte leicht. Sein Gesicht war blass geworden. Er schob die Pfeife weiter auf den Tisch, legte den Bogen vor sich hin, strich mit der Hand glättend darüber und begann mit dem Lesen von Neuem. Er sagte kein Wort. Aber in seinen Gesichtszügen arbeitete es. Seine Hand lag schwer auf dem Papier.

»Wat hest denn?« fragte Dore etwas unruhig; »Dat geiht ja so langsam, as wenn du ni baukstobirn künnst. Dat's doch sünst ni din Art.«

»Snack du un – un de Deuwel!« fuhr der Angeredete heftig auf. »Lesen kann man doch ni mit Isenbahn! – Na, lat man gaut sin, Dweten,« setzte er freundlicher hinzu. »Awer dat is merkwürdi – is ganz merkwürdi ... Wat hest du seggt? – Dweten!« – Er sprang auf, das Blut stieg ihm jäh zum Kopf und färbte das Gesicht dunkel, seine Augen brannten, die Lippen zuckten; sichtlich mühsam rang er nach Worten.

»Jochen, wat is – segg mi – Jochen, de Bur – –«

Eine tödliche Angst verwirrte der Frau die Gedanken, erstickte ihr die Stimme; sie klammerte sich an die Stuhllehne und blickte entsetzt auf das verhängnisvolle Schriftstück.

»De Bur is weg!« stieß Jochen tonlos hervor.

»Weg – weg? Na – na – ne, blot dat ni, blot dat ni –!«

»Na – Amerika.«

»Jochen!«

In einem verzweiflungsvollen Schrei hallte der Name durch die Stube, die zitternden Knie der Frau trugen sie nicht mehr, sie brach zusammen und schlug in wildem Schmerz die Hände vor das Gesicht. Ihr Schluchzen erschütterte den ganzen Körper.

Starr, den Brief in der Hand, den Blick auf die Zusammengesunkene gerichtet, stand Jochen da. Seine Energie war gelähmt, sein Auge auf die vom Leid gefällte Frau festgebannt. Er konnte es nicht abwenden; er sah das Zucken, das sie durchbebte, er sah die Tränen, die durch die Finger rannen, er sah das graue Haar, das ihm mit einem Mal weiß geworden schien – er hörte ihr Schluchzen, ihr unverständliches Murmeln einzelner abgerissener Worte voll unendlichen Schmerzes ... Die Röte verflog, aschfahl wurde wieder sein Gesicht, der brennende Blick erlosch. Schweißperlen bedeckten die Stirn. Vergebens rang er nach Fassung, nach einem einzigen Wort. In seiner Hand knitterte der Brief, – es weckte ihn, er schleuderte ihn fort und stürmte hinaus.

Lange noch lag die Frau gebrochen, endlich richtete sie sich auf. Beim Tasten nach dem Tisch glitt anfangs die Hand kraftlos ab; erst mit Hilfe des Stuhles konnte sie sich langsam erheben. Die Sonne warf ihre Strahlen durch das Fenster gerade auf den Brief, der zerknittert auf dem Tisch lag; wie ein Gespenst erschien er ihr. Sie fasste an die Stirn. Gott! hatte sie nicht geträumt? Träumte sie nicht noch? Aber der Brief, war er da, war es Wirklichkeit? Ja, da lag er! Sie schleppte sich um den Tisch nach dem Papier. Blendend weiß färbte ihn das Sonnenlicht, so hell, dass es das Auge schmerzte. Sie sah keine Schriftzüge, nur das sonnenbeschienene Weiße. Und dann suchte sie im Zimmer. Jochen! fuhr es ihr durch den Sinn. Er war nicht da. Nirgends. Sie setzte sich und schloss die Augen, um besser nachzudenken. Wo war er? Warum war er nicht da? Jochen! Sie wollte es rufen, aber sie konnte nicht; es klang matt, heiser, erstickt. Sie tastete nach dem Brief und zog ihn mit zitternden Fingern näher an sich; wirr tanzten weiße und farbige Flecke auf dem Papier; sie vermochte keinen Buchstaben zu erkennen und musste das Auge erst ruhen lassen. Dann hob sie wieder den Brief auf und suchte zu lesen. Drei Mal, vier Mal begann sie von vorn. Was stand da? Zum fünften Mal fing sie an, und mit zahllosen Unterbrechungen kam sie zu Ende:

»Lieber Jochen!

Wenn Du diesen Brief erhältst, bin ich nicht mehr in Hamburg. Ich habe das Leben in unserer alten Heimat satt, will mir eine neue gründen. Ich verlasse Hamburg und fahre mit dem ›Schiller‹ nach Amerika. Das Geld nehme ich mit. Es wird ausreichen für eine Plantasche, die ich mir drüben kaufen will. Es ist ja alles billig, fast umsonst. Den Hof daheim will ich auch verkaufen, sehe zu, dass Du ihn bald gut los wirst, und dann komme mit dem Geld nach. Tausend Taler davon sollen Dir gehören, und ebenso viel soll Dore erhalten oder noch tausend Taler mehr, und die Kate soll sie auch behalten. Verkaufe sie also nicht, aber den Hof. Meine Adresse schreibe ich Dir bald, aber warte nicht darauf, sondern verkaufe. Wie mir ein Freund sagte, musst Du eine Vollmacht haben zum Verkauf. Die habe ich von einem Advokaten aufsetzen lassen und schicke sie Dir hier mit. So wird's alles gut gehen, und mir hoffentlich auch, und wir sehen uns drüben wieder. Grüß die Dore und sie soll mir nicht böse sein.

Dein Vetter David Duggen.«

»Grüß die Dore!« das war alles, was er ihr zu sagen hatte, ihr, die ihn seit dem frühen Tod der Mutter aufgezogen hatte wie ihr eigenes Kind, die ihn geliebt hatte, wie ein solches, die für ihn gestorben wäre. »Grüß die Dore!« und für Jochen keinen Gruß, kaum ein freundliches Wort. Zwar die tausend Taler! Aber um derentwillen verlor er die Heimat, musste auch hinauswandern in die Ferne, in die kalte, glück- und ruhelose Fremde. Armer Jochen! Armer Hinausgestoßener! Armer David!

Und ein neuer Tränenstrom brach aus den alten Augen, und der Gram um zwei Menschen furchte die Falten ihrer Stirn noch tiefer.

II.

Monate waren vergangen.

Auf dem ›Schimmelhof‹ war manches anders geworden. Die alte Dore hatte ihre Augen schon wenige Wochen nach Davids Auswanderung für immer geschlossen, und eine junge, kräftige, blühende Deern war an ihre Stelle getreten. Sie stand etwas im Ruf der Leichtfertigkeit, aber gerade das hatte Jochen für sie eingenommen, wenn er es sich auch nicht eingestanden hatte. Es war öde in dem Haus geworden; warum sollte es so sein? Lag es nicht an ihm selbst, Abhilfe zu schaffen? Und er wollte sie schaffen. So nahm er die Deern trotz ihrer bedenklichen Empfehlung. Aber als sie da war und ihm um den Bart ging und den Haushalt vernachlässigte, da drehte er ihr verächtlich den Rücken und ignorierte sie. Er hätte sie fortjagen mögen, aber es lohnte nicht mehr. Der Hof musste bald verkauft werden, und dann mochte kommen, was wollte. Bis dahin hielt er es schon aus.

Und der Hof fand einen Käufer. Der Bruder eines benachbarten Bauern hatte eine reiche Bauerntochter aus der Marsch geheiratet und suchte sich anzukaufen; da kam ihm der ›Schimmelhof‹ durchaus gelegen. Die Gebäude waren im besten Stand, der Boden ertragsfähig, der Viehbestand vortrefflich; auf der andern Seite waren völlig ausreichende Barmittel – so konnte das Geschäft leicht abgeschlossen werden.

Und in acht Tagen sollte nun schon die Übergabe des Hofes an den neuen Besitzer und seine junge Frau stattfinden.

Jochen saß im Wohnzimmer. Er war allein, wie fast die ganze Zeit. Nur die Pfeife war sein ständiger Begleiter. Er blies mechanisch vor sich hin; aber sie rauchte nicht mehr, sie musste ausgebrannt sein. Jochen merkte das nicht. Er saß tief zusammengesunken, die Ellbogen auf die Knie gestützt und starrte ins Leere. Hinter der gefurchten Stirn schienen die Gedanken rastlos zu arbeiten, hin und wieder zuckte es ihm nervös über das Gesicht und die Lippen bewegten sich wie im Murmeln, ohne dass ein Laut hörbar wurde. Jetzt hob er die Arme zur Seite und richtete sich empor. Er lehnte sich in den Stuhl zurück und schaute verständnislos auf den Schreibsekretär ihm gegenüber. Richtig, der Sekretär, an dem der Vetter seine wenigen Schreibereien besorgt hatte. Der Rundbogen, der die Schreibplatte bedeckte, war niedergelassen, und Jochens Auge haftete am Lederbeschlag, der das Schlüsselloch zum Geldspind zierte. In dem Fach hatten er und Dora nach dem Verschwinden des Bauern nach den Papieren geforscht … Sie waren nicht dagewesen. Natürlich! Der Bauer war mit der Absicht der Auswanderung fortgegangen und hatte sie mitgenommen. Er brauchte sie für das Schiff und zur Legitimation bei dem Notar, der die Vollmacht zum Verkauf des Hofes ausstellen musste. Sie hatten das beide überlegt, aber doch nachgesehen. Doras welke Hände hatten das Fach und den ganzen Sekretär durchstöbert, und sie hatte jedes Papier und jeden kleinen Fetzen geprüft. Umsonst! … Jochens Pfeife entglitt den Zähnen und sie fiel polternd zu Boden. Er bückte sich mechanisch, um sie aufzuheben. Der geschnitzte hölzerne Kopf war etwas zur Seite gerollt. Jochen musste den Sitz verlassen, um ihn wieder zu erreichen. Er steckte prüfend den Finger in die Öffnung, ging an den Ofen und klopfte die Asche aus. Und wieder zurück zum Sekretär. Hinter der durchbrochenen Krönung desselben lag ein umfangreiches Paket in braunem groben Papier, mit der Aufschrift: ›Feinster Portorico‹. Das holte er herunter. Er sah aus dem Fenster und stopfte dabei die Pfeife, füllte auch den leeren Beutel, den er wieder zu sich steckte, und stellte das Paket an seinen Platz zurück. Dann stand er wieder am Fenster. Draußen lachte ein heller Herbstsonnenschein: Es war ein schöner Tag, wenn schon im Oktober. Die Obstbäume im Garten waren schon kahl geworden, und ein schwacher Wind trieb mit den dürren Blättern zwischen den Blumenbeeten, auf dem Rasen und auf den Kieswegen sein Spiel. Die Buchen am Fahrweg neben dem Garten waren fahlgelb geworden, der nahe Wald winkte nicht mehr im friedlich satten Grün des Sommers, sondern hatte das bunte Schellenkleid des Herbstes angelegt. Selbst der Himmel schien ein Widerspiel des ewigen Wechsels der Erde: Er war klar und wolkenlos, doch sein lichtes Blau verhüllt wie mit einem dünnen weißen Schleier. Die luftigen gefiederten Sänger, die im Blütenmeer der Bäume und dann zwischen den reifen Früchten ihr munteres Wesen entfaltet hatten, waren verschwunden. Nur eine einzelne Krähe stolzierte zwischen geknickten Sonnenblumen und äugte misstrauisch um sich.

Jochen rieb an dem Fußboden ein Zündholz in Brand und ging rauchend hinaus.

Dem Wohnzimmer gegenüber, jenseits des Flurs, lag Dores Kammer. Dort hatte sie alle die langen Jahre gewohnt, dort war sie gestorben. Jochen öffnete die Tür und sah hinein. Die Fenster waren halb verhangen. Das Zimmer lag wie im Schatten. Eine dumpfe Moderluft schlug ihm entgegen. Er warf die Tür ins Schloss. So rasch hatte er es nicht wollen; es hallte durch das ganze Haus.

Er trat auf die Dreschtenne und schritt in den Pferdestall. Die Pferde waren auf dem Feld; er hatte nicht daran gedacht. Im Kuhstall war alles in Ordnung; eine Magd hantierte mit dem Futter, duftendem Heu, das sie dem Vieh in die steinernen Rinnen schob. Er wanderte auf den Hof. Ein Schwarm Tauben flatterte vor ihm auf. Sollte er auf das Feld gehen und nach der Arbeit der Knechte sehen? Er war erst vormittags dort gewesen. Aber was sonst? Aus der Ferne drang der Knall eines Schusses gedämpft herüber. Er horchte. Es war Jagdzeit. Das war es. Jagen wollte er. Er ging zurück. Die große Tenne schien ihm nach dem hellen Tageslicht düster, die Stube unfreundlich. So nahm er ohne Zögern Jagdtasche und Doppelflinte vom Nagel und hing sie um. Der Weg zum Gehölz war kurz, bald umfing ihn der Buchenwald. Das Laub unter seinen Füßen raschelte und das aus der Jagdtasche heraushängende Pulvermaß schlug hin und wieder mit metallenem Klang an einen der Hornknöpfe der Jacke. Der blaue Rauch der Pfeife entschwebte in dünnen verschwimmenden Wolken. In den stark gelichteten Wipfeln der Buchen rauschte es eintönig, den entfärbten Blättern am Boden gesellten sich neue, die todestrunken aus der Höhe herniederflatterten und bei jedem Auffallen ein knitterndes Geräusch erregten, ein dürftiges, letztes Lebewohl auf der Wanderschaft von lichter Höhe zum Grabesdunkel der Erde.

Jochen Duggen blieb horchend stehen und spähte zwischen den hell schimmernden Buchenstämmen durch. Er glaubte das sprungweise Geräusch von fliehendem Wild zu vernehmen, und er täuschte sich nicht. Dicht vor einem niederen Gebüsch gewahrte er eben noch die weiße Rute eines Rehs, das im nächsten Augenblick verschwunden war. Sein Blick belebte sich, die Jagdlust erwachte in ihm. Er zog die Uhr. Wahrhaftig, es musste bald zu dunkeln beginnen. Er nahm das Gewehr schussfertig in den Arm und schlug die Richtung nach einer Waldwiese ein, auf der er vor wenigen Abenden erst ein Rudel Wild, darunter einen stattlichen Bock, hatte äsen sehen. Er war ohne Gewehr gewesen. Vielleicht hatte er heute wieder Glück. Er dämpfte die Schritte und barg das störende Pulvermaß in der Tasche. Jeder kleine Zweig wurde sorgsam umgangen, und je näher der Jäger seinem Ziel kam, umso vorsichtiger wurde er. Die Gegend war ihm wohlvertraut, und so erreichte er den Rand der Wiese an einer Stelle, wo er durch dichtes Gebüsch vollkommen gedeckt war. Durch eine Lücke konnte er aber seinerseits die Wiese fast ganz übersehen. Er bückte sich ein wenig und sah scharf nach vorn. Kein Wild da. Er stand wieder aufrecht und lauschte. Nichts zu hören. So verharrte er; Minuten, eine halbe Stunde. Seine Gedanken verloren sich; sie irrten weit ab. Er träumte mit offenen Augen … Er wanderte nach der Rückkehr von Blankenese in den belebten Straßen Hamburgs. Auf den Fußsteigen war ein Drängen, dass er es vorzog, auf der Fahrstraße zu gehen. Da leuchtete von einem stattlichen Haus ein kleines weißes Porzellanschild mit der Aufschrift: Dr. Wex, Rechtsanwalt und Notar. Und er bog in das Haus ein und hatte eine lange Unterredung mit dem Advokaten. Und dann saß er in einer kleinen Kellerwirtschaft, unterhielt sich mit der Frau, spielte mit den Kindern, schrieb einen Brief und gab ihn der Frau. Der sei an einen guten Bekannten, zu seiner Hochzeit. Sie möchte ihn absenden, nicht gleich, nach so und so viel Tagen. Er gehe nach Amerika. Nach Amerika, jawohl! Aber seinem Freunde wolle er doch Glück wünschen. – Es sei sein bester; sein bester ... eine Waldtaube erhob sich in der Nähe mit klatschendem Flügelschlag. Das schreckte Jochen auf. Er spähte wieder aus und hielt das Gewehr schussbereit. Noch kein Wild da. Kein Hase, kein Reh. Doch ein Lebendes. Die Gestalt eines Mannes, fern noch und unkenntlich, aber näherkommend und auf den Schützen zu, rauchend, sorglos, langsam schlendernd. Wer ist es? Was sucht er hier? Der Jäger weiß es nicht. Aber kein Wild, kein Ziel für das totbringende Blei! Kein Ziel, keines! – – – Die Jagdlust in den Augen Jochens erlischt, die Spannkraft seiner Züge lässt nach, apathisch setzt er den gespannten Hahn in Ruhestellung, sein Gesicht ist blass geworden, und um den Mund zuckt es. Seine Finger tasten unsicher, und die Berührung des kalten Gewehrlaufes lässt ihn erschauern. Hastend verlässt er sein Versteck, strebt er fort. Fort, fort! Wohin auch – fort.

Benahm ein Schleier ihm jetzt den freien Blick, oder war der Abend herangekommen, war es wirklich dunkel geworden? Die hohen Stämme schienen ungewiss umrissen, schienen zu schwimmen, zu wogen, zu tanzen, sich ihm zu nähern und wieder hüpfend sich zu entfernen. Der Wind musste stärker geworden sein; er brauste hohl, und dichter raschelte das Laub herunter. Das Weben der Nacht hatte begonnen, ihr Mahnen und Raunen aus Baum und Strauch, ihr Flügelrauschen in sternenbelichteten Wipfeln, ihr Umfangen der Seele des Menschen, ihr Ahnen von Ende und Tod. – – – Jochen empfand es, es bedrückte ihn, schnürte ihm die Brust zusammen, es benahm ihm den Atem ... Und trotzdem die dummen Gedanken, bei jedem Windstoß, bei jedem Brechen eines Zweiges, bei jedem Geschrei eines Kauzes. Wie schauerlich das klang – »Komm mit, komm mit!« Wie das Kreischen einer Tür, zu

Dores Kammer, zur Totenkammer. Und der weiße Stamm dort, wie im Totengewand. Und wie Papiere, flatternde Papiere. Ach Unsinn! Unsinn!

Der Jäger hastete vorwärts. Er achtete es nicht, wenn er stolperte. Er fühlte es kaum, wenn dichte Zweige ihm das Gesicht peitschten und wenn er im Sumpf watete, dass ihm das Wasser in die Stiefel drang. Das Netz an der Jagdtasche blieb hängen und war nicht gleich zu lösen, er warf die ganze Tasche von sich; der Gewehrriemen hakte fest – mit roher Gewalt zerrte er ihn an sich, dass ein starker Zweig krachend brach und eine Strecke mitschleppte, bis er sich wieder verfing.

Da endlich ein breiter Graben. Er schien den Weiterweg zu versperren, den Fliehenden aufzuhalten in nächtlicher Gefangenschaft. Aber er war dem Kundigen das Zeichen des nahen Waldrandes, des Zieles, der Erlösung. Bis an den Leib ging ihm das Wasser, aber unaufhaltsam watete Jochen hindurch, stürmte er die letzten hundert Schritte, – und atemlos, keuchend stand er draußen, dem Dunkel des Waldes entkommen und seinem Schrecken. – Schrecken? Er lachte auf, gequält, gurgelnd. Schrecken – nein, furcht, erbärmliche, feige, sinnlose Furcht. Er hatte geträumt, er war krank, er sah Gespenster – ha, Gespenster! Haha! – Und wo war er jetzt? War das nicht – –? Ist das nicht die Erlengruppe auf dem Moor, hinten im Winkel bei der Grube …? Und hierher, wie war er hierher gekommen, gerade hierher ?

Niedrige Nebelschleier wallten über dem Moor, aus denen Torfbauten und Sträucher gespenstisch emporragten. Ein halbvermoderter Baumstamm, aus der Tiefe des Moorgrundes zutage gefördert, lag dunkel in dem weißen Dunst, von feinen Schwaden umwogt und in dem Gehirn des Gehetzten ein schauerliches Bild erweckend und festbannend … von fern tönte ein schriller Pfiff – der Pfiff der Lokomotive – durch den Nebel schreitet ein Mann – ein Mann, ohne Beine – auf den Armen, wie es scheint – da kracht es, und der Mann überschlägt sich und liegt im Nebel – im Nebel hingestreckt, lang formlos – gefällt wie der Stamm, plötzlich, vom Blitz ...

Heiser, kreischend lacht Jochen auf, mit eisernem Griff umspannte er das Gewehr und stieß den Kolben auf den Baumstamm, dass er tief in den Moder eindrang. Mit einem Ruck hob er die Waffe wieder und stürmte vor gegen die Erlen und gegen die Grube, als ob ein Feind dort lauere, den es zu besiegen, zu vernichten gelte, um selber wieder frei zu werden. Glänzend spiegelte sich in dem wellenlosen Wasser der Mond, das dunkle Erdauge mit ruhigem, friedlichem, magischem Silberschimmer übergießend. Dicht trat Jochen an den schroff abfallenden Rand, gierig schaute er hinab. Ein loses, liegen gebliebenes Torfstück wurde von seinem Fuß fortgestoßen und fiel hinab. Und die Wellen schlugen über ihm zusammen und verzerrten das silberne, glänzende Spiegelbild des Mondes – verschwammen, verwogten, verzerrten es zu tausend Fratzen. Mit weit aufgerissenen Augen stand Jochen da. Er war bei dem Aufklatschen des fallenden Stückes tödlich erschreckt zusammengefahren, sein Herz schlug wild, sein Atem keuchte – ein gellender Schrei hallte von seinen Lippen – dann blitzte und krachte ein Schuss durch die Nacht, das Echo trug den Schall weithin, Jochen sank jäh zusammen, und das Gewehr schlug klatschend in die Grube.

III.

Die Schreckenskunde hatte sich schnell verbreitet: Jochen Duggen vom ›Schimmelhof‹ ist tot, er ist erschossen worden, abends oder nachts, draußen auf dem Moor, in dem unheimlichen Winkel bei den Erlen ... Der Mord bildete das Gespräch bei den Nachbarn und im Dorf; wo Leute zusammenstanden, tuschelten sie von dem Ereignis, und die Haare der aufmerksam lauschenden jungen halbwüchsigen Burschen sträubten sich im Entsetzen.

Er war nicht nach Hause gekommen des Abends, und das Essen war für ihn warm gestellt worden. Bis acht Uhr hatten die Leute gewartet, dann hatten sie sich zu Tisch gesetzt. Sie waren hungrig nach der Arbeit des Tages. – Er habe vielleicht eine heimliche Liebschaft irgendwo, hatte einer der Knechte in halbem Scherz gemeint, und feiere etwas länger Abschied, da die bevorstehende Reise ja auch länger dauern werde, als die neuliche Fahrt nach Blankenese, und der Abschied wohl auch ein solcher sein werde für immer. Um zehn Uhr hatten sie sich dann zur Ruhe begeben, ohne Arg, dass etwas Ungewöhnliches vorgefallen sein könne.

Am andern Morgen wurden die beiden Knechte frühzeitig geweckt. Es war noch stockdunkel. Die Haushälterin stand in der niedrigen Kammertür, ein flackerndes Licht in der Hand, und rief unter Zeichen sichtlicher Erregung: »Hinnerk, Krüschan, snell upstahn, de Bur is noch ni dar.«

De »Bur« – so wurde Jochen seit seines Vetters Weggang allgemein genannt und als solcher geachtet.

Die Knechte fuhren auf und warfen sich hastig in ihre Kleider. Noch nicht da? Was sollte das heißen? Und sie standen erregt am knisternden Herdfeuer in der Küche und erwogen in Flüsterton allerlei Möglichkeiten. Sie fürchteten etwas Unbestimmtes, Schlimmes, ein schweres Unglück; er mochte im Wald verirrt, in einen Sumpf geraten, in der Dunkelheit in einen der vielen und tiefen Feldteiche gefallen sein, oder der Schlag mochte ihn getroffen, oder ein Schwindel ihn ergriffen haben, und er lag jetzt irgendwo ohnmächtig, röchelnd, hilflos, verlassen.

Oder – – –

Der eine der Knechte verfiel auf einen Gedanken. Sollte er am Ende am Abend vorher in die Stadt gefahren sein, ohne weiter Bescheid zu hinterlassen? Ja, das war wohl das Richtige. Er wollte gewiss noch für die Reise einkaufen, allerlei, was gerade bei solcher Gelegenheit üblich ist. Nützliches, Nötiges und Unnötiges.

Die drei Beratenden kamen zu dem Schluss, der Sicherheit halber auf dem Bahnhof Nachfrage zu halten. Der älteste der Knechte, Heinrich, machte sich bei Tagesanbruch auf den Weg und schlug, um möglichst rasch ans Ziel zu kommen, den Feldsteig ein, auf dem er die Bahnstation in einer knappen halben Stunde erreichen konnte.

Der Steig führt nach dem Wald zu, bog aber nicht in denselben ein, sondern lief am Saum fort, schnitt das Moor, ging dann in kurzem Bogen an einem Graben entlang über die das Moor umgebende Wiese und darauf in gerader Richtung über Akkerland nach dem Bahnhof.

Der Knecht überlegte allerlei. Er dachte an die Feldarbeit. Das würde schon gehen. Auch ohne den Bauern. Überhaupt, was nützte der jetzt noch. Bald kam ein neuer. Der mochte es wieder anders haben wollen. Es mochte eine rechte Plage werden, bis der sich wieder eingelebt haben würde. Neue Besen sind die besten. Oder auch nicht. Aber die schärfsten. Und Jochen ging nach Amerika. Ob ihm nicht graute? Aber der Bauer David war ja auch drüben. Der hatte es gut. Soviel Geld! Die Erbschaft und den Hof! Der konnte lachen. Da würde er auch hinübergehen. Oder doch nicht. Grad nicht. Wozu? Er würde bleiben. So ein schöner Hof. Den würde er bewirtschaften. Aber leider ...!

Er nickte resigniert vor sich hin.

Auf dem Moor blieb er plötzlich stehen. Eine hastige Bewegung verriet ein tiefes Erschrecken. Ja, was war denn das? Dicht an dem Fußsteig lag ein Gegenstand, ein wohlbekannter: Jochens Mütze. Prüfend trat der Knecht auf sie zu. Es war kein Zweifel, sie gehörte ihm. Aber wo war da der Träger? Voll banger Ahnungen schritt der Knecht dem Erlengebüsch zu. Sollte der Bauer in eine der Torfgruben gefallen sein? Er spähte aus.

– Voller Entsetzen prallte er zurück. Dort lag Jochen, nicht in der Grube, sondern am Rand derselben, regungslos, offenbar steif und kalt, tot, längst schon tot.

Er trat nicht näher. Was die Füße ihn tragen wollten, rannte er zurück nach dem Hof, überbrachte die schaurige Nachricht und warf sich auf eines der Pferde, um den Gemeindevorstand herbeizuholen. Und von dort jagte er nach der Kreisstadt, um auf dem Landratsamt und beim Kreisarzt Anzeige zu erstatten ...

Und jetzt hatte sich eine große Anzahl Neugieriger auf dem abgelegenen Moor angesammelt, die scheu den Toten umstanden und hin und wieder auf den Fußsteig blickte, ob die Vertreter der Behörde noch nicht sichtbar wären. Gegen Mittag trafen diese ein. Der Landrat, ein Sekretär, der Kreisarzt und der Gemeindevorstand, der den Herren bis an die Bahn entgegen gegangen war. Respektvoll machten die Leute Platz.

Einen Augenblick standen die Angekommenen vor dem schaurigen Fund, und auf ihren Gesichtern spiegelte sich ihre innere Erregung. Dann aber trat der Kreisarzt, ein weißbärtiger, würdiger Mann, schweigend an den Toten heran, bückte sich und untersuchte ihn genau.

»Der Tod ist eingetreten, lange schon,« sagte er kurz und ernst, »gestern Abend, oder früh in der Nacht. Schuss in die Brust, ins Herz, abgefeuert aus nächster Nähe. Schrotladung, Rehposten. Der Rand der Kleidung ist an der Schussstelle geschwärzt, fast versengt. Die Gesichtszüge sind entstellt, verzerrt, ich lasse dahingestellt, ob hiernach auf einen vorausgegangenen Kampf, auf ein Ringen zu schließen ist; unwahrscheinlich ist es nicht. Die blutunterlaufenen Stellen, die vielen Schrammen an den Händen und am Gesicht scheinen es zu bestätigen.«

Er trat zurück und schien nach Spuren zu suchen. Die trockene, harte Moorerde wies jedoch keinerlei Eindrücke auf. Der Arzt stampfte mit den Absätzen seiner Stiefel fest auf; die Erdkruste gab nicht im Geringsten nach. »Das ist umsonst,« sagte er, »der Boden ist fest, wie fetter, trockener Torf; da ist nichts zu untersuchen.«

Der Landrat war eine aristokratische Erscheinung, hochgewachsen, noch jung. Er bekleidete seinen Posten erst kurze Zeit und war mit den Gewohnheiten und der Sprache der Bewohner seines Kreises noch nicht vertraut. Aber er vertrat seine Pflichten mit Eifer. Die Leute auf dem Moor sahen ihn heute zum ersten Mal. Er schien sich während der vom Arzt vorgenommenen Untersuchung zu völliger Ruhe gefasst zu haben und nahm jetzt das Wort, um an die Umstehenden Fragen zu richten. Er sprach langsam und schwieg nach jeder Antwort überlegend. Die Sprache machte ihm Schwierigkeiten, und es dauerte immer eine Weile, bis er den Sinn mit einiger Sicherheit herausfand.

Zunächst wandte er sich an die Haushälterin:

»Sie dienen auf dem ›Schimmelhof‹?«

»Ja.«

»Sind Sie die Haushälterin?«

»Jawoll.«

»Seit wann ist der Bauer vermisst worden?«

»Sid güstern Abend. Klock acht hemm'n wi äten, und Klock tein sünd wi to Bett gahn. Do wier he noch buten.«

»Hat Sie das nicht beunruhigt?«

»Nee, wi hemm'n dacht, he wier wo.«

»He wier wo? – Wo denn?«

»Dat weet ick ni. Bi sin Leewste.«

»Wer ist das?«

»Dat weet ick ni. Wi hemm'n man so dacht.«

Der Landrat sah sie musternd an und schwieg. Nach einer Weile fuhr er fort:

»Wann hat der Bauer das Haus verlassen?«

»G'wiss weet ick dat ni. Ick denk, so um Klock veer.«

»Haben Sie ihn weggehen sehen?«

»Nee.«

»Woraus schließen Sie denn auf die angegebene Zeit?«

»Ick denk man so. Naher heww ick em ni mehr hürt.«

»Vorher aber?«

»Jawoll, he smeet de Dör von Frau Dweetens Stuw tau, dat dat dörch dat ganze Hus baller.«

Der Landrat erkundigte sich, was das heiße: »baller«. »Knallen,« erklärte der Gemeindevorstand. – »Wer war Dweeten?« Der Vorstand gab Auskunft. Dann fuhr der Landrat, zu allen Umstehenden gewendet, fort:

»Sie haben gehört, dass der Bauer erschossen worden ist, haben Sie einen Verdacht, wer der Täter sein kann?«

Alle sahen sich fragend an, keiner antwortete.

»Sie etwa?« fragte er wieder die Haushälterin.

»Nee.«

»Hatte der Bauer Feinde?«

»Ick glöw ni.«

»Haben die männlichen Bediensteten sich gestern Abend nicht aus der Behausung entfernt?«

»Wat seggt he?« fragte die Frau.

Der Gemeindevorsteher legte sich ins Mittel: »Ob Hinnerk und Krüschan güstern Abend to Hus wesen sünd?« erklärte er.

»Jawoll,« entgegnete die Haushälterin bestimmt.

»Woher wissen Sie das?« examinierte der Landrat.

»Ick weet dat.«

»Ja, aber woher so genau?«

Die Frau wurde rot und sah den jüngeren Knecht an, der sich zur Seite zu drücken suchte. Dem Landrat war das nicht entgangen.

»So so!« sagte er, und ein feines Lächeln huschte blitzschnell über seine Züge. Er wandte sich an seine Begleiter. »Ich glaube, hier kommen wir vor der Hand der Lösung des Rätsels nicht näher. Wollen Sie« – er meinte den Vorstand – »freundlichst eine Wache hier lassen, wir wollen uns dann auf den Hof verfügen und dort Umschau halten. – Die Hausbewohner kommen mit,« fügte er hinzu.

Vier Personen blieben freiwillig als Wache zurück, die übrigen folgten in einiger Entfernung den Beamten.

Auch auf dem Hof hatten sich Neugierige eingefunden, die jetzt den Beamten ebenfalls nachgehen wollten. Der Landrat wies sie freundlich, aber entschieden zurück.

Sie traten zunächst in das Wohnzimmer. Der forschende Blick des Beamten fiel auf einige Hirschgeweihe.

»War der Bauer Jagdliebhaber?« fragte er.

»Er war der Pächter der Dorfjagd und jagte gern,« entgegnete der Gemeindevorsteher, »ich habe ihn zuweilen begleitet.«

»Wo ist der Platz für sein Gewehr?«

»Achter'n Aben,« entgegnete die Haushälterin.

Eine Doppelflinte hing dort.

»Ist es das hier? Hatte er nur das eine?«

»Nee, twee. Dat is den'n Burn David sin,« sagte das Mädchen, verwundert, wo das zweite geblieben sein könnte.

Der Landrat nickte dem Arzt bedeutsam zu.

»Halten Sie etwa einen Selbstmord für ausgeschlossen, Herr Doktor?« fragte er.

»Das nicht. Aber dann hätten wir doch die Waffe finden müssen.«

Der Landrat überlegte. »Wo ist das Schlafzimmer des Bauern?« Die Haushälterin führte die Herren dorthin.

Es war eine schlichte Kammer, neben der Dreschdiele gelegen, einfach weiß getüncht, doch sauber und hell. Alles war in größter Ordnung. An der einen Wand stand ein mächtiger hölzerner Koffer. Er war mit Eisenbändern vielfach beschlagen und das leicht erkenntlich erst in neuerer Zeit, wohl für die Reise. Ein Gewehr war nicht zu entdecken.

»Sollte er es – es wäre ja möglich – eingeschlossen haben,

um es über den Ozean mitzunehmen?« bemerkte der Landrat fragend.

»Das könnte – hm, undenkbar ist es nicht,« meinte der Gemeindevorsteher. »Der Koffer ist ja groß genug, und das Gewehr war ein gutes Stück, mit geschnitztem Kolben und schön ziselierten Beschlägen, – schon des Mitnehmens wert.«

»So brechen Sie den Koffer auf,« wandte sich der Landrat an einen der an der Tür stehenden Knechte. Mithilfe eines Stemmeisens und einer Axt war der Befehl bald ausgeführt. Sauber geordnet lag obenauf Jochens Sonntagsanzug von schwarzem Tuch. Dann folgten zwei andere Anzüge, Hemden, Strümpfe und ganz am Boden ein vielfach umwickeltes Paket. Der Landrat ließ es durch seinen Sekretär öffnen. Es enthielt Papier-, Gold- und Silbergeld.

Der Landrat war überrascht. Wie kam denn das hierher? »Hatte Jochen Duggen so viel Vermögen?« fragte er den Gemeindevorstand.

»Das nicht, aber es ist trotzdem erklärlich,« entgegnete dieser. »Es ist aller Wahrscheinlichkeit nach ein Teil der Kaufsumme für den Hof. Die Übergabe sollte ja schon am Ende der Woche stattfinden.«

»Das liegt nahe; eine andere Vermutung haben Sie indes nicht?«

»Nein, keine.«

Man zählte. – 18 000 Mark.

Der Landrat betrachtete gedankenvoll das Geld. Er schüttelte den Kopf. »Das ist ein anderer Fund, als ich vermutet hatte. Aber das steht jedenfalls fest: Das Gewehr ist nicht hier; kann es noch wo anders sein?« Die Haushälterin verneinte. »Dann, meine Herren,« fuhr der Landrat fort, »ist die Vermutung nicht abzuweisen, dass er die Waffe mit sich genommen und Selbstmord verübt hat. Was ihn dazu veranlasste, das zu untersuchen, ist nicht unsere erste Aufgabe. Vielleicht trifft es zu, was die Leute sagten: Er hat hier sein Herz verloren und sich nicht trennen können; oder die Heimat hat an ihm ihre Macht ausgeübt und ihn nicht losgelassen – auch das wäre denkbar, auch das ist dagewesen. Aber wie dem sei: Zunächst ist jedenfalls festzustellen, um welches Verbrechen es sich hier handelt. – Liegt die Leiche nicht dicht am Rand einer wassergefüllten Grube, und kann in diese hinein nicht das abgefeuerte Gewehr gefallen sein? Unter allen Umständen wollen wir dies sogleich untersuchen. Sind Haken zur Hand, mit denen das Wasser durchforscht werden kann? Gut – dann bitte ich, mir zu folgen.«

Er schritt, nachdem er das Geld dem Gemeindevorsteher in Verwahrung gegeben hatte, voran, und draußen schlossen die immer zahlreicher gewordenen Dörfler sich wieder an.

Jeder der Knechte war mit einem der großen Haken, wie sie fast auf jedem Bauernhof zu finden sind, versehen, und einer von ihnen trug auch noch eine Leiter mit. Als sie auf dem Moor angekommen waren und sich nach der Grube begaben, in deren Nähe Jochen gefunden worden war, sammelte sich die ganze Menschenmenge rings herum, um dem Beginnen zuzuschauen. Man vermutete, er habe Selbstmord begangen, so ging im Fluge die Kunde, und man wolle nun in dem Wasser das Gewehr suchen, das hineingefallen sein solle. Die Knechte senkten ihre Haken ein und begannen zu fischen. Regungslos waren aller Augen auf ihre Bemühungen gerichtet. Einer der Knechte fühlte am Boden einen Gegenstand. Er hakte ein und suchte zu heben. Aber das konnte nicht das Gewehr sein, es war zu schwer. Es mochte eine erhöhte Stichwand im Torfboden sein. Er machte den Haken wieder frei und trachtete, sich durch Tasten mit der Stange zu vergewissern. Aber auch die Annahme einer Stichwand schien nicht zuzutreffen. Es zeigte Erhöhungen und Vertiefungen und war nicht glatt an der Seite, wie die scharf weggestochenen Torfwände.

Der Mann setzte langsam den Haken wieder ein und fasste weiter nach. Der Gegenstand wurde jetzt von dem Haken fortbewegt und von dem Knecht mit Anstrengung an die Oberfläche gezogen ...

Da – ein Schrei aus hundert Kehlen zugleich ertönte, jählings ließ der Knecht den Haken fallen und stand bleich und zitternd, mit schwergehendem Atem. Die Menge wich entsetzt zurück, und auch der Arzt und der Landrat waren aufs Tiefste erschüttert.

Der letztere fasste sich zuerst wieder. »Ein neues Geheimnis scheint zum ersten zu kommen,« sagte er mit leicht vibrierender Stimme, »vielleicht liegt doch ein Mord vor, und der Mörder des unglücklichen Jochen Duggen ist seinem Verhängnis unmittelbar zum Opfer gefallen. Legt Hand an, Leute; es ist unsere Pflicht, die volle Wahrheit, und sei sie noch so traurig, klarzustellen. – Das war der Fuß eines Menschen, was wir gesehen haben ... Das schaudervolle Werk zu vollenden, kann uns nicht erspart bleiben.«

Zitternd vereinten die beiden Knechte ihre Anstrengungen, mit Mühe hoben sie einen schweren Körper empor – mit dem einen Haken zufällig auch Jochens Gewehr, das sich am Riemen verfangen hatte und hinter dem Toten herschleppte. Fast wäre der letzter den Knechten noch wieder entglitten, so erschraken sie, als sie die Kleidung und das schwarze Gesicht näher betrachteten. War das nicht ... Ein Ausruf des Staunens entfuhr ihren Lippen, und mit weit geöffneten Augen schauten sie auf den eben ans Land geborgenen Toten ...

»Der Bauer David! David Duggen!«

Sie hatten es nicht allein gesagt, es war ein Ruf aus aller Munde.

»David Duggen!« stotterte auch der Gemeindevorsteher und warf einen scheuen Blick auf die Leiche Jochens.

Niemand sprach aus, was er dachte, aber jeder begriff im Nu den Zusammenhang.

»Wie kam das Geld in den Koffer? Wissen wir jetzt vielleicht auch das?« meinte der Landrat fragend zu dem Vorsteher.

Dieser nickte, und der Landrat setzte ernst hinzu: »Man macht zuweilen die Rechnung ohne den Wirt. Ob auch ohne das Gewissen? Ich glaube, Jochen Duggen könnte davon reden.«

Nipp und Nepp

Über Hamburg lag ein Londoner Nebelabend mit seiner Finsternis und öden Unwirtlichkeit. Wie Gespenster traten die uns begegnenden Passanten wenige Schritte vor uns aus dem Nebel, und wie ein Höllenspuk schlug der graugelbe Dunst hinter ihnen zusammen, sobald sie eben an uns vorüber waren.

Mein Begleiter, der Kriminalkommissar Schott, ein hagerer Vierziger, hatte den Kragen des Paletots hochgezogen und schüttelte sich fröstelnd.

»Donnerwetter,« warf er mir missgelaunt zu, »nu hab ichs aber bald satt. Und Sie?«

Wir hatten eine Reihe von verrufenen Kneipen mit unserem Besuch beehrt, deren lichtscheue Gäste mein besonderes Interesse erregt hatten, und wir befanden uns auf dem Weg nach einer Kaschemme in der Hafengegend St. Paulis, die mir der Beamte als Hauptunterschlupf der Falschspieler-Spezialitäten niederer Sorte bezeichnet hatte. Da ich nur zu Besuch in der alten Hansestadt war und mein Aufenthalt sich seinem Ende näherte, wünschte ich die wenigen, letzten Tage noch möglichst auszunutzen und war nicht sonderlich erfreut, dass der Beamte zu ermüden begann.

»Ich bin noch frisch,« entgegnete ich.

Aber Schott ließ sich nicht beirren.

»Nein,« erklärte er mit der Energie, die ich an ihm gewohnt war, »für heute muss es genug sein. Morgen ist auch noch ein Tag. Höchstens − −«

Wir waren an der Brüderstraße angelangt, und Schott blieb plötzlich stehen.

»− höchstens,« wiederholte er, »machen wir da hinein noch einen Abstecher − zu Nipp und Nepp −«

»Nipp und Nepp −?«

»Kommen Sie,« forderte er und bog bereits in die nebelverhüllte Gasse ein; »das sind auch ein paar Spezialitäten, wenn auch andere, als die internationalen Gauner in den Hafenspelunken. Sogar gute Bekannte von mir, Nipp und Nepp, und trotz der verfänglichen Namen – natürlich Spitznamen – zwei Leute, denen man die Hände drücken darf, wenngleich an diesen bei beiden Blut klebt.«

»Also gebesserte Verbrecher?« fiel ich fragend ein.

»Vielleicht auch nicht,« erwiderte er etwas unverständlich.

»Was nicht: nicht Verbrecher oder nicht gebessert?« fasste ich nach.

»Sie werden ja sehen und können sich Ihr Urteil dann allein bilden,« versetzte er ausweichen. »Natürlich kenne ich beider Vergangenheit und werde Ihnen darüber Aufschluss geben, wenn Sie die Gewogenheit haben wollen, mir nachher in einem guten Restaurant bei einem Glas Münchner Gesellschaft zu leisten und eine Weile zuzuhören.«

»Das versteht sich von selbst, lieber Schott ... Haben wir's weit?«

»Nein, kaum noch hundert Schritt. Wenn der verwünschte Nebel nicht wäre, könnten Sie schon die rote Laterne über dem Eingang uns entgegen grüßen sehen. Nipps Spezialität ist ein kräftiger Grog; ich denke, der wird auch uns gut tun. Auch ein Linsen- oder Erbsengericht mit Bier können Sie sich ohne Bedenken gestatten, wenn Sie das vorziehen.«

»Nein, ich verzichte doch lieber und spreche gleich Ihnen dem Grog zu.«

»Nein, ich verzichte doch lieber und spreche gleich Ihnen dem Grog zu.

»Nach Ihrem Belieben. Da sind wir übrigens zur Stelle. Bitte, rechter Hand. Aber Vorsicht – es geht ein halbes Duzend Stufen hinunter.

Ich blieb zunächst vor dem alten, windschiefen, stark verrußten Haus stehen und musterte im matten Schein der roten Laterne die Aufschriften an dem kleinen, zweiteiligen Fenster dicht über dem Straßenniveau. »Wein, Bier, Porter, Grog« stand auf dem einen Fensterflügel in lesbarer, wenn auch verschmutzter Schrift verzeichnet, während der zweite Flügel die Namen »Angelika und Beate Kaufmann« trug.

»Wie –?« fragte ich den Kommissar überrascht, »›Nipp und Nepp‹ sind Frauen?«

»Allerdings; mit den Namen, die Sie da eben entziffert haben.«

»Die Spitznamen, deren Erklärung ja übrigens nicht fernzuliegen scheint, sind mir interessanter. Nipp guckt natürlich gern etwas tief ins Glas, und Nepp haut diejenigen, die es Nipp gleichzutun belieben, über die Ohren ...«

»Die erste Deutung ist zum Teil richtig; die zweite: nein. Nipp nippt wohl gern, hat ihren Spitznahmen in bedachter Abmilderung aber auch deswegen, weil sie von den Schwestern diejenige ist, die das Einschenken besorgt; Nepp dagegen kassiert und dankt ihren Witznamen dieser die Gäste erleichternden Tätigkeit, ohne dass ihr jemand etwas Böses nachsagen will. Sie rechnet genau und lässt sich niemand durchschlüpfen; aber selbst die Polizei schätzt an ihr, dass sie streng reell ist.«

Wir stiegen vorsichtig die ausgetretenen Stufen hinab und betraten, Schott voran, das Lokal.

Der Raum war niedrig, und blaue Wolken von Tabaksrauch, vermischt mit dem Dunst von Speisen und warmen Getränken, schlug uns entgegen.

Schott begrüßte eine Frau, die in der Nähe der Tür sich mit einem Gast unterhielt, als Nepp, und reichte dann auch der zweiten Inhaberin des Lokals über den Schenktisch hinweg vertraulich die Hand. Nepp holte aus einer Ecke zwei Stühle und schob sich dicht neben den Schenkstand.

»Sie werden uns doch die Ruhe nicht fortnehmen wollen, also bitte: Setzten Sie sich. Was kann ich Ihnen bringen? Grog? – – Zwei Grogs, Nipp!«

Die Frau unterhielt sich gedämpft mit dem Kommissar, und

ich hatte Zeit, sie genauer zu betrachten. Sie war von über Mittelgröße, mit einem Ansatz zur Korpulenz, der ihr nicht übel stand. Das Gesicht zeigte Spuren von ehemaliger großer Schönheit, daneben einen Zug von Energie, der ihm, im Verein mit dem glatt gescheitelten, stark ergrauten Haupthaar, etwas Fesselndes gab. Die straff aufrechte Haltung der Frau, die freie, fast kühne Stirn und der durchdringende Blick des Auges, verrieten Kraft und Selbstbewusstsein. Das Kleid von grobem, praktischem Wollstoff war von auffallend elegantem Schnitt, die weiße Schürze ebenso wie der Halskragen von blendender Sauberkeit.

Ich studierte die Eigentümlichkeit des Lokals, und eine ins Auge fallende Reinlichkeit herrschte auch in diesem. Die Wände waren wie die Decke mit heller, nur wenig verqualmter Tapete überzogen, die Türen sauber abgewaschen, der Fußboden mit frischem Sand überstreut. Die Gläser, Flaschen und kleinen Spiegelflächen im Büfett blitzten im Gaslicht.

Mit Nepp kam auch Nipp zu uns, schob ihren Schemel in unsere Nähe, brachte für sich selbst ein Glas Grog mit und stieß mit uns an.

Der aufsteigende Dampf des heißen Gebräus vereinigte sich aus den drei Gläsern, aber das Zusammenstoßen gab keinen Klang.

Mir war das blecherne Geschülpe so zuwider, wie das rote, bei aller Hagerkeit aufgedunsene Gesicht Nipps. Das Haar war ergraut wie bei der Schwester, aber nicht so sorglich gepflegt, und auch die Kleidung, obwohl von gleichem Stoff und Schnitt wie bei Nepp, nicht halb so ordentlich. Sie hing in Falten um den mageren Körper und zeigte reichliche Spuren von der wirtschaftlichen Tätigkeit der Trägerin. In den schwimmenden Augen lag eine stumpfe Blödigkeit, und auch während der Unterhaltung schimmerte kaum ein belebterer Glanz darin auf. Eine körperliche Schlaffheit und eine seelische Müdigkeit lagen über die gealterte Frau gebreitet, die etwas Ergreifendes gehabt hätte, wenn der Alkoholdunst, der beim Sprechen von ihren Lippen ausging, nicht abgestoßen und beredt daran gemahnt hätte, welchem Laster der geistige und körperliche Verfall der Frau zuzuschreiben war.

Ich wandte mich verstimmt von ihr ab und musterte die Gäste. Junge und reife Leute bunt durcheinander, alle qualmend und sich laut unterhaltend. Hausdiener – schätze ich –, kleine Kommis, ein paar engagementslose Leutchen vom Theater, geplagte Advokatenschreiber, eine Mehrzahl vielleicht Handwerker – alle dürftig und unbedeutend, aber auch alle harmlos und nicht einer in der Gesellschaft, der den Stempel der Verkommenheit auf der Stirn getragen hätte.

Eine Äußerung Nepps ließ mich aufhorchen.

»Wer im Keller wohnt, kann nicht über den Berg kucken,« sagte sie im Ton des Widerspruchs zu Schott. Ich hatte überhört, wovon die Rede gewesen war, und konnte aus der Äußerung nicht entnehmen, wodurch Schott ihre Entgegnung herausgefordert hatte. Aber ein seltsames Widerspiel in den belebten Mienen der Sprechenden fesselte mich und ließ mich ihr meine Aufmerksamkeit erhöht zuwenden.

»Das ist aber auch ein Glück,« fuhr Nepp fort. »Erstens braucht man sich nicht den Hals auszurenken und zweitens nicht zu sehen, was oben drauf und weiter dahinter vorgeht. Geiht mi dat wat an? Ich bin keiner von euch, der seine Nase überall hineinstecken muss, un ick gew dar en Dreck up, wat dar makt ward. Is dat wat Gauds? Manchmal, aus Versehen. Mit Willen? Kein Mensch kümmert sich um den andern, wenn er nicht seinen Vorteil daraus zieht. Einer saugt den andern aus, und je mehr es zu saugen gibt, umso besser. Ich hab das kennengelernt. Aber jetzt – jetzt kuck ich nicht mehr auf den Berg – ih wo, nich mal ut min Kellerfinster. De sik fräten lett, man tau, de sall sik fräten laten – ick rühr keen Faut un keen Hand. – Wat, en Grog noch?« rief sie nach einem Tisch hinüber. »Nipp, en stiwen –«

Sie erhob sich und holte das leere Glas.

Ich konnte mir auf den halb hoch- und halb plattdeutschen Redeschwall keinen rechten Vers machen und wandte mich fragend an Schott.

»Um was handelt es sich denn?«

Schott plinkte mir zu.

»Wir haben da so einen armen Vagabunden, dem wir aufhelfen möchten. Wir können aber vor der Hand nichts Rechtes für ihn ausfindig machen, und da hab ich gedacht, Nipp und Nepp möchten ihm eine kurze Zeit lang wenigstens was zu essen geben –«

»Was sie natürlich nicht wollen?«

»Nepp wehrt sich allemal –«

»Hilft aber doch mitunter?«

»Passen Sie auf, wie's weitergeht; wir sind noch nicht zu Ende.«

Nepp kam zurück.

»Min leewe Schott,« nahm sie das Wort wieder auf, »Se wäten, wo mi dat gahn is. Ist wer zu mir gekommen und hat mir die Hand gegeben und mir nach dem Fallen aufgeholfen? Jawoll, min Swester, de is kamen, de ok so'n utstött Küken wier. Die andern? Nicht einer von ihnen. Mit Schimp hemm se mi besmäten, rünnerstött hem se mi von den Barg in den Keller. Ick harr mi ni fräten laten, ick harr sülm de Tähn wies't – dat wier gefiehrli worn, un darvör mösst ick ünnergahn. En Rowtier is nichts gegen den Minschen. Un grad ick sall ümmer wedder ünner de Arm griepen, wenn dar een hinstolpert oder dalsmäten is – un min Swester irst, de dat noch leger hatt hett as ick? Nee, min leewe Schott, wenn – wenn – Se dat ni wiern, ick harr en Hart as en Steen. – Wo is de Bingel denn?«

»Noch in Verwahrungshaft, Nepp. Schlecht scheint er aber nicht.«

»Nicht! Na, und Schlafstelle hätten Sie schon für ihn?«

»Noch nicht –«

»Na, ließe sich ja machen. Und mit dem Essen – – Se, dat segg ick Se awer: Allens mutt he nahbetalen –«

»Gewiss, Nepp –«

»Und bringen Sie uns dann keinen wieder – dat nächste Mal segg ich nee, un wenn Se sik up den Kopp stellen. – Noch eenen inschänken? – Nipp – för Herrn Schott. – Sie auch noch einen?« fragte sie mich.

Ich bejahte und sah Nipp zu. Die dürren Finger zitterten ihr, und sie musste sich Mühe geben, nicht vorbei zu schütten. Ihr eigenes Glas füllte sie über die Hälfte mit Rum und tat nur wenig Zucker hinzu.

»So liebt sie es,« raunte Schott; »viel Rum, wenig Wasser. Ich fürchte, die Arme wird einmal plötzlich zusammenbrechen wie alle Trinker. Früher war sie fast so ansehnlich wie Nepp; freilich ist das schon lange her, an die zwölf Jahre oder länger. Ich glaube, das Lebenslicht flackert nur noch. – Danke, Nepp. Prosit, Nipp.«

Nipp begann mit dem linken Auge zu plinken, und ein nervöses Zucken bemächtigte sich bald der ganzen linken Gesichtshälfte, bis sie hastig noch ein drittes Glas hinuntergegossen hatte, Wangen und Nase in hässlichem Gegensatz zur bleichen Stirn eine blaurote Färbung annahmen, das Zucken sich aber wieder verlor.

Ich fühlte mich abgestoßen und drängte den Kommissar zum Aufbruch.

Schott kam meinem Wunsch nach.

»Wir haben uns noch manches zu erzählen,« sagte er im Ton der Entschuldigung zu den Frauen, »und wir wollen irgendeinen stilleren Winkel aufsuchen. Also bis auf Wiedersehen morgen, Nepp. Den Bengel bring ich natürlich selbst her. Adjüs, Nipp –«

»Das war ein kurzer Besuch –«

»Wie's trifft, Nepp. Ein andermal bringen wir mehr Zeit mit.«

Der Nebel draußen war noch dichter geworden, und wir

flüchteten bald in einen Wagen der elektrischen Bahn, der uns nach einem bekannten Hotel-Restaurant nahe der Börse brachte.

In einer lauschigen Ecke machten wir es uns bequem.

»Jetzt berichten Sie,« bat ich meinen Gesellschafter.

»Ja, gleich.«

Schott zündete sich eine Zigarre an und grübelte eine Weile.

»Ich muss mir den Faden ein wenig zurechtlegen,« meinte er dann, »denn die Ereignisse liegen doch zurück, und mein Gedächtnis muss die Hergänge erst wieder zusammensuchen. Kennengelernt habe ich die beiden Frauen als junge Mädchen in Kiel. Die Natur hatte sie sehr ausgezeichnet, und ihre Schönheit schien ihnen den Weg zu gesicherter und bevorzugter Lebensstellung bahnen zu sollen. Angelika, die ältere der Schwestern, verlobte sich mit einem Gutsbesitzer von Willms und bald nach ihr Beate mit einem jungen Arzt. Beide Mädchen, die einer geachteten und wohlhabenden Beamtenfamilie in Kiel entstammten, hatten die Verlobten auf einem Studentenball kennengelernt und wurden von ihren Altersgenossinnen und Freundinnen nicht wenig beneidet.

Nipp – Pardon ... Beate – vermählte sich zuerst und ging kurz nach der Hochzeit mit ihrem Gatten nach Mexiko, von wo dem jungen, vielversprechenden Arzt, der an der Klinik eines bekannten Kieler Professors die ersten Erfahrungen gesammelt hatte, die Leitung eines großen Krankenhauses angetragen worden war. Briefe, die ihr Glück nicht genug zu rühmen wussten, trafen von der jungen Frau in der Heimat ein und wenige Tage vor Angelikas Hochzeit die freudige Nachricht von der Geburt eines Sohnes. Dann hörten plötzlich alle Lebenszeichen auf, und nach Jahr und Tag kamen auch die Briefe, die von den Eltern und der Schwester in die Ferne gerichtet worden waren, als unbestellbar zurück.

Sie selbst hat mir gegenüber später das Dunkel, das über ihrem Leben lag, gelichtet, und Sie gestatten mir, dass ich die

Wiedergabe vorwegnehme, obgleich ihr Schicksal in den letzten Ausläufen sich später abwickelte, als die Tragödie, die inzwischen Angelika in der Heimat zu erleben hatte.

Ärzte sind irrende Menschen, wie wir alle. Das musste auch Beates Gatte, ein Dr. Kruse, erfahren, der sich mit der Übernahme des Krankenhauses an eine Aufgabe herangewagt hatte, der er – auch das Wissen ist ja mühsam zu erwerbendes Stückwerk – noch nicht gewachsen gewesen war. Er wurde mit reichen Ehren und großem Vertrauen empfangen und nahm an dem neuen Wirkungsort eine gesellschaftliche Stellung ein, die ihn mit den vornehmsten Kreisen der Stadt zusammenführte und ihm auch eine glänzende Privatkundschaft einbrachte. Allein gerade die letztere wurde ihm zum Verderben, denn sie brachte ins Gespräch, wenn er sich in der Behandlung eines Patienten geirrt hatte. Solange in der ihm unterstellten Anstalt Fehlgriffe vorgekommen waren, war wenig oder nichts davon an die Öffentlichkeit gedrungen, wie es bei uns auch meistens zu gehen pflegte; als er aber einen angesehenen Kaufmann, der zugleich Konsul einer europäischen Großmacht war, nahezu an den Rand des Grabes gebracht hatte und ein Fachgenosse ihn deswegen öffentlich brandmarkte, war seinem Wirken plötzlich ein Ziel gesetzt, und er musste froh sein, der Stadt unbehelligt den Rücken kehren zu können.

Er wandte sich mit Frau und Sohn nach Nordamerika, siedelt sich in einer kleinen, aufblühenden Stadt – der Name ist mir nicht gegenwärtig – an und hatte das Glück, sich in Kürze abermals eine gute Existenz zu gründen. Er wurde, da seine Frau ihm eine nicht unbedeutende Mitgift gebracht hatte und er sich mit dieser einige Ländereien sichern konnte, in wenigen Jahren sogar ein verhältnismäßig reicher Mann und fing nach und nach an, die ersten schmerzlichen Enttäuschungen, die ihm seine Laufbahn gebracht hatte, zu vergessen.

Da verfolgte ihn abermals das Geschick und stürzte ihn tiefer als vorher. Er behielt zwar diesmal in der Öffentlichkeit sein ungeschmälertes Ansehen und brauchte nicht wiederum zum Wanderstab zu greifen; dafür war es aber auch der eigene Sohn, der seiner ärztlichen Kunst zum Opfer fiel und ihn halb zum Wahnsinn brachte, als er steif und kalt vor ihm lag.

Die Frau rang mit ihrem Schmerz und stützte den Mann; er sah es nicht; er ging wie ein Nachtwandelnder, gab seine ärztliche Praxis auf und stürzte sich in eine Spekulationswut, die trotz seines Taumels Reichtümer auf Reichtümer häufte, ohne ihm mehr als hin und wieder einmal eine rasch verrauschende Befriedigung zu gewähren. Sein Glück war in der Stadt sprichwörtlich, sein geheimer Seelenjammer unüberwindlich. Nun verwischte sich in ihm nach und nach das Bewusstsein seiner Schuld, und die fixe Idee begann ihn zu beherrschen, dass nicht er, sondern seine Frau den Tod des Lieblings auf dem Gewissen habe. Erst quälte er sie mit halben, bös hingeworfenen Andeutungen, dann schleuderte er ihr die furchtbare Anschuldigung gerade ins Gesicht, und die arme Frau erlag fast der Erkenntnis, dass sie zu dem Kind nun auch den Ehemann verlor, dessen frühere Geisteskraft in einem blinden und blöden Hass erstorben schien, mit dem er sie fortan auf Schritt und Tritt verfolgte.

Was er alle anstellte, um sie zu quälen, das wird wohl für immer das Geheimnis der bedauernswerten Frau bleiben, die selbst der Schwester gegenüber ihren Mann noch stets in Schutz genommen und nur die letzte der Vergewaltigung zugegeben hat, die sie dann zur Verzweiflung und zum ungewollten Verbrechen trieb.

»Du kannst nichts!« sagte er ihr mit umnachtetem Lächeln. »Du musst – lernen!« Und damit warf er polternd ein dutzend Fachwerke auf seinem Studiertisch, wies mit der ausgestreckten Hand auf ein Skelett, das seitwärts vom Tisch stand, schlug die Tür des Zimmers hinter sich zu und schloss von außen ab.

Die eingeschlossene Frau versank in Jammern, bedeckte am Abend das gespenstische Skelett mit alten Zeitungen, die sie in einem Bücherregal aufstöberte, und harrte dem kommenden Morgen entgegen, von dem sie wieder die Erlösung hoffte. Aber der Morgen kam und der Tag ging – der Arzt ließ sich nicht sehen, und Beates Klopfen verhallte ungehört. Sie wanderte in der zweiten Nacht ruhelos in dem Zimmer umher, stieß gegen eine der das Skelett verhüllenden Zeitungsblätter und schrak beim Rascheln des fallenden Blattes zum Tode betroffen zusammen. Sie wagte das Blatt nicht aufzuheben, und das weiße Skelett starrte ihr im Monddunkel der Nacht unheimlich entgegen – eine Gesellschaft, die wohl auch Stärkeren, als der geängstigten, durch Hunger entkräfteten Frau den Atem hätte stillstehen lassen. Sie wagte sich lange nicht zu rühren – Nepp müsste Ihnen das erzählen, die findet die Farben dafür! –, dann kam die Todesverzweiflung über sie, und sie beschloss, ein Ende zu machen – ein Ende mit der Qual, des nur zugleich das des Lebens sein konnte. Sie stapelte Stühle an der Tür zum Nebenzimmer auf, packte Bücher und zusammengeballte Zeitungen dazwischen, schob das klappernde, wackelnde Skelett nach oben hin, machte Feuer und setzte den Stapel in Brand.

Das Zimmer füllte sich mit Qualm, der sie zu ersticken drohte. Sie kauerte vor dem Schreibtisch, hielt die Hände ineinander verschlungen und starrte in die rauchverhüllte Feuerglut. Plötzlich ein Polter, Krachen und Knistern – der feurige Turm wankte, schlug durch die durchgebrannte Tür ins Nebenzimmer und verbreitete die an Möbeln, Wänden und Decke emporzüngelnde Lohe auch dort ...

Der Brandstifterin ist es noch heute ein Rätsel, wie sie dem Verderben in dem bis auf den Grund niedergebrannten Haus hat entrissen werden können; aber als sie aus ihrer Betäubung erwachte, befand sie sich in einem Nachbarhaus, und als sie ihre Besinnung vollends zurückerlangt hatte, wanderte sie ins Gefängnis.

Ihr eigener Ehemann hatte sie der Brandlegung beschuldigt,

und da ein Menschenleben – das einer Dienerin – bei der Katastrophe zugrunde gegangen war, wurde sie zu langjähriger Freiheitsstrafe verurteilt.

Sie hatte kein Wort zu ihrer Verteidigung, keines gegen den Mann gefunden. Stumm und stumpf trug sie, was ihr auferlegt war, noch im tiefsten Unglück dankbar für die wenigen Jahre des Glücks, die sie dem Mann zu danken gehabt hatte.

Als ihre Strafzeit vorüber war, war der Mann tot; im Irrenhaus gestorben, wie sie erfuhr. Von seinem einstigen Vermögen war nichts übrig, als ein kleiner Rest, der aber zur Rückfahrt nach der alten Heimat ausreichte.

Als eine blühende Frau war sie gegangen; seelisch und körperlich weit vor der Zeit gealtert, kehrte sie wieder.

Sie fuhr nach Kiel – die Eltern waren tot. Tränenlos legte sie am dürftig geschmückten Grab einen Kranz nieder.

Dann fuhr sie nach dem Gut der Schwester, fragte nahe dem Hof einen Arbeiter, ob Frau von Willms da sei, und wurde bedeutet, lieber umzukehren, denn eine Frau von Willms gebe es nicht mehr, einen Herrn von Willms auch nicht. Die seien beide fort und der Mann schon lange tot.

»Die Frau auch?« fragte Beate ruhig.

Der Arbeiter kraulte sich hinter den Ohren.

»Nee,« sagte er, »dod nich, awer so gaud as.«

»Wo ist sie?«

»In Hambörg sall se sick rümdriewen, hett dat mal heeten.«

Beate fragte nicht mehr, sondern fuhr nach Hamburg. Sie schlug zuerst im Adressbuch nach; aber der Name von Willms war nicht darin vertreten. Dann ging sie zur Polizei, und die konnte Auskunft geben. »Angelika von Willms, geborene Kaufmann, Gastwirtin, Brüderstraße 10,« schrieb ihr ein Beamter auf einen Zettel.

Und da, wo Nipp und Nepp noch heute hausen, fanden die Schwestern sich damals in die ausgebreiteten Arme zurück ...«

Ich benutzte eine Pause, die der Kommissar eintreten ließ, zu der überzeugten Bemerkung: »Trauriger kann einem Frauenleben das Los wohl nicht fallen.«

»Nein,« stimmte Schott einsilbig bei.

»Lieber Freund, hätte ich Nipps Geschichte vorher gekannt: Meine Empfindungen gegen sie wären dadurch gemildert worden.«

»Das ist die alte Erfahrung, dass man das Rathaus klüger verlässt, als man es aufgesucht hat. Imgrunde: Der Eindruck der Frau ist ja kein günstiger mehr, ich weiß das. Damals, als sie bei der Schwester von der lange entbehrten Liebe umhegt wurde, blühte sie vorübergehend wieder auf und hielt sich auch noch, als sie bereits zu dem Gift des Trunkes ihre Zuflucht genommen hatte. Jetzt kommt aber die Wirkung des Giftes – ja, und die ist verheerend.«

»Erzählen Sie von der Schwester, Schott!«

»Ja –«

»Dass auch sie Schweres durchzukämpfen hatte, haben Sie ja schon angedeutet. Ich hoffe aber, dass die Wahrheit Ihnen gestattet, ein paar freundlichere Lichter aufzusetzen.«

Der Kommissar schüttelte den Kopf.

»Nein,« entgegnete er abwehrend, »leider nicht. Ihr Schicksal war – Verzeihung für die raue Kürze! – modern alltäglich: einfach, nüchtern und brutal. Sie sind ja auch, wie ich mich erinnere, in Holstein zu Hause: Kennen Sie das Gut Lukhorst am Stolper See?«

»Nur oberflächlich –«

»Das war Herrn von Willms Heimat und nach seiner Vermählung auch das der jungen Frau. Es liegt, wenn Sie sich entsinnen, am nördlichen Seeende, die eine Seite des alten Herrenhauses dem blinkenden Wasserspiegel zugekehrt, die andere von den Buchen des großen Parks umschattet ...«

»Der Name Willms ist mir nicht geläufig. Ist Ihnen bekannt, wer der jetzige Besitzer ist?«

»Ein Graf von Ahleberg, wenn ich nicht irre. Aber das ist nebensächlich.

Der alte Herr von Willms, der aus dem Oldenburgischen gekommen sein sollte, hatte Lukhorst nicht zu teuer, aber doch über seine Mittel gekauft, und er hinterließ es dem Sohn mit einer Schuldenlast, die ihm und seiner Familie zum Verhängnis wurde.

Angelikas Mitgift brachte eine Milderung des Druckes und schob den Ruin um eine Reihe von Jahren hinaus, ohne ihn auf die Dauer abwenden zu können.

Die Heirat empörte die Mutter des Gutsherrn, die für den Sohn eine reiche Partie ermittelt hatte und diese scheitern sah, und die zu Ende gehende Brautgabe öffnete auch Angelikas Gatten die Augen und ließ seine Liebe verfliegen. Die ›hübsche Larve‹, wie Frau von Willms sich auszudrücken beliebte, imponierte nicht mehr, nachdem die ›Vergoldung‹ sich als zu schwach erwiesen hatte.

Die uralte Geschichte, die sich doch immer erneuert!

Das Ringen zwischen der Prosa des Alltags und der Poesie des Herzensrausches, in dem es immer die letztere ist, die da unterliegt.

Kommt eben die Sorge nur durch den Schornstein, so flüchtet das Glück durch Türen und Fenster.

Das einzige Band, das die Eheleute zusammenhielt, war bald nur noch das ihnen geschenkte Töchterchen, an dem auch der Vater mit ungeheuchelter Liebe hing.

Aber da wollte es ihr Unstern, dass ihnen dieses gewaltsam entrissen wurde.

Das fünfjährige Kind hatte ein Blechschiffchen geschenkt bekommen, suchte es, als ihm das Spiel im Haus zu langweilig geworden war, auf dem Hofteich schwimmen zu lassen, verlor dabei das Gleichgewicht, stürzte in das tiefe, moorschwarze Wasser und wurde nach Stunden als Tote aufgefunden. Das Schiffchen zeigte den aufgeregten Leuten, die rings auf dem

Gut nach der Kleinen suchten, die erste Spur, und Herr von Willms selbst war es, der mit einem Bootshaken die Leiche von dem gefährlichen, schlammigen Grund heraufholte.

Was soll ich Ihnen von dem Jammer sagen, der mit der Toten in das alte, stolze Herrenhaus einzog und lähmend darin herrschte, als die kleine Schläferin längst unter den weichen Erdhügel gebettet worden war. Ich habe noch keinen Dichter gefunden, der die Tiefen des Schmerzes zu ergründen vermocht hätte, wie viel weniger könnte ich es versuchen, dem die Sprache ohnehin nur schwer gehorchen will.

Selbst die alte Mutter des Gutsherrn trug eine Zeitlang an dem Leid mit, um dann freilich die Herzenshärte nur umso schroffer hervorzukehren und ihre alten, unvergessenen Pläne von Neuem aufzunehmen.

Das letzte innerliche Band zwischen den Eheleuten war zerrissen – nun sollte auch die äußere Fessel abgestreift und die mittellose, überflüssig gewordene Frau hinausgedrängt werden, um ihren Platz neuem Blut und neuem Gold freizumachen.

Die junge Frau verhielt sich apathisch, lange; als aber die Mutter ihres Mannes es durchgesetzt hatte, dass er das Gut verlassen und aus sicherer Entfernung seine Frau um Zustimmung zur Scheidung gebeten hatte, da bäumte sie sich auf und suchte eine Vergeltung nach dem Satz: Auge um Auge, Zahn um Zahn.

Nur ein einziges Wort telegrafierte sie dem Mann zurück – das kurze, feste ›Ja!‹ Dann suchte sie die Schwiegermutter auf, sprach auch ihr die Zustimmung zur Scheidung aus und endete mit der Mitteilung, dass sie sofort abzureisen beschlossen habe.

Die stolze Dame wünschte auch im Augenblick der Trennung den Schein zu wahren und erbot sich, der Scheidenden das Geleit nach der Bahn zu geben.

Angelika ließ ihre Lieblingstiere, ein Paar feurige Schweißfüchse, einschirren und schwang sich selbst auf den Bock des Wagens.

»Zum letzten Mal, Mutter –« sagte sie herb.

»Nimm doch den Kutscher mit,« mahnte die Frau.

»Der ist an der Bahn –« lautete die Entgegnung.

Die Füchse waren lange geschont worden, drängelten sich übermütig, zogen an und flogen von dem Hof, dass die Funken unter den Hufen stoben und der Wagen fast hüpfend mit fortgerissen wurden.

Der Weg macht einen Bogen um die Gutsgebäude herum und durch den Park, läuft dann in fast gerader Linie auf den See zu und darauf in dichtem Waldschatten an diesem entlang.

Die Richtung auf den See brachte dem Gefährt das Verderben. Die junge Frau hatte die – Gewalt über die stürmenden Tiere verloren, die – blindlings in die blaue, sonnenglitzernde Flut rasten.

Die wild geängstigten Gäule schlugen und bissen nach einander, bis sie den Boden unter den Füßen verloren, sich in wütendem Kampf noch eine kurze Strecke schwimmend hielten und dann mit dem Wagen versanken.

Die junge Frau wurde von den Fluten wieder emporgetragen und von den herzugeeilten Gutsleuten ans Land gerettet, die alte – blieb in der Tiefe rächend gefangen – –.

Den Schluss des Dramas inszenierte das Gericht, dem Angelika sich selbst gestellt hatte.

Der öffentliche Ankläger nahm ein Verbrechen an, ein vorher wohlüberlegtes; die Beschuldigte leugnete es.

Ich selbst hatte damals die Recherchen zu leiten gehabt, und ich war auch Zeuge der Hauptverhandlung.

»Ist Ihnen das tragische Ende der würdigen alten Dame nicht zu Herzen gegangen?« fragte der Vorsitzende die Angeklagte wohlwollend.

»Nein!« erklärte die Befragte fest.

Die unkluge Aufrichtigkeit kostete ihr die Freiheit.

Die Geschworenen sprachen sie schuldig – milde: nicht des Mordes – aber schuldig der fahrlässigen Tötung. Und das Ende des Romans spielte hinter den öden Mauern des Gefängnisses.«

»Hielten Sie die junge Gutsherrin für schuldig?« fragte ich. Schott sah mich an.

»Sie –?« lautete seine Gegenfrage.

»Ja.«

»Ich – nicht!« erklärte er gegen meine Erwartung. »Setzt sich nicht selbst das Tier zur Wehr, wenn es gequält wird? Und soll der Mensch sich mehr gefallen lassen? Traf die Frau ein Fehl, dass sie sich wie ein Hund hinausjagen lassen sollte? Hatte die Selbstsucht der Menschen, denen sie hätte wert sein sollen, sie nicht um ihr Alles gebracht: um ihre Jugend, ihre Hoffnungen, ihre Zukunft, ihren Glauben an Liebe und Güte, ihr Vermögen? Und stießen sie sie nicht von sich wie eine Aussätzige – – sie, die die vertrauende Liebe der hoffnungsfrohen Jugend in das Haus des Wankelmuts und des kalten Egoismus geleitet hatte? Nein, ich glaube: Sie wollte selbst mit in den Tod gehen, und der See wies das Opfer gegen ihr Wünschen zurück, weil, die fühllose Härte der noch im letzten Augenblick heuchlerischen Alten nichts traf als die gerechte Strafe. Das war auch damals der Eindruck, der dem Plädoyer des Anklägers die Kraft nahm und die Geschworenen zu ihrem milden Verdikt veranlasste. Hat Nepp selbst vorhin ein Heil daraus gemacht, dass sie sich nicht hatte fressen lassen wollen?«

»Ich deutete selbst die Äußerung in Ihrem Sinn …«

»Nipp duldet; Nepp war kraftvoller: Sie wollte vergelten. Werfen Sie einen Stein?«

»Nein, Schott. Wir wollen, wenn es Ihnen recht ist, morgen noch einmal nach der Brüderstraße gehen. Sie sind dort gern gesehen, und meine Sympathie wird nicht zurückgewiesen werden.«

Schott erhob sein Glas.

»Auf Ihr Wohl!«

»– und das der beiden!« setzte ich hinzu.

Erst als wir gingen, kam ich nochmals auf den Gatten Nepps zurück.

»Was ist aus Herrn von Willms geworden?« fragte ich.

»Eine Null weniger –,« entgegnete Schott karg. »Er soll ausgewandert sein – verdorben, gestorben. Nach Recht und Wert. – Also auf morgen!«

»Gute Nacht, Schott.«

Unsere Wege trennten sich, und ich wanderte allein durch die menschenleeren, nebligen Straßen meinem Hotel zu.

Mein Zimmer war angenehm durchwärmt, und ich setzte mich, um noch die Hauptdaten des Gehörten aufzuzeichnen.

Erst später legte ich mich hin, aber der Schlaf floh mich auch dann noch, und ich sah die beiden Frauen vor mir, die einst gleich anderen bevorzugten ihres Geschlechtes auf heiterer Höhe gestanden hatten und dann bergab gestoßen worden waren von denen, die sie mit dem Feuer ihrer noch unentweihten Herzen geliebt hatten – und die auch im Elend nicht untergegangen waren, weil selbst der Rest von Kraft sie noch über die Geächteten emporgehoben hatten.

Als ich am Morgen aus unruhigen Traumen erwachte, sah ich auf dem Nachttisch ein Telegramm liegen, das ich am Abend übersehen haben musste.

Ehe ich noch gelesen hatte, wusste ich, dass ich würde abreisen und auf das Wiedersehen mit Nipp und Nepp verzichten müssen – verzichten wenigstens vor der Hand.

Und so kam es.

Ich konnte nur eben noch Schott unterrichten, dann führte der qualmende Bahnzug mich heimwärts.

Erst nach einem Jahr sah ich die schöne Alsterstadt wieder, und als Schott mich in meinem Hotel am Jungfernstieg aufsuchte, bat ich ihn, den der Brüderstraße zugedachten, früher fortgefallenen Besuch nun in die erste Reihe zu stellen.

Der Kommissar nickte trübe.

»Wir wollen lieber nach Ohlsdorf hinaus,« erwiderte er.

»Ohlsdorf –? Sie wollen doch nicht sagen – –«

»Ja, nach dem Friedhof hinaus –.«

»Nipp und Nepp sind nicht mehr?«

»Nein. Nepp, die Starke, Gesunde, hat zuerst den Frieden gefunden. Ein Herzschlag fällte sie plötzlich. Nipp folgte ihr nach Wochen. Sie hatte kein Glas mehr angerührt, und der an den Alkohol gewöhnten Körper erlag rapid.«

»Ein Ende voll Trauer, Schott –«

»Nein, voller Versöhnung,« widersprach der Beamte ernst. »Seit Jahren hatten sie für die Armen gearbeitet und gedarbt, und ihr Testament verfügte über eine Sparsumme, durch die die Tränen Vieler getrocknet werden konnten. Und ihre Freunde, ihre Gäste haben sie mit dem Bewusstsein von sich gehen sehen, dass die himmlische Güte den Armen doch eine große Gnade vorbehalten hatte –: Der Tod focht sie nicht an – sie schlossen die brechenden Augen mit einem Lächeln um die Lippen ...«

Das Geheimnis des Klosters

I.

Hochverehrter Freund!

Ich weiß nicht, ob ich mich an die richtige Instanz wende, indem ich meine Zeilen an Sie als Landrat adressiere; aber ich weiß, dass ich meine Erzählung und meine Bitte einem Mann vortrage, der mir freundschaftlich zugetan und sicher bereit ist, das zu veranlassen, was in seinen Kräften und innerhalb seiner Befugnisse liegt. Haben Sie darum die Güte, meine Aufzeichnungen einer Durchsicht zu würdigen, und seien Sie überzeugt, dass ich mich jeder Zutat enthalte, wie sie von der Fantasie nahe gelegt werden könnte, und Ihnen lediglich berichte, welcher rätselhafte Fall seit Jahren mein lebhaftes Interesse erregt und dieses nachgerade zu einer Art Beunruhigung gesteigert hat.

In unserm schönen Holstein, sogar in Ihrem Kreis, liegt ein See, der, wie der Uglei, von Waldgründen umschlossen und von Sagen umwoben ist. Sein Name ist prosaisch; aber im sommerlichen Buchengrün und im Reif des Winterwaldes webt an seinen Ufern die Poesie, und über seinem wellenlosen Spiegel schwebt ein seltsam geheimnisvoller Zauber.

Niemand von den tausend Menschen, die alljährlich den Uglei umschwärmen, irrt vom Weg ab an den einsamen Holzsee, und kein Reisehandbuch widmet ihm auch nur den dürftigen Raum, den sein Name einnehmen würde. Nur die Sonne besucht ihn des Tages, oder der alte Fischer in seinem ungefügen, verwitterten Boot, oder hin und wieder ein Junge mit hochgekrempelten Hosen, der vom flachen Ufer aus die Angel nach den Schleien auswirft, und der kein Auge und kein Ohr hat für den Zauber, der aus dem Walddunkel lugt, aus der Tiefe winkt und klingt oder im hohen Ried rauscht; und des Nachts steigt allein der Mond über die Waldwipfel empor, blickt hinunter auf das dunkle Seeauge und weckt in ihm ein Flimmern und Schimmern, als spräche aus der Tiefe atmend und dankend eine Seele.

Pardon, wenn ich mich zu einer feuilletonistischen Schilderung fortreißen lasse, die mir nicht liegt. Sie ist aber vielleicht aus meiner Liebe zur Natur erklärlich, die mich die reizvolle Landschaft um den See so oft und freudig hat bewundern lassen und die von einem Mann vor mir geteilt wurde, der vor zwei Jahrhunderten ins Land kam und dessen Andenken in dem idyllischen Erdenwinkel durch die Sage und durch eine noch lebende Trägerin seines Namens bis in die Gegenwart hineinragt.

Nach der Sage soll es ein reicher dänischer Graf gewesen sein, der gegen das Ende des siebzehnten Jahrhunderts vom Kopenhagener Königshof verbannt wurde und sich im Holsteinischen in der Nachbarschaft meiner Vorfahren ansiedelte. Er kaufte Ländereien an, dazu den Holzsee mit umgebendem Wald, und erbaute dicht am See ein prächtiges Schloss, in dem er mit seiner Ehefrau und zwei Söhnen den Hof Christians V. bald vergaß. Aber nicht ebenso verlosch die Erinnerung an ihn am Königshof, an dem er als Minister sich unversöhnliche Gegner erworben hatte. Die gehässigsten seiner Feinde arbeiteten nach seinem Sturz gegen ihn weiter, erfüllten den König mit steigendem Argwohn gegen den ehemaligen Berater und wussten ihm schließlich die Zustimmung zur Vernichtung des Grafen abzugewinnen.

Es blieb das Geheimnis der Verschworenen, wie sie den Untergang des Schlosses vorbereitet hatten – ich glaube sogar, dass allein die zerstörende Gewalt des Zufalls, die in dem schlechten, haltlosen Moorboden am Ufer einen Verbündeten fand, für ihr Werk ausgegeben wurde; aber in einer Julinacht, als während eines Gewitters ein rasender Sturm über die Waldwipfel heulte und sogar den ewig stillen Holzsee aufwühlte, stürzte das stolze Grafenschloss wie ein Kartenhaus in sich zusammen. Ein Wolkenbruch wusch die Trümmer und einen Teil des Waldes in die Seetiefe fort, und an der Stelle, an der noch am Tag zuvor Graf Josting zufrieden mit den Seinen gelebt hatte, gähnte eine neu entstandene Seebucht, das schauerliche Grab des Grafen, seiner Frau und seines ältesten Sohnes.

Nur der jüngere Sohn war wie durch ein Wunder dem Verderben entgangen; er hatte sich zu einem Jungenstreich heimlich aus dem Schloss entfernt, war – unterwegs vom Gewitter überrascht – in eine Fischerhütte geflüchtet und so verschont geblieben.

Der junge Graf Frederick Josting wurde von einem holsteinischen Edelmann – einem Reventlow – verborgen gehalten, bis er zum Mann herangewachsen war. Dann zog er nach Dänemark, um an dem Hauptfeind seines Vaters Rache zu nehmen. Nach Jahren kehrte er heim, ein Besiegter – an seiner Seite eine junge, schöne, ernste Frau, die Tochter des gehassten Mannes. Und dann berief Graf Frederick einen Baumeister und ließ auf einer Waldhöhe unfern der Bucht für sich und seine Frau ein neues Heim errichten – ein Heim, nicht so glanzvoll und heiter, wie das versunkene Schloss, sondern ein schlichter, einstöckiger, fast armseliger Bau – das ›Kloster‹, wie es bald halb scheu, halb wehmütig vom Volksmund getauft und dann bis auf den heutigen Tag benannt wurde.

Die Nachkommen des Grafen Frederick behielten die Gewohnheiten des Stammherrn bei, verpachteten die Ländereien und hausten in ihrem Klostersitz weltfremd und bürgerlich einfach, bis nach anderthalb Jahrhunderten noch einmal das Verhängnis über den Herrensitz hereinbrach, Graf Christian Josting bei der Erstürmung der Düppeler Schanzen, in der er gegen das Dänenheer mitkämpfte, fiel und das Kloster zum Heim einer dem Tiefsinn verfallenen Witwe wurde.

Die Frau zog sich scheu von aller Welt zurück, verkehrt nur mit wenigen Vertrauten und ging schließlich auch diesen ängstlich aus dem Weg. Sie ließ die Erdwälle um den Wald ausbessern, die Pforten mit Schlössern versehen, und promenierte nun einsam und abgeschlossen im Schatten der Buchen, bis ihr auch diese Isolierung nicht mehr genügte und sie anordnete, das Kloster mit einer übermannshohen Ziegelmauer zu umziehen, die den friedlichen Witwensitz fast in ein Gefängnis verwandelte.

Nur der Pächter der Ländereien wurde noch vorgelassen, wenn er den Pachtzins brachte, und außer ihm sah höchstens noch hin und wieder der Fischer die Gräfin, wenn sie eigentümlich schleppenden Ganges in der Umgebung des Schlosses dahinschritt oder an der Seebucht saß und mit müde vorgeneigtem Kopf auf ein Bild aus der Tiefe zu starren oder gespannten Ohres Lauten zu horchen schien, die geheimnisvoll von Zeit zu Zeit aus dem Wassergrab aufsteigen sollten.

Mit den Jahren mehrten sich die Sonderbarkeiten der Gräfin, und der Pächter stutzte erschreckt zurück, als er nach einer Pause wieder im Kloster zu tun hatte und das Haus in blendender Weiße über die rote Ziegelmauer empor und durch das Gitter der Eingangspforte hindurch ins Waldesgrün leuchten sah.

»Von Euch –?« fragte er, mit einer Handbewegung auf das Haus zeigend, den Diener, der mit seiner Frau allein in der Umgebung der Herrin hatte bleiben dürfen.

Der wortkarge Mann nickte nur flüchtig, schritt dem Besuch voran und führte ihn zur Gräfin.

Dann, nach einem halben Jahr, abermals eine Wandlung: Auch der Pächter wurde nicht mehr von der Frau empfangen. Jörgen Göllang, der Diener, ließ sich den Pachtzins einhändigen, kehrte mit einer Quittung zurück und knurrte: »Frau Gräfin bedauern, Sie nicht sehen zu können.«

Und dann öffnete sich ihm nicht einmal mehr das Haus. Durch die Gitterpforte nahm der Diener den Beutel mit dem abgezählten Geld entgegen, ging damit ins Kloster und reichte durch das Gitter die Quittung mit dem Namenszug der Gräfin zurück.

Dieser befremdende Verkehr ist die Regel seit nun zehn Jahren und der Grund meiner Unruhe.

Ich habe den Grafen Christian gekannt; er und seine Ehefrau haben mein Haus in glücklichen Zeiten mit ihrer Freundschaft beehrt. Ich glaube, das verpflichtet und gibt meiner Teilnahme Schutz vor dem Verdacht unberechtigter Neugier, wenn ich die Sorge nicht abweise, dass die gealterte Gräfin im Kloster schwach und krank die Tage verbringt, dass ein Arzt – ein Arzt für Seele und Körper – ihr nötig sein möchte. Ich sehe sie in meinen Gedanken – vielleicht bilde ich es mir ein – trübe und verfallen am Fenster sitzen und den betagten Diener neben ihr stehen, die einst so glückliche Frau so arm und stumpf wie der blind gehorsame Mann, der in der Knechtschaft verkannter Pflicht elend mit der Herrin zugrunde geht.

Unglück und treue Opferfreudigkeit unter einem Dach – und ein Unsegen alle beide. Ich bitte um Verzeihung: Aber sollte es nicht möglich sein, den drei vergehenden Menschen noch Hilfe zu bringen? Sollten Sie nicht einen Grund zu – wenn es nicht anders sein kann – behördlichem Einschreiten finden, selbst kommen oder die zuständige Instanz zu Ermittlungen auffordern können?

Geben Sie mir geneigteste Nachricht, oder seien Sie mir als Gast willkommen!

Schloss Nettelsee.

Christian Graf Rankler.

II.

Von Schloss Nettelsee schlugen drei Männer den Weg nach dem Kloster ein: Graf Rankler, Landrat von Söbern und Kreisarzt Dr. Gerndal.

Sie standen, als sie das Kloster erreicht hatten, überrascht, und das Haus machte auf sie einen unheimlichen Eindruck.

In frischem Sommergrün das in der Höhe wie beflügelt schwebende Laub der Buchen, weich rotbraun die auf der Krönung mit Eisenstacheln versehene Steinmauer, blendend weiß der niedrige, lang gestreckte, einsame Klosterbau!

Die Wände, die Türme, die Fensterrahmungen, die Klinken, Riegel und Beschläge, selbst der Schornstein über dem Dach – alles in dem gespenstigen Weiß!

Und kein lebendes Wesen auf dem ummauerten Hof; kein Mensch, kein Tier! Kein Weingrün an den Mauern, kein Blumenschmuck in Hof und Haus. Blank geputzt und doch lichtlos die Fenster, ohne Rauch der Schornstein, alle Türen fest verschlossen.

Graf Rankler zog die Klingel neben der Pforte. Die Glocke, die gesprungen sein musste, gab einen blechernen Laut. Die Einlassbegehrenden wiederholten das klappernde Glockenzeichen, und Graf Rankler schlug in die Hände, dass es auf dem Hof widerhallte. Das Gurren einer Wildtaube im Waldgezweig verstummte, das scheu Tier suchte mit klatschendem Flügelschlag das Weite, – im Kloster blieb es reglos und leblos wie vorher.

Wieder das Schellen, wieder das Händeklatschen, dazu ein Rütteln an der Pforte – und endlich ein Lebenszeichen von drinnen – endlich ein Öffnen der weißen Haustür. Ein Mann schob sich langsam hindurch, legte die Hand über die Augen und blinzelte über den Hofraum nach den Ruhestörern.

»Göllang!« rief Graf Rankler über den Hof und winkte dem Diener zu.

Der Mann kam schleppend und zögernd, pflanzte sich, einige Schritte von der Pforte entfernt, breitspurig hin und knurrte grollend:

»Was ist –?«

»Wir wollen die Gräfin sprechen, Göllang!«

Der Diener schüttelte den Kopf.

»Bedaure –«

»In dringender Angelegenheit, Göllang –«

Wieder das mechanische »Bedaure.«

»Ich ersuche Euch, mich der Gräfin zu melden!« forderte der Gutsnachbar.

»Ich darf nicht. Frau Gräfin will niemand sehen –,« beharrte der Diener.

»Ihr kennt mich?« fragte Graf Rankler vorsichtig.

»Ja, Herr Graf.«

»Und wollt mich doch nicht anmelden?«

Göllang zuckte die Achseln.

»Ich darf nicht,« wiederholte er hartnäckig.

»Dann ersuche ich Sie darum, Kraft meines Amtes! Ich bin der Landrat von Söbern –«

»Land–r–at –« stotterte Göllang. »Nein, heute nicht – morgen –«

»Öffnen Sie!« befahl der Beamte.

Göllang rührte sich nicht von der Stelle.

»Ich will Frau Gräfin fragen – vorbereiten – morgen – kommen Sie morgen wieder –«

»Ich stehe nicht nach Ihrem Belieben zu Ihrer Verfügung,« sagte der Landrat verweisend. »Sie haben sofort meinen Befehl auszuführen!«

»Mir befiehlt Frau Gräfin –«

»Ist die Gräfin krank?« warf Rankler ein.

»J–a.«

»Umso mehr ist es eure Pflicht, uns zu ihr zu führen. Wir haben einen Arzt mitgebracht.«

»Morgen,« wiederholte der Diener.

Der Landrat verlor die Geduld.

»Soll ich die Pforte aufsprengen lassen?« fragte er drohend.

Der Mann schüttelte den Kopf und wiederholte sein: »Morgen – bitte –«

Herr von Söbern wandte sich an den Grafen.

»Können Sie Leute herbeirufen, den Eingang gewaltsam aufzubrechen? Ich bin nicht gewöhnt, auf halbem Weg umzukehren. Hält sich der Mann an seine Instruktion, so ist das ja ehrenhaft; kann er sich gegen die Übermacht nicht behaupten, so ist er entschuldigt. Wo nehmen wir die Hilfskräfte her?«

Graf Rankler lächelte flüchtig. Er war ein Fünfziger und nicht übermäßig groß, aber von untersetztem, athletisch-kräftigem Körperbau.

»Ich könnte wohl selbst zugreifen,« meint er.

Er prüfte die Angeln der Pforte, die mit starken Klammern gesichert waren und ein Öffnen durch Hochheben des Gitters nicht zuließen. Dann rüttelte er an dem Schloss, stieß ein kurzes Aha aus, lehnte sich mit der breiten Brust gegen das Gitter, umklammerte zwei untere Querstäbe mit den Händen und zog mit kraftvollem Ruck an. Ein, zwei, drei energische Stöße nach oben und zurück nach unten – der Riegel des Schlosses lockerte sich – noch ein Druck des vollen Körpergewichtes gegen das Gitter, und das Schloss sprang klirrend auf.

Mit einem Fluch drehte der Diener sich um, hastete nach dem Haus, schlug die Tür krachend hinter sich zu und drehte den Schlüssel ab.

Die Eindringlinge hatten nicht angenommen, dass der Diener noch weiteren Widerstand leisten würde, und sie bemerkten sein Gebaren mit einigem Befremden. Aber ehe sie sich noch recht über die Situation klar werden konnten, flog ein Fensterflügel auf und ein in der Sonne aufblitzender Gewehrlauf drohte ihnen entgegen.

»Zur Seite!« rief Rankler seinen Begleitern hastig zu, und mit raschen Sätzen fanden sie sich in der durch die Haustür gebildeten Nische geborgen.

»Zum Teufel!« hörten sie den Diener keuchen, »in die Hölle, wer mir zu nah kommt!«

»Ist der wahnsinnig geworden?« murmelte der Kreisarzt halb vor sich hin.

Auch Graf Rankler war bestürzt, aber er fasste sich, drückte sich an die weiße Mauer, glitt gebückt nach dem offenen Fenster hin, schnellte auf und umklammerte den Doppelgewehrlauf mit eisernem Griff.

Der Diener heulte in tobender Wut, schlug auf die Hände des Grafen und suchte die Waffe wieder an sich zu reißen. Aber Rankler hielt, was er erfasst hatte, und zerrte mit dem Gewehr auch den Mann soweit durch die Fensteröffnung, dass er den Halt verlor und nach draußen stürzte. Er klammerte sich an die Waffe, ein Doppelschuss krachte und fand im Wald ein drohendes Echo, aber Rankler stand unverletzt und aufrecht, hielt die entladenen Läufe mit der einen Hand umspannt und schüttelt mit der anderen den Angreifer, bis auch die Begleiter herangestürmt kamen und den sich wie verzweifelt gebärdenden Diener überwältigten.

Lang auf das Steinpflaster hingestreckt lag dann der Gebändigte; der Schaum stand ihm vor dem Mund, und die Augen traten ihm aus den Höhlen.

Der Arzt zerrte ihm die Schlüssel aus der Tasche, schloss das Haus auf und kehrte mit Stricken zurück, die den Überwältigten vollends unschädlich machten.

Graf Rankler wischte sich den Schweiß von der Stirn und sagte aufatmend: »So, jetzt ins Haus mit ihm und dann zu der Kranken. Gebe der Himmel, dass Sie in diesem Tollhaus nicht zu spät kommen, Doktor!«

Sie trugen den Gefesselten in eine am Flur gelegene Kammer, ließen ihn auf den Fußboden nieder und schlossen den Raum ab.

In einem der ersten Zimmer standen sie plötzlich einer Frau gegenüber, die sich, bleich und an allen Gliedern zitternd, vor ihnen auf die Knie warf und scheinbar keinen Laut hervorzubringen vermochte.

»Die Frau des Göllang,« erklärte der Graf Rankler. »Steht auf und führt uns zu eurer Herrin!« redete er sie an. »Wir wollen ihr Gutes bringen – der Herr ist Arzt – ihr habt nichts von uns zu fürchten.«

Aber die Erschreckte vermochte sich nicht zu erheben, und Graf Rankler schritt, während die beiden anderen Herren bei der Frau verblieben, einen Raum des Klosters nach dem andern ab, ohne sein Ziel zu erreiche.

Die Gräfin war nirgends zu finden.

Eine einzige Tür war verschlossen, und da Rankler die Kranke nicht beunruhigen wollte, kehrte er um, um von der Frau den Schlüssel zu verlangen. Sie händigte ihn zitternd aus, schleppte sich, von dem Arzt gestützt, bis an das Zimmer mit und brach von Neuem wimmernd in die Knie.

Graf Rankler öffnet behutsam und trat leise über die Schwelle. Als er sich in dem dumpfen, dämmerigen Raum, dessen Fenster verhängt waren, zurechtfand, bemerkte er an einem Ende des sonst leeren, lang gestreckten Zimmers einen Altar, dessen schwarze Decke bis auf den Boden hinabhing und dessen elfenbeinernes Kruzifix seltsam fahl von dem Schwarz des Gottestisches und dem Rotbraun der Wand abstach. Er konnte sich eines Schauers nicht erwehren, als er an der schwarzen Decke herumtastete; eine ungewisse Ahnung trieb ihn, sie hochzuheben – und mit einem Ruf des Entsetzens, der auch den Landrat und den Kreisarzt herbeilockte, fuhr er zurück.

Der Altar war eine Attrappe, geschaffen, um in seinem Hohlraum einen dunkelgefärbten, schweren eichenen Sarg zu verbergen.

Frau Göllang kam ins Zimmer, tastete sich an der Wand bis zum Sarg hin und flüsterte schauerlich eintönig:

»Lasst sie schlafen. Sie schläft schon lange. Eine Kugel hat sie getroffen – im Krieg – auf den Düppeler Schanzen. Ich habe das Schießen gehört – eben noch – paff paff! Die Dänen kommen, und der Graf kommt, und die Gräfin kommt nicht. Die ist tot, und der Graf ist tot, und ich bin auch tot – –«

Sie stierte glanzlosen Auges auf den Sarg, hielt die hohle Hand an den Mund und raunte:

»Der Pächter kommt – das Geld kommt – schreib die Quittung, Mann –«

Sie sah sich scheu um.

»– Gold, Silber – kling – immer mehr – immer mehr. Hast du noch nicht bald genug? Hörst du, wie sie lacht? Sie lacht im Sarg. Sie lacht und tanzt. Siehst du, wie sie vor mir tanzt? Sie kommt mit – sie kommt mit – Jörgen, hilf mir!«

Sie schrie den Hilferuf gellend hinaus, duckte sich plötzlich furchtsam, streckte die mageren Hände wie zur Abwehr aus und bat: »Nicht schlagen – nicht schlagen – –«

»Herr von Söbern,« wandte sich Graf Rankler erschüttert an den Landrat, »hier hat sich ein furchtbares Drama abgespielt. Herr Doktor, wollen Sie die Güte haben und jetzt doch für Hilfe sorgen? Schloss Nettelsee liegt am nächsten. Mein Verwalter soll mit Leuten kommen. Der Schmied mit Werkzeug – bitte –«

Die Hilfe kam in einer knappen Stunde.

Der Sarg wurde geöffnet, und aus dem Innern starrte ein Gerippe den entsetzten Zeugen das Aktes entgegen.

»Der Diener soll vorgeführt werden,« befahl der Landrat.

Zwei verlässliche Gutsleute geleiteten den von den Fußfesseln Befreiten ins Zimmer.

»Wer ist der Tote?« herrschte ihn der Landrat an.

»Die Gräfin,« keuchte Göllang.

»Ihr Opfer?«

»Nein – nein –«

»Sie ist eines natürlichen Todes gestorben?«

Göllang bejahte heiser. Die Stimme schien ihm zu ersticken.

»Wann?« fragte der Landrat weiter.

»Vor zehn Jahren –«

»Weshalb haben Sie den Tod verheimlicht?«

Der Befragte schwieg störrisch.

»Ihre Frau hat genug verraten, wenn auch im Wahnsinn. Sie haben gefälscht und unterschlagen: Wo ist das Geld?«

»In – meinem Zimmer –«

»Führen Sie uns hin!«

Der Mann hatte die Wahrheit gesagt.

In einer Schatulle wurde der Pachtzins aufgefunden. Viertausend Taler für das Jahr. Es fehlte nichts.

Wertvolle Schmucksachen der Gräfin lagen wohlgeordnet in einem Schubfach der gleichen Schatulle, und auch ein weiterer Betrag an barem Geld fand sich noch vor.

Der Landrat beschlagnahmte den Wertbefund und traf die Anordnung, dass Frau Göllang ins Irrenhaus, der untreue Diener ins Gefängnis überführt wurde.

»Die Habsucht,« reflektierte er, zu Graf Rankler und dem Arzt gewendet, »hat den Menschen hier schuldig werden lassen; ihr ist auch die eigene Frau zum Opfer gefallen, die nicht stark genug war, das Wohnen mit der Toten unter einem Dach zu ertragen. Ob aber die Gier nach dem Mammon ihn nicht auch gegen die Gräfin die Hand verbrecherisch hat erheben lassen, das, fürchte ich, wird auch ferner das Geheimnis dieses sonderbaren Klosters bleiben ...«

LEBEND – TOT

I.

Ein erregendes Gerücht flog durch das Dorf.

Ein Knecht des Schimmelhofbauern war galoppierend durch das Dorf gejagt und hatte den wenigen ihm begegnenden Leuten zugerufen: »Unser Leutnant ist erschossen worden – vorige Nacht!« Dann war er weiter gerast und die Verblüfften hatten ihm halb in Scheu, halb in zweifelndem Staunen nachgesehen.

Der junge Reick, der Sohn des reichen Großbauern – tot, gefallen von Mörderhand!

Die aufregende Kunde rief die Leute in den Häusern und auf der Straße zusammen, und mit zunehmender Wichtigkeit erzählten die mit dem Knecht Zusammengetroffenen, was sie gehört hatten. Ein einzelner, bäuerlich gekleideter Reiter sprengte die Dorfstraße herab und wurde lebhaft angerufen. Er antwortete kurz, ohne seinen Ritt zu verlangsamen. Bald hatte er das Ende des Dorfes erreicht und galoppierte in scharfem Tempo dem ›Schimmelhof‹ zu, dass der Staub der ausgetrockneten Landstraße in dichten Wolken hinter ihm aufwirbelte.

Der Ortsvorsteher! Es musste also wahr sein.

»Der Tod reitet schnell,« sagte eine Frau.

»Und kehrt mitunter ein, wo's recht ist,« rief ihr jemand zu.

Dann gab es kein Halten mehr für die Menge. Laufend stürmten die Jüngeren davon, eiligen Schrittes folgten die Älteren. Ein unabsehbarer Menschenzug bewegte sich nach der Stätte des Verbrechens, und von allen Seiten schlossen sich neue Ankömmlinge an.

Der ›Schimmelhof‹ war von der Landstraße durch ein Staket abgeschlossen, hinter dem sich eine dichte Dornenhecke erhob. Die Gartenpforte war gesperrt. Die Leute stürmten nach der Hofpforte. Auch diese war verriegelt. Einige junge Burschen liefen weiter, kletterten über den am Weg sich hinziehenden, mit Haselsträuchern bestandenen Wall und näherten sich dem Hof von der Feldseite. Aber auch alle Türen waren verschlossen, und niemand konnte ins Haus gelangen.

»Wo ist das Zimmer? – Wo hat der Leutnant geschlafen? – Wo liegt er?« schwirrten die Fragen, und einige Kundige hatten bald das richtige Gemach entdeckt. Dicht drängte sich nun im Garten und auf der Straße die Menge zusammen, Kopf an Kopf, erwartungsvoll, in lautlosem Schweigen. Im Zimmer sah man den Ortsvorsteher Arp sich dem Fenster nähern. Er winkte abwehrend mit der Hand. Doch niemand wich von der Stelle, nur immer fester schloss sich der Knäuel, immer größer wurde die Zahl der Neugierigen. Als der Ortsvorsteher dem Fenster den Rücken wandte, kletterte ein halbwüchsiger Bursche einem andern auf die Schulter und versuchte, einen Blick in das Innere des verhängnisvollen Zimmers zu werfen. Doch im selben Augenblick verließ er wieder seinen erhöhten Standpunkt, denn Arp hatte sein Manöver bemerkt und öffnete das Fenster, um in ruhigem Verhalten zu mahnen.

»Was sagte er?« klang es fragend von hinten.

»Ruhe!« mahnte eine gedämpfte Stimme.

»Ach was, so Einer!«

»Ehre die Toten ...«

»So ein Obenaus!«

»Er ist jetzt tot ...«

»Ein Störenfried, der hätte bleiben sollen, wo er war!«

»Da hätte er gestern seine Lektion nicht gekriegt. Nachher wusste er doch die Wahrheit. Die hätte er nicht hinter den Spiegel gesteckt ...«

»Ruhe, ich bitte!«

»Ach was, Ruhe! Der hat jetzt Ruhe.«

»Pfui! Wer sagte das?«

»Ich!« Es meldete sich ein Dutzend.

Der Mahner schwieg.

»Der Ortsvorsteher soll öffnen und uns Bescheid geben.«

»Jawohl, Bescheid geben! Öffnen!«

»Nehmt euch in Acht, mit dem ist nicht zu spaßen.«

»Wollen wir auch nicht. Du, Hans, klopf ans Fenster.«

Der Angerufene rührte sich nicht.

»Ich sollte nur vorn stehen!«

»Oder ich! Die Hasenfüße!«

Vom Weg her flog ein Stein gegen das Fenster, der hart aufschlagend am Rahmen abprallte.

Alles stand atemlos.

Arp entfernte sich drinnen raschen Schrittes und trat bald darauf in die Haustür. Er war ein Vierziger. Der Bauer in ihm ließ sich nicht verkennen, doch sprach aus seinem Gesicht eine durchaus nicht gewöhnliche Intelligenz.

Er blickte finster.

Die Menschen drängten sich um ihn.

»Leute, wer den Stein geworfen hat, soll sich hüten, dass er nicht auf ihn zurückprallt,« begann er unwillig.

Niemand meldete sich.

»Das Herz dessen, der da drinnen liegt, hat aufgehört zu schlagen, und die Ruhe des Toten sollt Ihr achten.«

»Des da?« klang eine Frage.

»Auch dessen,« bestätigte Arp rasch und fuhr dann ernst fort: »Wer ist unter uns, der vor der heimtückischen Kugel eines Mörders sicher wäre, und wer hätte das Herz, einen urplötzlich aus unserer Mitte Dahingerafften das Menschlichste, das Mitleid, zu versagen?«

»Er gehörte nicht zu uns.«

»Der Bauer auch nicht!«

Der Ortsvorsteher schüttelte den Kopf.

»Jetzt lasst den Groll! Haben wir ihn nicht noch gestern Abend blühend frisch unter uns gesehen, dem jetzt die Brust vom Blut gerötet ist? Und ist er, wenn er auch mit einem von euch in Wortwechsel geriet, euch anderen nur irgend zu nahe getreten? Hat er nicht, als er seinen Fehler erkannte, den Krug verlassen, um euer Fest nicht zu stören?«

»Freilich. Weil er Furcht hatte.«

»Nein, keine Furcht, aber Einsicht, dass er sich übereilt hatte. Und als er zu Hause war und beide Fenster öffnete, um die frische Nachtluft in das tagesschwüle Zimmer einströmen zu lassen, da traf ihn die mörderische Kugel, die so gut gezielt war, dass er auf der Stelle zusammenbrach und vielleicht nach Minuten schon ausgeatmet hatte. Und keine Hand war da, die sich ihm warm auf die Wunde legen, keine, die ihm die gebrochenen Augen schließen konnte. Auf den Fußboden schlug er hin, und dort blieb er liegen. Dort liegt er noch, und der alte Vater steht erschüttert neben seiner Hoffnung, und die Schwester kniet neben dem Verlorenen in fassungslosem Schluchzen. Und wer ist der Mörder? Noch stehen wir vor einem Rätsel. Reick hatte Feinde. Er hat sie noch. Er hat sie vielleicht nicht ohne eigene Schuld.«

»Nicht? Na, man sollte beinahe denken –«

»Aber wer wäre da, der eine solche Rache planen, dieses Verbrechen ausführen könnte? Und doch muss es Rache sein, Rache, die sich gegen einen vermeintlich Schuldigen richtete und den Schuldlosen traf. Das ist alles, was ich bis jetzt sagen kann. Und nun geht, oder wenn ihr bleiben und abwarten wollt, dann – ich ersuche darum noch einmal – ehrt den Verschiedenen und schont die Lebenden.«

Er wandte sich um und kehrte in das Haus zurück.

»Der Bauer wird uns dankbar sein,« rief man ihm nach.

In die Menge kam einige Bewegung. In Gruppen wurde das Gehörte besprochen, Mutmaßungen Ausdruck gegeben. Aber was bezüglich des Mörders in dem einen Augenblick vorgebracht war, wurde in dem nächstfolgenden wieder verworfen. Es ergab sich nichts, was zur Aufklärung beitragen konnte. Doch die Zeit verging, und kurz nachdem der Knecht auf schaumbedecktem Pferd zurückgekehrt war, langte aus dem eine Stunde entfernten Kirchdorf der Wagen an, der den Arzt, sowie den Amtsrichter und einen Schreiber brachte.

Doktor Berg kniete neben dem Toten und untersuchte lange. Dann betrachtete er sinnend die starren Gesichtszüge des Erschossenen und erhob sich. Seine grauen Augen trafen auf den zusammengesunkenen Bauern und die vor diesem kniende, schluchzende Tochter. Er strich den weißen Bart und erklärte schonend:

»Ich wollte, ich hätte das Vorrecht haben können, ein Helfer und Retter zu sein. Aber hier zu heilen, hätte außer meiner Macht gelegen. Der Tot ist rasch und schmerzlos eingetreten: Wie der Blitzstrahl den Menschen niederstreckt, so hat der Schuss den Lebensfaden dieses Mannes abgeschnitten. Er schlafe in Frieden!«

Das junge Mädchen schluchzte qualvoll auf, schlug die Hände vor das Gesicht und schritt wankend hinaus. Der Bauer aber rührte sich nicht. Gläsernen Auges starrte er vor sich hin.

Der Amtsrichter begann nach kurzem Zögern mit Fragen.

»Wann ist vermutlich der Tod eingetreten?«

»Vor sieben bis acht Stunden,« erwiderte der Arzt.

»Der Richter zog die Uhr. Sie zeigte auf die neunte Stunde.

»Also zwischen ein und zwei Uhr?«

»Bestimmt.«

»Was glauben Sie, von wo der Schuss abgegeben wurde?«

»Vermutlich vom Weg aus. In der sternhellen Nacht hat der Täter hinter der dichten Hecke Schutz gefunden. So konnte er das Öffnen des Fensters sich zunutze machen und ungesehen und ungestört im günstigen Moment auf sein Opfer anschlagen.«

»Sie sind der Meinung, dass der Mörder genau sein Ziel nahm?«

Der Arzt zuckte die Achseln.

»Ich glaube, die Wahrscheinlichkeit spricht dafür. Hätte dem

Schuss die Absicht zugrunde gelegen, einen bloßen Denkzettel zu geben, und wäre er also blindlings oder auf ein unschädliches Ziel gefeuert worden, so müsste dem Zufall ein allzu weiter Einfluss zugeschrieben werden.«

»Können Sie feststellen, welcher besonderen Waffe sich der Täter bediente?«

»Es handelt sich zweifellos um einen Kugelschuss. Die Wunde deutete auf kleines Kaliber. Ein Revolverschuss ist naheliegend.«

»Wird die Kugel aufzufinden sein?«

»Ohne Frage.«

»Der Amtsrichter nickte und wandte sich an den Ortsvorsteher.

»Hatte der Offizier in seiner Heimat Feinde, Herr Arp?«

»Er war ihr zu lange entfremdet,« erwiderte der Gefragte ausweichend, »um in ihr noch Freunde zu besitzen.«

»Das ist diplomatisch ausgedrückt und deshalb nicht gerade sehr durchsichtig. Hatte er keine Beziehungen mehr?«

»Meines Wissens: nein.«

»Und keinen Verkehr, ich meine: im Dorf, in den Familien?«

»Im Dorf war gestern das alljährliche Ringreiten; daran hat er eine Zeit lang teilgenommen.«

»Aktiv?«

»Nein.«

»Nur eine Zeit lang? Das heißt: nicht vom Beginn an oder nicht bis zum Schluss?«

»Er entfernte sich bald nach Mitternacht.«

»Wie lange dauerte das Fest?«

»Bis in die Frühe.«

»Ging der Leutnant mit den Seinen?«

»Nein, allein. Vater und Schwester blieben noch.«

»Wie spät?«

»Es mochte bereits tagen.«

»Hm! Wissen Sie, was den Offizier veranlasste, sobald und allein den Heimweg anzutreten?«

Arp zögerte einen Augenblick.

»Zwischen ihm und einem Schulgenossen,« erklärte er dann, »hatte sich ein Streit entsponnen, den er jedenfalls am besten damit glaubte, beenden zu können, dass er den Platz räumte.«

»Die Angehörigen blieben trotzdem?«

»Gerade deshalb.«

Der Amtsrichter schwieg nachdenklich.

»Um was handelte es sich bei dem Streit?« fuhr er dann fort.

»Das lässt sich schwer sagen. Sie wissen, ich bin Besitzer der Wirtschaft, und ich hatte als solcher alle Hände voll zu tun. Als ich hinzukam, schnallte der Leutnant seinen Säbel um und entfernte sich erregt. Die jungen Burschen, die ihm nachdrängen wollten, konnte ich zurückhalten. Damit war der Vorfall erledigt. Soviel ich später hörte, hatte die Schwester des Offiziers einem jungen Nachbarn, der sie zum Tanz aufforderte, einen Korb gegeben und der Leutnant dazu eine Bemerkung gemacht, die den Abgewiesenen aufreizte. Es entspann sich ein Wortgefecht, das aber nicht in Tätlichkeiten überging.«

»Was veranlasste die Dame, den Tänzer abzuweisen?«

»Die Familien sind – nicht befreundet. Ich begreife auch nicht, was dem jungen Mann eingefallen sein kann, dass er sich dem Korb aussetzte. Er wusste doch, dass ein alter Groll die beiden Häuser voneinander fernhält. Und er hatte bisher selbst nichts getan, diese Kluft zu überbrücken.« Der alte Reick fuhr horchend aus seinem Hinbrüten auf.

»Wer war der Abgewiesene?« fragte der Amtsrichter.

»Der Mörder!« schrie der Bauer heiser. »Der Mörder!«

Mit hasserfüllten Augen starrte er auf den Amtsrichter; er hob die geballten Fäuste und biss die Zähne knirschend aufeinander.

»Das ist ein schwerer Verdacht, Reick,« sagte der Ortsvorsteher mahnen, »den ich aber nicht teile. Detlev Marcks – ganz unmöglich!«

»Er ist es!« tobte der Bauer. »Er hat sich rächen wollen. Ah! Ah! Und mehr! Wegen des dummen Tanzens? Larifari! Wegen der – wegen der – die sich dem da – dem da – haha, war er schuld daran? Er – er – hahaha!«

Seine Stimme schlug in gellendes Lachen um. Er zitterte am ganzen Leib. Das Gesicht war aschfahl, und in den Augen lohte ein wildes Feuer.

Die Zeugen der ergreifenden Szene suchten einander stumm die Gedanken aus den Mienen zu lesen.

»Aber ich werde ihn zu finden wissen,« nahm der nach Atem ringende Bauer wieder das Wort auf, »– ich werde ihn zerreißen mit meinen Händen. – Oder ich werde die Kugel da aus der Brust holen und sie in die andere senden – des Mörders, des Hundes, des Teufels. Und ihm dazu, dem Vater der Brut – haha, ihr sollt mich kennenlernen, so wahr da droben – über uns – –«

Der Amtsrichter fasste die zum Schwur erhobenen Fäuste des Sinnlosen, wurde jedoch mit wütendem Ruck zurückgeschleudert. Mit rollenden Augen blickte der Bauer um sich. Aber fest trat der Richter, selbst ein kräftiger Mann, wieder vor, dicht an ihn heran, mit ruhiger Bürde in Mienen und Haltung.

»Sie sind kein Richter, Herr Reick, und haben niemanden zu richten, weder den, den Sie beschuldigen, noch den, den Ihr maßloser Zorn und Schmerz mit vernichten möchte. Das Richteramt üben andere, die dazu berufen sind. Seien Sie bedacht, dass Sie nicht selbst zur Rechenschaft zu ziehen sind, und behalten Sie, ich bitte, im Auge, dass ich nur um Ihres Schmerzes willen Ihr Drohen nicht ernst nehme und um Ihrer Erregung willen den persönlichen Angriff nachsehe.«

Die Brust des Bauern arbeitete, und er atmete schwer, aber tastend ließ er sich wieder auf seinen Sitz. Die Verhandlung stockte, und Arp benutzte die eingetretene Pause, um das Gemach für einen Augenblick zu verlassen. Es fuhr ihm durch den Sinn, dass der Richter den jungen Marcks für belastet halten könnte. Vielleicht war er zur Stelle, und er konnte persönlich den Verdacht sofort entkräften, ehe er Wurzeln zu schlagen oder zu Verwicklungen zu führen vermochte. Doch der Gesuchte war nicht unter der unruhigen, schwatzenden Menge.

Als Arp wieder eintrat, standen der Arzt und der Amtsrichter in leise geführter Beratung, die sie indes sogleich unterbrachen.

»Können Sie,« fragte der Richter, »zwei oder drei Zeugen zur Stelle schaffen, die bei dem Streit am gestrigen Abend beteiligt oder in unmittelbarer Nähe waren?«

»Es wird nicht schwerfallen, da fast das ganze Dorf draußen versammelt ist.«

»Ist Marcks darunter?«

»Ich habe nach ihm gesucht und ihn nicht gesehen.«

»Bitte, bringen Sie die Zeugen.«

Arp entfernte sich und führte wenige Augenblicke später vier junge Leute herein, von deren Einmischung in den Wortwechsel er gehört hatte.

Der Amtsrichter musterte sie eine Weile schweigend und stellte nur wenige Fragen:

»Wer war gestern der Schuldige, Reick oder Marcks?«

»Reick!« lautete die einmütige Antwort.

»Waren Sie von Anfang an zugegen?«

»Wir saßen am Nebentisch.«

»Hat einer von Ihnen Marcks den Krug verlassen sehen?«

»Ich,« meldete sich einer der Burschen.

»Wann war das?«

»Genau weiß ich das nicht. So um Klock eins.«

Der Arzt und der Richter tauschten einen Blick des Einverständnisses.

»Ist er später zurückgekehrt?«

»Zurück? Er ging nach Hause.«

»So früh schon?«

»Ich glaube, wegen der – – das heißt, ihn ärgerte der Korb.«

»Was wollten Sie zuerst sagen? Welchen Namen haben Sie verschwiegen?«

»Nu, die Anna hier, die – –« Er brach ab.

»So. Ich danke. Ich werde Sie gleich noch einmal rufen lassen. Ich bitte, warten Sie an der Tür. Meine Feststellungen sind vorläufig zu Ende, meine Herren.«

Der Amtsrichter las das von dem Schreiber geführte Protokoll vor und ließ es von den Zeugen unterschreiben. Auch die vier jungen Leute mussten noch einmal eintreten, die von ihnen gemachten Aussagen mit ihrer Unterschrift bestätigen und waren dann entlassen.

Der Bauer erhob sich schwerfällig.

»Kann ich – kann ich – meinen Sohn – jetzt –«

Dr. Berg verstand ihn. In Gemeinschaft mit dem Ortsvorsteher hob er behutsam den Toten auf und bettete ihn auf das Lager. Mitleidig verhüllte er die starren Züge und die gebrochenen, offenen Augen. Dann drückte er stumm dem Bauern die Hand.

Der Amtsrichter nahm noch einmal kurz das Wort:

»Herr Reick, Ihre Hoffnungen sind jäh zerstört worden. Ich nehme Teil an dem Leid, das Sie so grausam getroffen hat, und ich muss es aussprechen, wenn es Sie auch nicht tröstet. Ich muss aber noch eins aussprechen. Wir stehen hier vor einem Rätsel, dem Sie ein neues hinzuzufügen scheinen. Nein, jetzt kein Wort. Ich dringe nicht in Sie. Aber ein anderer wird an meiner Stelle stehen, Aufklärung verlangen, sie verlangen müssen. Dann sprechen Sie. Und nun: Sie haben noch Ihre Tochter; Gott mit Ihnen beiden!«

»Was wollten sie von euch?« wurden draußen die Zeugen mit Fragen bestürmt.

»Ja, das ist merkwürdig,« entgegnete einer von ihnen unschlüssig und kraulte mit den arbeitsharten Fingern am Ohr.

»Nach dem Marcks hat er gefragt, der Amtsrichter,« setzte ein Zweiter, halb verwundert, halb den Sachverhalt ahnend, hinzu.

»Nach dem Marcks?«

»Ja, und wer angefangen hätte gestern Abend.«

»Und wann er nach Hause gegangen wäre.«

»Der Marcks?«

»Detlev Marcks?«

»Detlev Marcks!«

Aus dem Haus bog eben der Wagen mit den Amtspersonen auf die Landstraße.

Die Leute grüßten ehrerbietig.

»Marcks? Ach wat, dar hett'n Uhl säten!« rief einer der vier jungen Männer, sprang auf den Weg abgrenzenden Wall, zwängte sich durch das dichte Buschwerk und schritt geraden Wegs über die Felder nach dem Marckschen Hof.

II.

Detlev Marcks erhob sich am Morgen nach dem Reitfest frühzeitig. Er ging auf die große Diele und klopfte an die auf diese mündenden Kammertüren. Das war der Weckruf für die Dienstleute auf dem Hof, die aus dem Innern der Kammern mit halb traumhaftem »Ja« Antwort gaben.

Der Bauer schlief noch, als der Sohn bereits mit zwei der Knechte sich auf ein entferntes Feld begab und ihnen ihre Arbeit anwies. Sie hatten an einem der Acker umsäumenden Wall den Graben auszustechen und mit dem Aushub zugleich den schadhaft gewordenen Wall aufzubessern. Detlev sah ihnen eine kurze Weile zu und machte dann einen Gang über die angrenzenden Saatkoppeln. Das Getreide stand vortrefflich.

An den Ähren und den frischgrünen Halmblättern hingen blitzende Tautropfen. Taufrisch war der ganze Morgen. Aus den Schlehdorn- und Haselsträuchern der Wälle klang Vogelgezwitscher. In einiger Ferne schwebten um eine Baumgruppe mit ungelenkem Flug vereinzelte Krähen; ziemlich hoch über ihnen leicht und raschen Fluges ein Sperber. Die Sonne trat eben über den unfern liegenden Wald und färbte das Wipfelmeer der Buchen mit lichtem Grün. Aus dem Kleefeld, das der junge Bauer nach längerer Wanderung betrat, stieg eine Lerche dicht vor ihm auf und schmetterte jubelnd ihr Lied.

Detlev zog aus der Tasche seiner Jacke eine kurze Pfeife und einen Tabaksbeutel. Er stopfte und zündete an. In feinen, lichtblauen Wolken wallte der Rauch hinter ihm auf.

Auf dem Feld befanden sich ebenso wie auf allen anderen ein kleiner Teich Bei diesem angelangt, suchte Marcks eine Weile in dem duftigen, rotblühenden Klee und hob dann eine unter dem Blättergrün versteckte Angel auf. Er rückte ein paar am Rand des Teiches liegende Steine zur Seite, fand den gesuchten Köder und warf die Angel aus. Deutlich gewahrte er in dem dunklen, doch an der Oberfläche sonnendurchleuchteten Wasser die golden blitzenden Schuppen langsam und schwerfällig rudernder Karauschen.

Er ließ sich auf einen der größeren Feldsteine dicht am Rand nieder und schob den Angelschaft halb hinter sich, damit er ihn nicht zu halten brauchte. Aufmerksam ruhte sein Blick auf dem mit einer Federspule versehenen Kork der Angel, bis er unbewusst darüber hinausschweifte und der Ausdruck des Interesses dem selbstvergessener Träumerei wich.

Die Pfeife brannte nicht mehr. Der Angler legte sie neben sich in das taufeuchte Gras. Ein Lied zog ihm durch den Sinn. Er summte es leise vor sich hin:

>»Ein Mädchen hatt' zwei Liebsten,
> Ein Mädchen aus dem Dorf.
> Der Ein' bestellt den Acker,

Der Andere grub Torf
  Lola, lallah,
  Das Unglück war nah.
Das Mädchen wollte freien,
Die Liebsten kamen her.
Doch kamen sie selbander –
Das Freien, oh, war schwer.
  Lola, lallah,
  Das Unglück war nah.
Nun härmt sie sich und weinet.
Weint sich die Augen rot.
Im Zuchthaus sitzt der Eine.
Den Andern küsst' der Tod.
  Lola, lallah,
  Das Unglück ist da.«

Er musste lächeln: über die schwermütige Weise, über sich selbst – ein träumerisches Lächeln, das sich weich über sein männlich schönes Antlitz breitete. Was war mit ihm vorgegangen, was ihm gestern in den Sinn gekommen, dass er sich dem Mädchen näherte, das unabänderlich und für immer von ihm getrennt war? Getrennt durch eine dunkle Vergangenheit, die zwei ehemalige Freunde zu Todfeinden gemacht? Er kannte den Grund der Entzweiung, über den tiefes Schweigen herrschte, nicht näher, hat darum den Groll des Vaters nicht innerlich geteilt, aber auch kein Bedürfnis empfunden, sich mit der andern Seite mehr als oberflächlich zu beschäftigen. Der Schimmelhofbauer mied ihn er wusste es; aber es ließ ihn gleichmütig. Anna Reick mochte die Abneigung ihres Vaters teilen. Wenn sie ihm begegnete, was freilich selten geschah, blitzten die großen grauen Augen ihn feindselig an und eine intensive Rötung flog über ihr feines, gebräuntes, etwas schmales Gesicht. Gestern plötzlich, im Krug, hatte er den flammend auf sich gerichteten Blick des Mädchens anders empfunden, heiß war es in ihm aufgestiegen, zum Herzen, zum Kopf. Wie ein Schwindel war es über ihn gekommen. Er hatte den Schlag seines Herzens gehört und sich an den Pfosten der Tür gelehnt, in der er stand, in die ihr sprühender Blick ihn festbannte, bis die Klänge eines Walzers ihm die Überlegung vollends raubten, ihn hinrissen zu dem törichten Schritt, der törichten Bitte, und ihr schroffes Nein ihn aufweckte aus dem sinnberückenden, Sehen und Denken verwirrenden Taumel.

Dann war der Streit gekommen, auf ein unbedachtes, hässliches Wort des Bruders – der Streit, der blutig hätte enden können, wenn die andern nicht dazwischen gekommen wären, wenn der Ortsvorsteher Arp sie nicht als Wirt mit seiner ruhigen Besonnenheit getrennt und die Aufgeregten besänftigt hätte. Sie hatte dabei gesessen, ohne ein Wort zu sagen, die Hände ineinander verschlungen, mit gesenktem Haupt. Kein Laut war über die erblassten, fest geschlossenen Lippen gekommen, mit keinem Blick hatte sie den Abgewiesenen mehr gestreift, auch später nicht, als der Leutnant gegangen war und der Vater eine trotzige, ausgelassene Fröhlichkeit an den Tag legte, den Kreis an seinem Tisch zu vergrößern bestrebt war und das Geld gegen alle Gewohnheit mit vollen Händen ausgab. Kein Blick auch hatte Anna Reick dem Beleidigten gegönnt, als er missmutig frühzeitig schon nach seinem Hut gegriffen und den Saal verlassen hatte.

Der Angler strich sich sinnend über die Stirn.

In seiner Nähe summte eine Hummel. Er sah sie auf den kugeligen Kleeblüten emsig nach Honig tauchen und geschäftig weiter streichen. Wohl zehn der Blüten hatte sie in wenigen Augenblicken abgesucht. Dann verschwand sie, schwer beladen vielleicht, in raschem Flug. Er blickte auf die Angel. Die Flotte lag ruhig. Die Fische bissen nicht ...

Hübsch war Anna Reick nicht. Nein! Hatte er sie auch nicht häufig gesehen, so doch oft genug, um das beurteilen zu können. Er hatte sie nie hübsch gefunden bisher. Gestern freilich! Es war doch merkwürdig. War es ein Fantasiespiel gewesen, oder hatte er bis dahin eine Art Binde vor den Augen getragen? Ihr schwebender Gang hatte ihm gefallen, die Leichtigkeit und doch Bestimmtheit ihrer Bewegungen, ja! Deshalb hatte er ihr schon früher bisweilen verstohlen nachgesehen. Ihr Gesicht dagegen, nein! Ihres gebräunten Teints wegen hatte man sie in der Schule das »Tater-Anken«* genannt. Was war denn jetzt anders geworden? Jetzt oder seitdem er bei den Soldaten gewesen war und sie durch die zwei Jahre seiner Abwesenheit nicht gesehen hatte? Und doch war es sicher: Ihr Antlitz war nicht das alte. Der Ausdruck ihrer Augen ebenso wenig. Auch Gleichgültigkeit war es nicht gewesen, was gestern einen kurzen Moment daraus zu ihm gesprochen hatte. Hass vielleicht. Hass, der alte, trennende, rätselhafte –. Oder nicht! Ihm hatte er anders geschienen, der Blick, aus der Tiefe kommend, aus der Seele aufflammend; seelenerweckend, seine Seele. War es Liebe? Nein, nein! Liebe, was ist Liebe? Wie sollte die Liebe erwachsen sein, wo das Gegenteil ausgesät war? Nein, zehnfach nein!

Er schloss die Augen. Ein Empfinden wogte in ihm, das ihn traumhaft umspann. Wie blitzende feine Fäden flimmerte es ihm vor den Augen. Er sah sie nicht und fühlte doch ihr Schwingen und Flirren. Und weithin spannen sie sich, zum ›Schimmelhof‹ hinüber und zurück zum eigenen Heim. Und mit den schimmernden Fäden verwoben sich, verschwammen und verrannen gaukelnde, lockende Bilder, Bilder des Liebesglücks, des Suchens, Werbens, Gewährens, Entfliehens. Und neben seiner eigenen Gestalt tauchte eine andere auf, ein Mädchen, schlank, mit bräunlichem, feinem Gesicht, mit großen, glückwinkenden, glücktrunkenen Augen, mit halb geöffnetem, lächelndem Mund. Und das Mädchen schwebte in wiegendem Tanz, die Arme winkten, die Augen glänzten, die Lippen vibrierten im Flüstern ...

---

* Tater von Tatar; ugs. im Sinne von Zigeuner gebraucht

Sein Kopf sank auf die Brust. Er atmete tief und regelmäßig. Die Sonne stieg höher und höher, spiegelte sich im Teich und ließ die Goldschuppen der Fische an der Oberfläche bald hier, bald dort flüchtig aufblitzen.

»Dedl!«

Er fuhr zusammen. Wie, hatte er geschlafen? War er angerufen worden?

Er blickte verwirrt auf die Angel und dann um sich. Dicht an seiner Seite stand ein junger Bauernsohn aus dem Dorf, der ihn ernst, fast erschrocken betrachtete.

Er rieb sich die Augen.

»War ich eingenickt? Wahrhaftig, ich glaubs, Hans! Aber es ist kein Wunder. Das Angeln ist langweilig heute. Sie beißen nicht. Ich gebs auf.«

Er nahm die Angel aus dem Wasser und verbarg sie, wie er sie gefunden hatte.

»So, nun komm, Hans. Wolltest du zum Vater oder zu mir? Zum Vater? Schön. Da gehe ich gleich mit heim. Wohl wegen der Hagelversicherung? Kann mir's denken ... Die Pforte ist geschlossen, und ich habe keinen Schlüssel bei mir. Du musst schon mit übersteigen.«

Der Teich lag dicht am Weg, kaum einen Steinwurf davon entfernt. Leicht kletterten sie über das Feldtor und schritten dem nur eine kleine Strecke noch straßauf gelegenen Hof zu.

Marcks Begleiter war der Sohn eines intelligenten Kleinbauern, Jessen, der neben seiner Landwirtschaft eine Agentur für Feuer- und Hagelversicherung betrieb. Fast alle Bauern der Umgegend hatten bei ihm ihre Anwesen und ihre Feldfrüchte versichert.

»Vater schlief heute früh, als ob er gestern im Krug gewesen wäre und nicht ich. Na, jetzt ist er natürlich auf,« sagte Marcks.

»Wird er wohl,« entgegnete Hans Jessen. »Aber – was ich sagen wollte – ich komme nicht wegen der Versicherung. Auf dem ›Schimmelhof‹ ist ein Unglück passiert, Dedl.«

»Anna?« fragte Marcks rasch.

»Nein, nicht. Dem Leutnant!«

»So, dem Leutnant? Was denn? Was Schlimmes?«

»Ja. Er ist – tot!«

Marcks blieb betroffen stehen.

»Was sagst du da?« fragte er ungewiss. »Mensch, er war ja gestern ganz gesund!«

»Er ist ermordet worden, Detlev, erschossen!«

»Erschossen? Großer Gott! Ist das wahr?«

Jessen nickte ernst.

Detlev holte tief Atem und ging langsam weiter.

»Das tut mir leid,« erklärte er. »Er war mein Freund nicht, und er hat mir Unrecht getan gestern – aber das habe ich ihm nicht gegönnt. Er hatte vieler Fehler – wer hat sie nicht: Ich habe sie, du hast sie – aber das hat er nicht verdient, trotz allem nicht. Und wer ist es gewesen, Hans? Weiß man es, ahnt man es?«

»Der Amtsrichter war da und der Doktor und noch einer, ein Schreiber, glaube ich; aber wer es gewesen ist, das hat ihnen niemand sagen können. Und wie soll es herauskommen? War denn ein Zeuge da, oder soll er sich selbst melden? Das wird er wohl bleiben lassen. Suchen werden sie schon nach ihm, natürlich; aber finden, das ist es! Und das wird nicht leicht sein.«

Jessen erzählte, was ihm bekannt war, in welchem Zimmer der Mord geschehen, und das mutmaßliche Wie und Wann.

Auf dem Hof stand der Bauer mit einigen Leuten in erregter Unterhaltung. Als er die Ankommenden gewahrte, schritt er ihnen entgegen.

»Da hört man Seltsames,« sagte er zweifelnd.

»Das leider wahr ist,« bestätigte Detlev. »Hans kommt vom ›Schimmelhof‹.«

»So?« wiederholte er erst nach längerer Pause, und in den stählernen Augen flackerte es sekundenlang. »Unglück, das greift an, ja, und der Tod spricht rau ...« Er blickte ins Weite. »Des Herrgotts Mühlen mahlen fein,« murmelte er, nickte den jungen Leuten gedankenverloren zu und verließ sie.

III.

Die Entdeckung des Verbrechers machte Schwierigkeiten, und der Kriminalkommissar Engel wurde von der Behörde beauftragt, sich an Ort und Stelle zu begeben und dem Täter nachzuforschen. Der Kommissar genoss weithin den Ruf eines ausgezeichneten Beamten, ja, eines Mannes, der in seinem Fach unübertroffen war. Zahlreiche Sensationsgeschichten gingen von ihm um, von Verkleidungen, die er für seine Zwecke angewandt, von Gefahren, denen er sich tollkühn ausgesetzt haben sollte. Kein noch so gewiegter Verbrecher sollte sich ihm entziehen können. Alle die Geschichten fanden im Dorf willig Glauben und erregten die Neugier in solchem Grade, dass die Dörfler die ›Weintraube‹, einen Gasthof in der Nähe der zum Ort gehörigen Bahnstation, in dem Engel abgestiegen war, in Scharen umstanden. Der Beamte befriedigte ihre Neugier jedoch nicht und wusste sich ohne viel Umstände die Drängenden ein für alle Mal fernzuhalten. Er war ein kräftiger Mann von über Mittelgröße, mit langem, schwarzem, am Kinn ausrasiertem Bart und kleinen grauen, ins Gelbliche spielenden Augen. Seine Haltung war aufrecht und befehlshaberisch; ein Zurückwerfen des Kopfes genügte, um sich ihm Nähernde schweigend zurücktreten, ein Wink mit der Hand, um auch eine größere Ansammlung auseinandergehen zu lassen.

Er war tagsüber meist unterwegs und saß abends abgesondert und schweigsam im Wirtszimmer.

Auf dem ›Schimmelhof‹ kehrte er wiederholt ein, besichtigte das Zimmer, in welchem sich der Offizier befunden hatte, maß die Entfernung bis zum Weg und untersuchte die Dornenhecke. Man sah, dass er mehrfach kleine Papierschnitzel auflas, die sich in der Nähe fanden; man wurde aber wenig befragt. Dem Bauern Reick flößte sein sprachloses Forschen in Verbindung mit den stets argwöhnisch offenen Augen Unbehagen ein, und er atmete auf, wenn der stöbernde, kurz angebundene Beamte sich entfernt hatte.

Wenige Tage nach seiner Ankunft trat der Kommissar bei dem sonntäglichen Tanzvergnügen in Arps Krug in den Saal, setzte sich in eine Ecke und sah ruhig zu. Seine Gegenwart störte die Fröhlichkeit eine geraume Zeit. Ehe er ging, sprach er des Längeren mit dem Amtsvorsteher in einem besonderen Zimmer.

»De Haff ist furt,« hieß es nach seinem Gehen.

Am folgenden Tag fand er sich auf dem Jessenschen Hof ein und ersuchte den Bauern um eine Unterredung.

»Sind Sie der Sohn, Hans Jessen?« fragte er diesen, der mit dem Vater im Zimmer anwesend war.

Der Gefragte bejahte.

»Auch von Ihnen erbitte ich später eine Auskunft. Wollen Sie mich mit Ihrem Herrn Vater allein lassen, bis ich Sie rufe!«

Hans entfernte sich.

Der Bauer lud kühl zum Sitzen, und der Beamte nahm Platz. Er zog ein Notizbuch.

»Sie sind mit dem Großbauern Marcks befreundet?«

»Ja, seit Langem.«

»Kennen Sie den Grund der Entzweiung zwischen Marcks und Reick?«

»N—ein,« entgegnete Jessen.

»Nicht —? Aber die Familienverhältnisse beider sind Ihnen vertraut?«

»Ich weiß nicht ganz, wie Sie das meinen —«

»Ich will Ihnen zu Hilfe kommen. Vom Ortsvorsteher Arp und aus den Akten des Amtsgerichts weiß ich, dass Reick den einzigen Sohn verloren, aber noch eine Tochter hat. Bei Marcks ist das umgekehrt: Er hat noch einen Sohn und keine Tochter mehr. Ich sage: nicht mehr. Können Sie aussagen, was aus der Tochter geworden ist?«

»Sie ist tot.«

»Das hörte ich. Wie lange schon?«

»Hm ... fünf Jahre. Vielleicht sechs.«

»Ihre Auskunft deckt sich mit einer anderen. Entsinnen Sie sich, von welcher Zeit her der Zwist zwischen den beiden ehemals befreundeten Großbauern datiert?«

»Das möchte ich nicht fest behaupten. Aber ich glaube, es ist von dem Tod der Tochter Marcks her, wenigstens ebenso lange. Man – hm, nein.«

»Man?« forschte der Beamte.

Der Bauer zögerte.

»Das gehört wohl nicht zur Sache.«

»Überlassen Sie die Entscheidung mir. Man –?«

»Man sprach damals von einem Liebesverhältnis zwischen Sophie Marcks und dem Leutnant. Das kam aber zum Bruch, hieß es, und das Mädchen ging dann aus dem Haus. Und bald darauf starb sie. Gewisses freilich weiß ich nicht. Aber der Leutnant hatte vielleicht kein gutes Gewissen, dass er all die Zeit nicht zum Besuch kam. Diesmal zum ersten Mal wieder.«

»Können Sie Ihre Mitteilungen durch die Angabe ergänzen, wo die Tochter starb?«

»Ja, das heißt, hm, ich weiß es doch nicht mehr. Im Hannoverschen, sagte man, bei, bei –«

»Denken Sie nach! In Helmsrade vielleicht?«

»Helmsrade, ja, das war es,« bestätigte Jessen bestimmt.

Der Beamte machte Notizen.

»Ich danke Ihnen. Wollen Sie Ihren Sohn rufen?«

Der Bauer rief aus der Tür. Hans trat ein.

»Ihre Aussagen vor dem Amtsrichter sind mir bekannt, ich brauche nicht darauf zurückzugreifen,« redete ihn Engel an.

»Haben Sie den jungen Marcks von dem Verhör, dem Sie und Ihre Kameraden unterzogen wurden, in Kenntnis gesetzt?«

»Nein.«

»Sie sind aber zu ihm gegangen?«

»Ja.«

»Wo trafen Sie ihn?«

»Auf dem Feld.«

»Bei der Arbeit?«

»Nicht gerade. Er angelte.«

»Der Beamte musterte ihn scharf.

»Erzählen Sie!« forderte er ihn auf, und Hans kam mit einigem Zögern nach.

»Das ist leicht berichtet. Ich wollte ihm sagen, was auf dem ›Schimmelhof‹ vorgefallen war, und ging gleich übers Feld, weil der Weg einen zu großen Bogen macht. Als ich diesen abgeschnitten hatte und von der Kleekoppel wieder auf die Straße gehen wollte, sah ich Detlev am Teich sitzen. Die Fische bissen nicht, und er war eingeschlafen dabei. Dann ging er mit mir.«

»War es der kleine Feldteich, der kurz vor dem Marckschen Hof liegt – warten Sie einmal: auf dem zweiten Feld, dicht am Weg? Halb in die Mitte hinein zieht sich eine Art Wand, die mit Weiden bewachsen ist. Stimmt das?«

Hans Jessen bejahte.

»Was für Kleidung trug Ihr Freund?«

»Arbeitszeug.«

»Welchen Eindruck machte Ihre Mitteilung auf ihn?«

»Wie sie ihn wohl auf jeden machen musste. Er natürlich zuerst betroffen.«

»Haben Sie Marcks auf den Hof begleitet?«

»Ja.«

»War der Bauer zugegen?«

»Ja.«

»Haben Sie auch ihm berichtet?«

»Halb. Halb wusste er es schon.«

»Von wem?«

Er notierte die Zeugen.

»War der Bauer erregt?«

»Er nicht. Die andern.«

Engel steckte das Notizbuch zu sich und erhob sich.

»Es liegt mir fern, Unbeteiligten Ungelegenheiten zu bereiten, das gilt auch von der Marckschen Familie. Nur klar muss ich sehen,« fügte er halb erklärend hinzu und verabschiedete sich kurz.

Am Abend erfuhr man in der ›Weintraube‹, dass der Kommissar verreist sei.

»Nach dem Hannoverschen,« sagte der Wirt. »Ich habs auf der Bahn erfahren, er hat sich eine Fahrkarte nach Hildesheim gelöst.«

In der Nähe von Hildesheim lag Helmsrade, wo Sophie Marcks gestorben war. Es musste also doch ein Zusammenhang sein …

Engel hatte bei der Rückkehr den Zug auf einer anderen Station verlassen. Ein Wagen brachte ihn nach dem Marckschen Hof.

Er fragte nach dem Besitzer und wurde in das Wohnzimmer gewiesen. Marcks war allein und empfing ihn ruhig, doch sichtlich nicht angenehm berührt.

Der Beamte musterte die festen, verschlossenen Züge des Bauern und gewann die Überzeugung, dass er bei diesem auf ein Entgegenkommen nicht zu rechnen habe.

Nach einer kurzen Einleitung fragte er direkt:

»Sie hatten eine Tochter, Herr Marcks?«

»Sie ist tot,« lautete die herbe Antwort.

»Ich bin nicht davon überzeugt.«

»Was sind Sie nicht …?«

Die Frage klang fast drohend.

»Sind Sie im Besitz eines Totenscheins?«

»Was solls? Den habe ich nicht.«

»Das glaube ich. Wo soll Ihre Tochter verstorben sein?«

»Soll? Herr – –!«

»In Helmsrade, Herr Marcks.«

Der Bauer schwieg. Ein rasches Schließen und Wiederöffnen der Hände deutete jedoch auf seine Ungeduld, und als der Kommissar nach der Verbindung der Familienfeindschaft mit dem Verschwinden – »oder dem Tod« – der Tochter fragte, sprang Marcks erregt auf, durchmaß ein paar Mal das Zimmer und entgegnete heftig:

»Verkürzen Sie Ihren Besuch! Hier in meinem Haus bin ich der Herr, nicht Sie. Was Sie wollen, weiß ich nicht. Und es kümmert mich nicht. Auf Ihre Frage antworte ich Ihnen nicht. Das ist meine Sache. Nicht die Ihre. Oder ... Ah! Herr!« Das Gesicht des Sprechenden färbte sich dunkel, und die Adern auf seiner Stirn schwollen. »Herr: hinaus mit der Sprache! Was wollen Sie?«

»Wissen, ob Ihre Tochter lebt. Nicht mehr.«

Die Röte im Gesicht des Bauern machte einen Augenblick einer fahlen Blässe Platz und kehrte dann jäh zurück. Der herkulisch gebaute Mann reckte sich auf, der Brustkasten weitete sich, der Atem flog ihm. Er riss die Tür auf und wies darauf hin.

»Mein Hausrecht ist mein Schutz, Herr Kommissar!«

»Sie irren, mein Gehen beruht auf freier Entschließung.«

Der Beamte entfernte sich ruhig, ohne ein weiteres Wort, und Marcks warf sich stöhnend in seinen Sessel.

Engel schlug den Weg nach dem Dorf ein. Der Wagen war nicht mehr zu sehen.

Am zweiten Feld stieg der Kommissar über die Pforte und musterte den Teich. Dann schaute er über das Feld weg und gewahrte in der Ferne die Bäume und die Dachfirste des ›Schimmelhofs‹. Er vergegenwärtigte sich den Weg und fand Jessens Aussage bestätigt, dass sich vom ›Schimmelhof‹ aus direkt übers Feld ein beträchtlicher Richtweg einschlagen ließ. Schon wollte er sich wieder der Straße zuwenden, als seine Aufmerksamkeit plötzlich von einem weiß blitzenden Gegenstand auf dem Grund des von der Sonne klar durchleuchteten Teiches angezogen wurde und er überrascht stehen blieb. Es hatte überhaupt in seiner Absicht gelegen, den Teich durchforschen zu lassen. So kam er unerwartet ans Ziel. Was da blitzte, war unschwer zu erkennen. Das Wasser war nicht tief. Er entledigte sich kurz entschlossen seiner Kleidung und watete hinein. Mit leichter Mühe konnte er den Gegenstand fassen. Es war ein Revolver mit blitzendem, vernickeltem Lauf. Noch im Wasser betrachtete er ihn genau. Dem geübten Auge fiel eine raue Stelle bald auf: Das Fabrikzeichen war fortgefeilt … Engel kleidet sich wieder an, ging ins Dorf, bezahlte in der ›Weintraube‹ nach kurzem Aufenthalt die Rechnung und begab sich wieder auf die Bahn.

IV.

Infolge des vom Kriminalkommissar Engel erstatteten umfangreichen Berichts erließ der Staatsanwalt gegen den Bauern Marcks und dessen Sohn Detlev den Haftbefehl, der alsbald ausgeführt wurde. Der Bauer lehnte sich gegen die Gewalt umsonst auf. Aber seine Fortführung rief im Dorf eine lebhafte Bewegung zu seinen Gunsten wach. Man murrte unverhohlen und bezeichnete die Verhaftung als einen rohen Gewaltakt und eine zweifellose Ungerechtigkeit. Das war übrigens das Werk des »Schwarzen«, den sie auch noch angestaunt hatten; des »Bluthundes«, der mit seiner feinen Polizeinase wer weiß was ausspioniert hatte. Und der war der Richtige, der musste seinen »Ruhm« wahren. Ruhm! Einen schönen Ruhm! Ob er Unglück brachte – pah, was sollte das den rühren! Das würde noch kein graues Haar in seinen schönen schwarzen Bart bringen. Der war es ja gewohnt, das Menschenfangen – was kam es auf einen mehr an, oder auf zwei, oder auf ein halbes Dutzend. Wer konnte sagen, wer noch an die Reihe kam.

Nur Reick lachte höhnisch, als er das Ereignis von einem seiner Knechte erfuhr, und der Knecht spuckte hinter seinem Rücken aus – »Pfui Deuwel, dat is een!«

Aus den Ermittlungen des Kommissars ging nicht unzweifelhaft hervor, ob einer der Verhafteten das Verbrechen begangen, oder ob vielleicht beide daran beteiligt gewesen waren. Verdachtsgründe lagen jedoch gegen Vater und Sohn ausreichend vor, dass die Verhaftung gerechtfertigt und geboten schien.

Gegen den jungen Marcks sprach Fünferlei:

Zunächst die alte Feindschaft der Familien, deren Grund dem Sohn in seinem Alter aller Wahrscheinlichkeit nach bekannt sein musste.

Dann der Streit im Arpschen Krug, der die Leidenschaft von Neuem aufstachelte.

Das frühe Verlassen des Kruges und das zeitliche Zusammenfallen seines Weggangs mit dem Verbrechen.

Weiter das auffällige Verweilen an dem Feldteich, in dem der Revolver gefunden wurde. Es war an einem Montag gewesen, also an einem Arbeitstag und die Beschäftigung mit Angeln an diesem mindestens ungewöhnlich. Die Tatsache aber, dass er eingeschlafen war, deutete wohl darauf hin, dass er während der Nacht wenig oder keine Ruhe gefunden hatte und deshalb am Morgen beim stillen Sitzen von Müdigkeit überwältigt wurde.

Endlich belastete ihn der Revolver, der eine Erklärung dafür zu bieten schien, was er tatsächlich in der Frühe an dem Teich bezweckt hatte. Dass er mit dieser Waffe umzugehen verstand, schien schon dadurch bewiesen, dass er bei der Kavallerie gedient hatte und mit der Handhabung der Schusswaffen demnach vertraut sein musste. Die Probe, welche mit der im Körper des Ermordeten aufgefundenen Kugel angestellt wurde, ergab zu allem über jeden Zweifel, dass sie aus dieser Waffe auf ihr Ziel entsandt worden war.

Bezüglich des Bauern gründete sich die Untersuchung auf noch einen Punkt mehr.

Die feindliche Gesinnung lag unbestreitbar bei ihm in noch höherem Maß zutage, als bei dem Sohn, der sich durch sie nicht hatte abhalten lassen, die Tochter des gegnerischen Bauern zum Tanz aufzufordern und der sich wohl hauptsächlich erst durch die neue, zweifache Beleidigung, die von der Tochter und dem Sohn zugleich ausgegangen war, zu heftigerem Aufwallen hatte hinreißen lassen.

Der Bauer hatte zweitens, wie mühelos festgestellt worden war, sowohl von seinem Sohn wie von den Leuten auf seinem Hof gewusst, dass der Leutnant nach langen Jahren zum ersten Mal wieder auf dem väterlichen Hof zu Besuch weilte.

Drittens hatte er sich von dem Dorffest, an dem er sonst stets teilgenommen hatte, ferngehalten und somit nicht nur Zeit gehabt, seine Vorkehrungen zu treffen, sondern auch Gelegenheit, dem aus dem Krug heimkehrenden Offizier aufzulauern. Dass dieser allein gekommen war, hatte dann sein Vorhaben noch erleichtert.

Viertens war der Bauer Jagdliebhaber, kannte also gleichfalls den Gebrauch der Waffen; er war auch als ausnehmend sicherer Schütze bekannt und konnte somit sein Ziel selbst nächtlich und mit der kleinen Waffe verlässlich ins Auge fassen.

Fünftens hatte er am Morgen nach der Tat ungewöhnlich lange geschlafen, was den Schluss zuließ, dass er sein Lager auch später als sonst aufgesucht hatte. Des Revolvers konnte er sich entledigt haben, ehe er auf den Hof zurückkehrte. Ja, es war wahrscheinlich, dass er nach ausgeführter Tat die Landstraße gemieden hatte, schon allein um deswillen, weil er sich nicht der Gefahr aussetzen wollte und durfte, dem möglicherweise aus dem Krug heimkehrenden Bauern Reick und seiner Tochter zu begegnen. Er hatte also den Feldweg eingeschlagen, war, wie der junge Jessen, an den Teich gelangt, und hatte die Waffe ins verschwiegene Wasser versenkt.

Was aber am meisten gegen ihn redete, war der Umstand, dass er sich zweifellos bereits in einen Widerspruch verwickelt und sich eine direkte Unwahrheit hatte zuschulden kommen lassen. Er hatte seine Tochter ebenso als verstorben bezeichnet, wie dies vonseiten der Bauern im Dorf in wenigstens gutem Glauben geschehen war, obgleich gerade er wissen musste, dass sein Kind für die Welt verschollen, doch nicht beglaubigt tot, wenigstens nicht an dem Ort verstorben war, den der allgemeine Glaube bezeichnete und den der Bauer früher selbst genannt hatte. Engel hatte in Helmsrade eingehende Nachforschungen angestellt, aber weder von der weltlichen noch der geistlichen Behörde eine Todesbestätigung erlangen können, dagegen von der ersteren endlich den Bescheid erhalten, dass eine Sophie Marcks, eine Schwachsinnige, amtlich als nach ihrer Heimat abgemeldet eingetragen worden sei. Sie habe damals bei einer verwitweten, seitdem verstorbenen Frau gewohnt und sei, soviel sich noch ermitteln lasse, von ihrem Vater abgeholt worden.

An diesem Punkt setzte der Untersuchungsrichter ein; denn traf die amtliche Auskunft zu, an der zu zweifeln keinerlei Grund vorlag, so musste der Bauer nicht nur das Unhaltbare seiner Angabe kennen, sondern auch einen Grund haben, den tatsächlichen Hergang zu verschleiern. Und möglicherweise hing gerade dieser mit dem Verhältnis zum Reickschen Haus innig zusammen, war vielleicht die direkte Veranlassung früher zum Bruch der freundschaftlichen Beziehungen gewesen und jetzt das leitende Motiv bei der Ausführung des an dem Leutnant begangenen Verbrechens.

Der Offizier hatte damals zweiundzwanzig Jahre gezählt, Sophie Marcks achtzehn, Detlev fünfzehn. Die Annahme, dass ein unglückliches Liebesverhältnis zwischen den Ersteren in langsamem Anwachsen vielleicht der Schuld auf beiden Seiten zu der endlichen Tragödie geführt hatte, konnte umso weniger von der Hand gewiesen werden, als auch die ersten Nachforschungen des Kommissars schon auf eine solche Beziehung hingedeutet hatten. Das jugendliche Alter Detlev Marcks' zur Zeit der ersten Reibungen gab dann auch eine Erklärung für sein später minder schroffes Verhalten, da der Hergang dem jungen Burschen damals kaum in seiner ganzen Tragweite verständlich gewesen sein konnte. Hatte er später in gewissen Grenzen die Abneigung gegen das Reicksche Haus geteilt, so wurde dies wohl durch die Anhänglichkeit an seinen Vater hinreichend begreifbar. Freilich waren das alles Hypothesen, und die Wahrheit konnte ebenso gut woanders liegen, konnte auch zur Entdeckung eines neuen Verbrechens führen, das dem zweiten um Jahre vorangegangen und an dem Mädchen verübt worden war. Jedenfalls war die Aufklärung nach dieser Richtung hin das Nächsterwünschte, und darauf zielten denn auch die Ermittlungen des Untersuchungsrichters zunächst.

Das Resultat der Vernehmungen Detlevs war ein negatives. Aus der resignierten, doch vollkommen ruhigen Art der Antworten gewann der Untersuchungsrichter die Überzeugung, dass der junge Mann das endgültige Ziel der Fragen nicht einmal erfasste und völlig unbefangen aussagte, was als außer Zweifel stehend in ihm lebte.

Der Bauer betrat das Zimmer des Richters etwas schleppenden Schrittes und in einer Haltung, die unschwer erkennen ließ, wie die Ereignisse auf ihn eingestürmt waren, wie sie aber doch nicht vermocht hatten, den Trotz seiner starken Natur zu beugen. Er erwiderte auf die geschäftsmäßigen Fragen des Richters ruhig, ja unter Zeichen der Ermüdung, bis sich nach einigen Querfragen bezüglich der verstorbenen Tochter eine gespannte Aufmerksamkeit in seinen Zügen zeigte, die sich alsdann andauernd steigerte.

Der Untersuchungsrichter erläuterte:

»Ich habe gefragt, wann, wo, wie alt Ihre Tochter verstorben ist, weil mir an der Feststellung liegt, ob der Todesfall mit Ihrer Beziehung zu Reick zusammenhängt, eventuell inwieweit. Ihre Feindschaft datiert aus demselben Jahr, in welchem Ihre Tochter starb, nicht wahr?«

»Ja.«

»Der Leutnant und Ihre Tochter liebten sich?«

Marcks zögerte sichtlich unentschlossen mit der Antwort. Nach einigem Besinnen sagte er jedoch rasch und bestimmt, als gälte es, eine quälende Last abzuschütteln:

»Meine Tochter ihn! Er war ein Schuft!«

Der Richter nickte.

»Ich habe es mir gedacht. Das alte Lied. Deshalb haben Sie mit Reick gebrochen?«

»Ja. Ich habe verlangt, sein Sohn solle meine Tochter heiraten. Er verweigerte es. Das habe sein Sohn zu entscheiden. Der aber könne nicht wegen so einer Ehrver... – könne doch nicht den Dienst quittieren. Und das müsste er. Das gebe er nicht zu. Er wolle sie abfinden – abfinden – wenn ich es verlange.«

»Das war freilich hart. Aber erzählen Sie weiter. Sprachen Sie nicht mit dem Leutnant?«

»Oh, der war abgereist. Der war in der Garnison. Einen Brief schrieb ich ihm. Ich gab ihm gute Worte. Ich ihm! Er antwortete ausweichend, wehleidig, verlogen. Er könne nicht. Dann hörte ich nichts mehr. Und all die Jahre ließ er sich nicht blicken, bis Gras darüber gewachsen war, und über ihr Grab auch.«

»Der Richter versuchte eine Überraschung.

»Ihre Tochter starb nicht!« sagte er mit starker Betonung, »wenigstens weder zu der Zeit noch an dem Ort, den Sie angeben. Was ist aus ihr geworden?«

Marcks war erblasst und begann, in wachsender Aufregung, zu zittern. Ohne ein Wort zu entgegnen, blickte er voll Spannung auf den Richter.

»Sie selbst haben,« fuhr dieser fort, »– die amtliche Bestätigung liegt mir vor – Ihre Tochter von Helmsrade abgeholt.«

»Abgeholt? Meine Tochter? Ich?« stotterte der Bauer.

»Sie!«

Marcks öffnete die Augen schreckhaft weit und fuhr sich mit der Hand tastend über das Gesicht, als ob er zu träumen fürchte und sich vergewissern wolle. Sein Haupt neigte sich vornüber, und er sah stier, wie von einer Vision befangen, auf seinen Peiniger. Eine lange Weile!

»Was – haben – Sie – gesagt?« fragte er ruckweise, unsicher.

»Dass Ihre Tochter lebt!« entgegnete der Richter gespannt.

»Lebt? Sophie lebt?« schrie Marcks.

Der Richter tat den letzten energischen Schritt.

»Wenn nicht auch an ihr, verstehen Sie, auch an ihr ein Verbrechen begangen ist!«

»Wa – wa – ah – ah!« stöhnte Marcks, in langsamem Erfassen des furchtbaren Gedankens, der den Richter beherrschte. Er atmete keuchend, und nur stoßweise kamen die Worte von seinen, fast den Dienst versagenden Lippen: »Ist ein – Mensch – ehrlich gewesen – sein Lebenlang – hat getragen – was ihm auferlegt wurde – die – Schande – den Tod des Liebsten – der Frau, des Kindes. Und ist alt geworden – mit Ehren, dachte er – und mit grauen Haaren – trifft ihn noch mehr – muss er – Handschellen tragen wie – wie ein Mörder – gilt er selbst – er selbst als Mörder – als zweifacher Mörder – Gott im Himmel!«

Er schluchzte qualvoll auf und hielt sich an der Barriere, die ihn vom Richtertisch trennte.

Der Richter war ergriffen. Aber er wollte sich seinen Vorteil, wenn ein solcher vorlag, nicht entgehen lassen und ein Letztes tun, um ein Geständnis zu erlangen.

»Entlasten Sie Ihr Gewissen, Marcks,« redete er zu.

»Ge–wissen,« sprach der Gefolterte mechanisch nach. »Ge–wissen. Haben – Sie eins?«

»Ich spreche von dem Ihren. Ihres scheint beladen.«

»So – scheint. Scheint – ja. Und Ihres – ist frei. Und Reicks auch. Und des Leutnants auch. Und die – F – – Frau, die ihm nachgelaufen ist, die verdorben ist, gestorben ist, die ist ermordet. Nicht von ihm. Von mir. Dem eigenen Vater. Nicht richtig, aber klug. Sehr klug. Und ich soll gestehen –«

Er richtete sich, noch unsicher, auf und rang nach Fassung. Plötzlich schlug er mit der geballten Faust auf die Barriere und schrie:

»Nein, Herr, Sie lügen! Sie lügen alle! Diese Hand,« er hob die rechte, »ist rein! Das hier,« er zeigte auf die Brust, »ist rein! So wahr mir Gott helfe!«

Der Untersuchungsrichter stand auf. Er wusste, hier war der Höhepunkt erreicht: Ein Darüberhinaus gab es nicht mehr. Er stützte die Hände auf den grünbehangenen Tisch und sagte eindringlich:

»Die Wahrheit kommt an den Tag, Marcks. Es möge Ihnen Schrecken oder Trost sein. Für heute sind wir zu Ende.«

Er klingelte, und der schwankende Marcks wurde abgeführt.

Der Richter nahm wieder Platz. Er ließ sich das Protokoll geben und durchflog es. Die Unterzeichnung durch Marcks hatte er unterlassen; es ließ sich bei besserer Gelegenheit nachholen. Er stützte den Kopf in die Hand und sann nach. War er der Wahrheit näher gekommen? In einem Punkt ja. Die Feindschaft schien aufgeklärt. Aber weiter auch nichts. Und vielleicht auch diese nicht einmal ganz. An ihr war noch Reick beteiligt.

Reich wurde vorgeladen. Zugleich seine Tochter.

V.

Als der Großbauer Reick auf der Bahnstation in ein von der Sonne durchhitztes Coupé dritter Klasse gestiegen war und beide Fenster herunterließ, um Luftzug und dadurch etwas Frische zu erreichen, standen auf dem Perron eine Gruppe junger Leute, die ihm höhnisch lächelnd zusahen. Er bemerkte es und lehnte sich trotzig breit aus dem Wagen.

Um die Ecke des Stationsgebäudes bog ein neuer Ankömmling, der vergnügt den anderen zuzwinkerte. Einer der Burschen rief ihm laut zu:

»Je, Klaas, wat sühst du denn so sur ut?«

Der sah auf den Bauern und antwortete:

»Je, Hans, so seh ick von Natur ut!«

Ein Dritter warf laut hin:

>»Wat ick denk und dauh,
>Tru ick annern ok tau!«

Einer der Burschen hatte eine große, blecherne, leere Milchkanne in der Hand, trommelte mit den Fingern dagegen und sang, als er Zug sich schon in Bewegung setzte:

>»Söben El Bottermelk un tein El Klümp,
>Un wenn de Schauh versapen sünd,
>denn danzt wi ob de Strümp.
>Drink ut, drink ut!
>Un kiekt en Ap ut't Finster rut,
>Denn hau em op de Snut.«

Der Bauer zog sich zurück und setzte sich stumm in die Ecke, seine Tochter saß im gegenüber. Sie hatte die Hände im Schoß ineinander gefaltet. Stumm blickte sie in die rasch wechselnde Landschaft, die der Zug durcheilte. Ihre Wangen waren blass, in ihren Augen lag es wie ein leiser Fieberglanz.

Reicks Stimmung war durch den Hohn der »grünen Jungs« nicht besser geworden. Es drückte ihn etwas. Etwas unbestimmtes, Gestaltloses. Aber doch etwas. Es war schwül in ihm, wie vor einem Gewitter in der Natur. Wie körperliches Unwohlsein stieg es in ihm auf, trocknete ihm die Kehle und verursachte ihm Kopfschmerzen. Oft stieß er halblaute Rufe aus, sprach aber nicht zusammenhängend.

Vom Bahnhof der Stadt begaben sich beide direkten Weges in das Gerichtsgebäude, Anna Reick mit merklichem Zittern, der Bauer mit äußerlich erzwungener Ruhe.

Sie mussten warten, dann wurden sie getrennt vorgerufen. Zuerst das Mädchen.

Der Untersuchungsrichter musterte sie prüfend. Er bemerkte ihre Erregung und blätterte in den Akten, um ihr Zeit zu lassen, sich zu sammeln. Sie hatte die Augen gesenkt. Ihre Brust wogte. Über das schmale Gesicht flogen Röte und Blässe. Die fein geschnittenen Lippen schienen leicht zu zucken. – Die Stirn war hoch und frei, durch keine Haarunsitte entstellt. Die ganze Erscheinung einnehmend und erfreuend.

»Sie sind Anna Rose Reick?« fragte der Richter nach einer Weile.

Sie antwortete mit einem leisen Ja.

»Es ist kein erfreuliches Ereignis, das Sie zu mir führt. Aber es wird ein gewisser Trost für Sie sein, wenn der betrübende Fall Aufklärung findet und der Schuldige der Sühne entgegen geht. Ich hoffe, aus Ihrer Aussage neue Anhaltspunkte für die Lösung des Rätsels zu gewinnen, und je klarer und offener Sie sprechen, umso mehr werden Sie mich meinem Ziel näher führen. Ich muss zunächst etwas zurückgreifen. Entsinnen Sie sich, dass Ihr Vater – vor Jahren – mit dem Bauern Marcks freundschaftlich verkehrte?«

Sie stimmte zu.

»Wissen Sie, was zum Bruch der Beziehungen geführt hat?«

»Mein Vater hat zu mir nicht darüber gesprochen.«

»Sie haben auch sonst nichts gehört?«

»Wir hatten wenig Verkehr im Dorf.«

»Ist es denn Ihnen selbst nicht aufgefallen, dass die ehemaligen Freunde sich plötzlich mieden und doch wohl auch den Kindern den Umgang untersagten?«

»Ich war damals nicht zu Hause. Vom zehnten Jahr bis zu meiner Konfirmation nicht.«

»Ach so. Wie alt sind Sie jetzt?«

»Zwanzig.«

»Also waren Sie vor sechs Jahren vermutlich in Pension?«
Sie bestätigte es.

»Besuchte Sophie Marcks gleichfalls eine städtische Schule?«

»Nein. Ich glaube, der Vater wollte es nicht. Aber sie hat Privatunterricht gehabt. Zu Hause.«

»Haben Sie Fräulein Marcks gekannt?«

»Gesehen. Aber sie war ja älter als ich und hatte andere, gleichaltrige Freundinnen.«

Die früheren Vorgänge fielen in das Kindesalter der Zeugin. Der Untersuchungsrichter gab schnell alle bezüglichen Fragen auf. Ohne Übergang, wie er es zuweilen liebte, sprang er in die jüngste Vergangenheit hinüber.

»Sie waren seit der Konfirmation im Elternhaus. Haben Sie jedes Jahr an dem Reitfest im Dorf teilgenommen?«

»Nicht immer. Zweimal nicht.«

»Wer gab dieses Jahr die Anregung zur Beteiligung?«

»Der Vater.«

»Nicht Ihr Bruder?«

»Er wollte nicht. Aber der Vater bestimmte ihn dazu. ›Gerade‹, sagte er.«

»Warum gerade?«

»Es sollte kein Gerede entstehen.«

»Welches Gerede?«

»Die Leute sollten nicht glauben, dass wir Marcks wegen wegblieben. Das hatten sie im Jahr vorher gesagt.«

»Also der Familie Marcks zum Trotz gingen Sie! Aus Trotz haben Sie wohl auch den jungen Marcks zurückgewiesen?«

Sie schwieg.

»Hat Marcks vorher getanzt, ehe er zu Ihnen kam?«

Ihre Antwort klang lebhaft:

»Oh ja! Fast stets!«

»Haben Sie das so genau beobachtet?« fragte der Richter lächelnd.

Sie errötete.

»Also er hatte bekannte Damen genug. Man kennt ja wohl auf Dörfern überhaupt jeden und jede. Wie kam es denn, dass er sich plötzlich Ihnen zuwandte?«

»Ich weiß es nicht.«

»Hatten Sie ihn dazu ermutigt?«

Sie erwiderte zögernd:

»Ich hatte ihn angesehen.«

»So?« meinte der Richter lächelnd, »und der Blick übte eine solche Wirkung? Warum haben Sie dann trotzdem den jungen Mann gekränkt?«

Sie entgegnete rasch:

»Ich wollte es.«

»Das heißt, Fräulein Reick, Sie wollten es, um ihn vor der übrigen Gesellschaft bloßzustellen?«

»Ich saß den ganzen Abend. Zu mir kam niemand. Und er tanzte immer. Er war immer umringt. Ihn mochten sie ja alle.«

»Und das,« sagte der Richter verständnisvoll, »hat Sie geärgert? Warum, mein Fräulein?«

Es fuhr ihr durch den Sinn, dass sie einen Beweggrund angedeutet hatte, den sie nicht hätte verraten sollen. Sie glättete nervös an ihrem Kleid.

Der Untersuchungsrichter unterdrückte sein Lächeln und fuhr wieder gleichmäßig fort:

»Entspann sich der Streit mit Ihrem Bruder unmittelbar nach Ihrer Ablehnung?«

»Ja.«

»Blieb Marcks dann noch längere Zeit?«

»Eine Stunde vielleicht.«

»Hat er noch wieder getanzt?«

»Nein. Nicht.«

»Sie sehen daraus, dass Sie ihn nachhaltig verstimmt hatten. Wer weiß, ob er ohne die Reizung der späteren Tat – wenn diese ihm zu Last fällt – fähig gewesen wäre.«

Anna Reick horchte gespannt auf.

»Die Verdachtsgründe sprechen sehr zuungunsten des Angeklagten. Antworten Sie offen: Halten Sie den jungen Mann der Tat, deren er bezichtigt wird, für schuldig?«

Eine Blutwelle schoss ihr ins Gesicht.

»Nein!« entgegnete sie entschieden.

»So fest sind Sie überzeugt?«

»Ja. Er war es nicht!« bestätigte sie fast leidenschaftlich.

»Warum glauben Sie das?«

»Ich weiß es.«

»Wie, Sie wissen es?«

»Ja, ich fühle es!«

»Das ist etwas anderes. Können Sie Fingerzeige geben, die auf eine andere Spur führen?«

»Ich weiß nur, dass er es nicht war,« beharrte sie erregt.

»Der Vater dann?«

Sie schüttelte verneinend den Kopf.

»Er auch nicht!«

Der Untersuchungsrichter konnte sich dem Eindruck ihrer Aussage nicht entziehen. Sie sprach aus innerer Überzeugung, und ihre Art, sich zu geben, erwärmte ihn. Er gab seinen wohlwollenden Empfindungen gegen sie mit den Worten Ausdruck:

»Es ehrt Sie, dass Sie sich trotz unfreundlicher Beziehungen der schwer Verdächtigen annehmen. Kann ich auch Ihrer Überzeugung nicht zu der meinen machen, so fällt sie doch ins Gewicht und mahnt vor allem, vorsichtig zu wägen, was gegen die Beschuldigten vorliegt. Können Sie noch etwas zur Entlastung das eine oder andere vorbringen?«

Sie hatte sichtlich erfreut den liebenswürdigen Worten gelauscht und trat entschlossen einen Schritt näher an die Barriere.

»Ja. Ich kann es. Ich bitte, dass ich sprechen darf, wie ich denke. Nicht wahr, Herr Richter, es heißt, der Detlev Marcks muss schuldig sein, weil der Revolver in dem Teich gefunden worden ist? Ach nein! Das ist nicht richtig. Ganz gewiss nicht. Er ist unschuldig und sein Vater auch, weil der Revolver da gelegen hat, wo ihn der Kriminaler aufgehoben. Wissen Sie, wie der Teich beschaffen ist? Ich weiß es. Ich will es Ihnen sagen. Zwei Hälften hat er. Nicht gerade genau so. Aber man kann so sagen. In die Mitte hinein geht eine Wand. Eine schmale Wand. Nicht ganz hindurch. Ungefähr bis zur Hälfte. Sehen Sie, Herr Richter, so –!« Sie trat an den Tisch und zeichnete mit dem Finger auf das grüne Tuch. »In der einen Hälfte ist der Revolver gefunden worden. In der nach dem Weg hin. Das ist es! Das spricht Marcks frei. Alle beide. Diese Hälfte ist flach. Kaum einen Meter tief. Bis auf den Grund scheint die Sonne. All' Dag. Die andere aber, die ist drei Meter tief. Ich habs gemessen. Und die ist schlammig drunten. Schwarz. Kein Strahl dringt da hinein. Da hinein hätte Detlev die Waffe geworfen, wenn er's gewesen wär. In den tiefen Grund, nicht in den Teller nebenan. Lehm habens da gegraben, vor Jahren. Aber sie habens aufgegeben, weil sie sich nicht haben retten können vor dem Wasser, das durch die Wand gedrungen ist. Er kannte das Wasser. Aber der es getan hat, der kannte es nicht. Der war ein Fremder, Herr!«

Sie hatte mit erregtem Eifer gesprochen. Jetzt schwieg sie gespannt. Ihre Augen glänzten. Der Richter war ihren Darlegungen aufmerksam gefolgt.

»Das scheint einleuchtend,« stimmte er bei. »Hm! – Wenn Sie recht hätten! Ich werde nachforschen. Ich werde mich selbst an Ort und Stelle überzeugen. Das müsste natürlich zu einer Wendung führen.«

»Seine Unschuld klarstellen, Herr Richter!«

Er nickte freundlich.

»Ich will Ihnen wünschen, dass das Gericht zu dem gleichen Ergebnis gelangt, wie Sie. Ich danke Ihnen.«

Sie konnte abtreten und atmete tief auf, als sie wieder auf dem Flur stand. Es war ausgesprochen! Wie ein Frohgefühl kam es über sie. Sie drückte ihrem Vater stumm die Hand und eilte dann aus dem Gerichtsgebäude, um den Vater in der Stadt in einem verabredeten, beiden bekannten Gasthaus zu erwarten.

Reick wurde unmittelbar nach Entfernung seiner Tochter vorgerufen. Der Untersuchungsrichter fixierte ihn interessiert. Eine echte Bauerngestalt! Groß, breitschultrig. Das energische Gesicht gefurcht, die etwas kleinen Augen prüfend, zurückhaltend, mit einem schwer bestimmbaren, versteckten Ausdruck.

Der Richter erledigte die Formalitäten und stellte seine Fragen in rascher Folge. Er hatte den Eindruck, als ob der Bauer aussagen würde, was er berechnet hatte, und er wollte ihm die Gelegenheit zu nehmen suchen, das planmäßig durchzuführen.

»Ihre Nachbarn sind verdächtig,« begann er, »halten Sie einen von ihnen schuldig? Und wenn: wen?«

»Detlev Marcks!« entgegnete Reick mit hart klingender Stimme.

»Welche Gründe haben Sie für Ihre Annahme?«

»Es kann kein anderer gewesen sein. Höchstens der Vater.«

»Warum kein anderer?«

»Sie haben mich gehasst. Niemand sonst.«

»Ihren Sohn auch nicht?«

»Wer sollte das gewesen sein? Niemand, sage ich!«

»Die Untersuchung wird zeigen, ob Sie recht haben. Ihre Meinung wird nicht von allen geteilt. Einen gewichtigen andern Zeugen habe ich eben gehört: ihre Tochter. Sie hält beide Marcks für nicht schuldig, und sie macht den Eindruck, dass sie ihre Überzeugung wahr wiedergibt.«

»Ich die meine auch!« fiel Reick gereizt ein.

»Ich nehme es an. Ich verlange es auch, und Sie tun nichts als Ihre Pflicht. Das Gegenteil würde niemand schaden, als

Ihnen selbst. Wenn Sie aber davon durchdrungen sind, dass der Hass die beiden oder einen der Marcks zu dem Verbrechen getrieben hat, dann werden Sie zugeben müssen, dass die feindliche Gesinnung tief Wurzeln geschlagen hatte und dass sie einen ursprünglichen Grund haben müsste, der notwendig gewaltig war, umso nachhaltig zu wirken. Diesen Grund glaube ich aus Äußerungen des Bauern Marcks zu kennen, und er war dann allerdings geeignet, dauernd in verstimmendster Weise gegen Sie einzunehmen. Da ich bisher nur Marcks gehört habe, halte ich mein Urteil einstweilen zurück, bis auch Sie sich geäußert haben. Sprechen Sie: Bestand zwischen der Tochter des Bauern Marcks und Ihrem Sohn ein Liebesverhältnis?«

»Was man so nennt. Sie bildete es sich ein.«

»So, und Ihr Sohn spielte mit ihren Empfindungen, nicht wahr? Eine schöne Rolle für einen Offizier gegenüber einer durch alte Freundschaft verbundenen, geachteten Familie!«

»Sie hat sich ihm an den Hals geworfen!« entgegnete Reick brüsk.

»So etwas Ähnliches haben Sie nach den Akten schon an der Leiche Ihres Sohnes angedeutet. Es ist natürlich Ihre aufrichtige Meinung?«

»Nichts anderes.«

»Sie suchen damit nicht Ihre eigene oder die Handlungsweise Ihres Sohnes zu entlasten?«

»Nein!«

»Sie wissen aber ohne Zweifel, welches das traurige Ende der Liebesaffäre gewesen ist?«

»Ja.«

»Dass Sophie Marcks, nachdem Ihr Sohn sie verlassen hatte – gestorben ist?«

»Gestorben. Ja!«

Der Richter machte eine Bewegung der Ungeduld. Auch hier wieder das Märchen! Marcks musste es wahrlich geschickt angefangen haben, dass er sogar seinem Feind einen falschen Glauben beigebracht hatte, den Glauben, der diesem das Gewissen beschweren musste! Wenn aber eine Lüge so erstaunlich sicher verbreitet war, so lag mehr als genügender Grund vor, auch allem Weiteren, was mit ihr zusammenhing, mit misstrauischer Vorsicht nachzugehen. Ja, Marcks hatte die Liebesaffäre vielleicht überhaupt nur benutzt, um das Verschwinden der Tochter glaubwürdig zu erklären und den wirklichen Hergang umso sicherer zu verbergen. Dass er damit dem ehemaligen Freund zugleich noch einen Schlag versetzte, mochte ihn den Umständen nach nur befriedigt haben.

Der Richter ließ die Finger ein paar Mal erregt durch die Akten gleiten. Dann legte er die Hand auf den blauen Umschlag und sagte fest, fast barsch:

»Nein, Sophie Marcks ist nicht gestorben!«

Der Bauer fuhr wie vom Blitz getroffen zusammen.

»Nicht ge –? Nicht ge – ge –?« stieß er hervor.

Der Untersuchungsrichter war aufs Höchste überrascht. Woher diese überraschende Wirkung seiner Worte? Er war einen Moment völlig unschlüssig, wohin er der plötzlichen Wendung nachspüren, wie er sie deuten, wie er sie ausnützen sollte. Dass Marcks erschüttert gewesen, war begreiflich, wenn er ein Verbrechen an dem Mädchen begangen hatte. Es war auch erklärlich, wenn er – unter einer wunderlichen, noch undurchdringlichen Verkettung von Umständen – seine Tochter tatsächlich tot geglaubt hatte und nun plötzlich anderes erfuhr. Aber warum war Reick mit einem Schlag auf das Tiefste erregt, er, der allen Anlass hatte, über die Mitteilung aufzuatmen, der, wenn er seinem Gegner das Allerschlimmste wünschte, schadenfroh auflachen konnte?

Ah! Der Richter dachte an den Bericht der Ortsbehörde von Helmsrade! Das Mädchen – »eine Schwachsinnige« – war abgeholt worden. Von »ihrem Vater«. Der leugnete. Warum konnte es nicht auch ein anderer gewesen sein – ein anderer, der gleichfalls interessiert war? Der gleichfalls den Tod des Mädchens zum Ausgang genommen hatte und nun zu seinem Schrecken seinen fein angelegten, fein durchgeführten Plan durchkreuzt sah? Schrecken sprach aus dem Zusammenzukken Reicks, aus seinem blutlosen Gesicht, seinen scheu ausweichenden Augen. Der Schrecken, das Gewissen und die Schuld!

Der Richter wollte ihm nicht Zeit geben, sich zu fassen. Er knüpfte aufs Geradewohl an das ihm Bekannte an und sagte bestimmt:

»Das Mädchen ist dem Irrsinn verfallen!«

»Irr – Irrsinn?« stotterte Reick.

»Sie ist dann in ein Irrenhaus gebracht worden!« fuhr der Richter mit kühnem Schluss fort.

Reick strich sich mit der flachen Hand den Schweiß von der Stirn.

»Nicht – – möglich,« stritt er ab.

»Doch!« entgegnete der Untersuchungsrichter mit Energie und dem Schein der völligen Eingeweihtheit. »Ich erzähle Ihnen auch nichts Neues. Nur damit Sie erkennen, dass ich Ihre Aussage imgrunde nicht brauche, dass ich genau unterrichtet bin, will ich anführen, wohin sich Sophie Marcks von ihrer Heimat aus gewendet hat: nach Helmsrade, Bauer Reick, zu einer alten Frau, die seitdem gestorben ist, und die das Mädchen damals bei sich aufgenommen hat, bis es – merken Sie auf! – abgeholt wurde – abgeholt – wir wissen ebenfalls von wem! Und nun wollen Sie noch leugnen?«

Der Bauer wankte.

»Nein! Ich – ich – hab sie abgeholt. Ja, es ist – wahr. Bei einer – Verwandten von mir war sie. Mein – Sohn hat sie hingebracht. Sie war irr – irr. Marcks wollte nichts mehr – von ihr wissen. In die Garnison war sie gekommen. Ihm nachgelaufen. Irr, ja. Und ich – ich hab dann gesagt, sie sei tot – ertrunken – und begraben – in Helmsrade. Und meine Verwandte hat es geschrieben – an Marcks. Er hat es geglaubt. Geglaubt. Aber es ist ihr nichts geschehen. Sie lebt ja – so gut sie leben kann. Hier – hier ist sie tot!«

Er zeigte an die Stirn.

»Weiter! Wo lebt sie?«

»In Hannover – bei – Doktor Schlag. Ich bin hingereist mit ihr. Ich hab gesagt, sie sei – meine Tochter. Ich hab auch für sie gesorgt. Für alles.«

»Edel von Ihnen!« spottete der Richter scharf. »Also in Helmsrade haben Sie sie nach der Heimat abgemeldet, in Hannover von dort angemeldet, sie und sich selbst legitimiert, die Irre für Ihr Kind ausgegeben – gut erdacht, gut durchgeführt. Sie haben ein starkes Gewissen. Belastet Sie vielleicht noch etwas? Können Sie, wie den Verbleib der Sophie Marcks, so jetzt auch den Mord an Ihrem Sohn aufklären? Nein? Also hier haben Sie dem Schicksal nicht in die Arme gegriffen, hier hat es Sie selbst in die Erziehung genommen. Danken Sie Gott, dass er Ihnen die Tochter in Gnaden gelassen hat. Und nun gehen Sie einstweilen. Der Staatsanwalt hat ja vorläufig keinen ausreichenden Grund, sich eingehender mit Ihnen zu beschäftigen, wenn auch die Falschmeldung strafbar ist. Aber wir sprechen uns später wieder!«

Reick verließ das Zimmer des Untersuchungsrichters mit einem Gefühl, als sei er an allen Gliedern gerädert. Als er ins Freie trat, schwindelte ihm, und er musste sich unwillkürlich einen Augenblick gegen die Wand des Gerichtsgebäudes lehnen. Eine Neugierige blieb gaffend stehen. Er raffte sich auf und taumelte fort.

VI.

Der Kriminalkommissar Engel traf noch einmal am Ort des Verbrechens ein.

Hatten sich die Dörfler ihm früher entgegengedrängt, so wichen sie ihm jetzt aus. Er bemerkte es, doch störte es ihn so wenig, wie früher die versuchte Annäherung. Ruhig, verschlossen ging er seinen Aufgaben nach.

Es waren ihm Zweifel aufgekommen, ob in den Verhafteten die Schuldigen ermittelt sein mochten. Mit dem Bauern und seinem Sohn verband ihn keinerlei Sympathie. Auch kein rein menschliches Mitempfinden war es, was ihn antrieb, seine Nachforschungen fortzusetzen. Der Fall selbst hielt sein Interesse dauernd wach, nicht die Menschen. Der Kriminalist in ihm sann und spürte weiter.

Die Aussage Anna Reicks vor dem Untersuchungsrichter kannte er noch nicht, auch nicht die Aufklärung über den Verbleib Sophie Marcks! Ihn beschäftigte ein neuer Gedanke, der auf eine vollkommen andere Fährte zu weisen schien.

Aus der Reichshauptstadt, der Garnison des Leutnants, war ihm eine Zeitungsnotiz in die Hand gefallen. Sie war vorsichtig abgefasst. Nach dem unwesentlichen Eingang und bekannten Einzelheiten über den Mord hieß es zum Schluss:

»In dem Leutnant Reick haben die Offiziere einen liebenswerten Kameraden verloren. Von einem Gerücht, welches den Offizier nachträglich mit einer Dame der Artistenwelt und einem Eifersuchtsdrama in Verbindung bringt, ist wohl umso weniger ernsthaft Notiz zu nehmen, als dem engeren Freundeskreis davon nichts bekannt ist. Wir verzeichnen das Gerücht lediglich, um auf das Unhaltbare desselben hinzuweisen.«

Der Beamte hatte seine Meinung für sich. Das Gerücht war nicht greifbar, aber deshalb unhaltbar?

Er schlug den Weg nach dem ›Schimmelhof‹ ein. Der Bauer und seine Tochter waren nicht zugegen, sie waren in die Stadt gefahren, vor den Richter. Er besichtigte nochmals die Stätte des Verbrechens, kletterte dann über den Wall und begab sich direkt über die Felder nach der Fundstätte des Revolvers. Die

Sonne stand hoch und ließ das Wasser durchsichtig erscheinen wie am ersten Tag. Der Beamte schritt auf die weidenbewachsene Wand und schaute nach beiden Seiten. Die beiden Teichhälften waren verschieden in der Färbung; hell klar die eine, dunkel undurchdringlich die andere. Er bemerkte es zum ersten Mal und suchte nach einer Erklärung. Sollte er recht vermuten – die eine Hälfte tiefer sein als die andere? Er späte nach einem Gerät aus, das ihm die Messung ermöglichen konnte. Als er durch den Klee schritt, stolperte er. Er fand Detlevs wohlversteckte Angel. Die Angabe, dass der junge Bauer, wenigstens zum Schein, tatsächlich geangelt hatte, als er von Jessen überrascht worden war, hatte er nie in Zweifel gezogen. Dennoch überraschte ihn der Fund. Die Angel war vollkommen in Ordnung. Übrigens gab der lange Schaft ein treffliches Mittel, um über die scheinbar verschiedene Tiefe des Teiches Gewissheit zu erlange. Er wickelte die Schnur nicht einmal auf, sondern senkte das Gerät, wie er es hielt, prüfend ins Wasser der dunkleren Teichhälfte. Er fand keinen Grund und trat näher an den Rand. Unten, dicht an der Wasserfläche, bot ein Absatz des schräg abfallenden Randes für einen Menschen Halt. Er kletterte hinab und maß abermals. Jetzt fühlte er den Boden und sah an den aufsteigenden Blasen bestätigt, dass er ihn gewonnen hatte. Er zog den Schaft wieder empor, kletterte in die Höhe und schätzte, wie weit die Stange benässt war. Zweieinhalb Meter mochten es sein, vielleicht drei. Die Teichhälfte nebenan aber –. Er überzeugte sich leicht, dass sie wenig über einen Meter Wasser hielt. Überrascht warf er die Angel fort und zog sein Notizbuch. Er zeichnete den Teich in flüchtigen Umrissen ab und vermerkte die ermittelten auffallenden Maße. Und jetzt fand er ebenfalls, wie Anna Reick bereits vor ihm, dass ein mit dem Wasser Vertrauter die Waffe schwerlich dorthin geworfen haben würde, wo sie gefunden worden war, gefunden werden musste; das es ein Fremder gewesen sein musste, der das sichere Versteck in unmittelbarer

Nähe nicht geahnt, der sich auch der verräterischen Waffe noch in der Nacht entledigt hatte, weil selbst ihm bei hellerer Beleuchtung die Untiefe des Wassers nicht hätte entgehen können.

Es war nur natürlich, dass er nach der Tat das Dorf vermieden hatte. Er war über das Feld geflüchtet, an dem Teich vorbeigekommen, hatte die Mordwaffe der vermeintlichen Tiefe anvertraut, war dann auf den Weg zurückgekehrt und hatte sich entfernt. Der Weg, eine Nebenstraße, führte an dem Marcksschen Hof vorüber, durchschnitt eine umfangreiche Waldung und vereinigte sich jenseits derselben wieder mit einer belebteren Straße, die über die kleine Bahnstation Buchwald hinaus nach dem Dorf und Gut gleichen Namens führte. Der Beamte hatte den Weg selbst zurückgelegt, als er von Helmsrade heimgekehrt und in Buchwald ausgestiegen war, um sich gleich von dort aus auf den Marckschen Hof zu begeben.

Engel verließ den Teich und wandte sich nach der Bahnstation Buchwald, wo er mit vieler Mühe durch den alten, abgestumpften Beamten, der Verwalter und Fahrkartenverkäufer zugleich war, zu einigen weiteren Anhaltepunkten gelangte. Er nannte das Datum des Tages nach dem Verbrechen und erfuhr nach langem Hin und Her, dass an diesem Tag ein feingekleideter Herr als eine Ausnahmeerscheinung dem Beamten aufgefallen war.

»Wie sah er aus?«

»Ja, wie ein – wie unser Baron. Vom Gut, wissen Sie, drüben zwischen den Bäumen,« sagte der Alte nachdenklich. »Das heißt, er war es nicht. Ich meine nur, so ähnlich.«

»Ist der Herr mit der Bahn gefahren?«

»Ja hab ihn einsteigen sehen. Nach Neumünster. Zweite Klasse, Herr. Es waren nur zwei solche Coupés da.«

»Wann war das, das heißt um wie viel Uhr? Mit welchem Zug?«

»Klock sechs. Mit dem ersten Zug in der Frühe.«

»Hat er eine Fahrkarte gelöst?«

»Nein. Er musste eine Rückfahrkarte haben.«

»Wieso das? War er denn schon vorher da?«

»Ich meine. Den Mittag vorher.«

»Wissen Sie denn nicht mehr, wie er aussah? Groß? Klein?«

»Mittel, Herr. Schlank. Mit goldener Uhrkette. Schwer, sag ich. Ich hab selten so eine gesehen. Daran so'n roter kleiner Ast. Anderthalb Zoll lang.«

»Eine Koralle?«

»Das glaub ich. Und daneben ein Hauer. Lang herunter. Von einem Wildschwein.«

»Welche Kleidung trug er?«

»Ein bisschen vertrackt, Herr. Mit so Vierecken. Wie'n Engländer. Und weiten Mantel, viel zu weit für ihn. Auch so kariert.«

Das richtige Artistenkostüm! dachte Engel. »Schön. Und sein Gesicht?« fragte er.

»Ja, das weiß ich nicht genau. Schwarzes Haar, glaub ich. Kann auch sein, nicht.«

Mehr war nicht festzustellen. Aber Engel war zufrieden.

Er fuhr ohne Aufenthalt nach Berlin und suchte nach der in der Zeitungsnotiz erwähnten Dame. Sie war mithilfe der hauptstädtischen Kriminalpolizei bald festgestellt. Eine nicht mehr jugendliche, doch üppige Engländerin. Chansonnette. Erfahren, gewandt. Routiniert auch den Beamten gegenüber. Den Leutnant habe sie gekannt. Oberflächlich. Er habe ihr ein paar Mal Blumen gesandt. Auch einmal ein Armband. Näher sei sie ihm nicht getreten. Die Zeitungen hätten aus einer Mükke gern einen Elefanten gemacht. Man kenne das ja! Es sei ihnen aber nicht gelungen. Sie habe auch an eine nähere Verbindung gar nicht denken können. Sie sei verlobt. Wo ihr Bräutigam sich aufhalte? In Petersburg. Ob er in Berlin gewesen sei? Die Herren wüssten ja: bis vor Kurzem. Berlin sei nichts für ihn gewesen. Die Unternehmer zahlten nichts. In Petersburg sei das anders. Dreimal soviel erhalte man dort. Es sei ihm nicht zu verdenken gewesen. Sie wollte ihm bald folgen. Nur erst noch einmal ihre Heimat besuchen. Eine Schwester von ihr, die sehr glücklich verheiratet sei. Keine Künstlerin. Gutsbesitzerin. Ihr Engagement sei ja Gott sei Dank bald abgelaufen. Mit Ende des Monats. Ob sie den Herren sonst noch dienen könne? ...

Die Beamten berieten auf ihrem Büro. Der angebliche oder wirkliche Verlobte war Jongleur. Italiener oder Franzose. Er hatte beide Sprachen, auch das Deutsche, beherrscht. Abgemeldet war er tatsächlich nach Petersburg, mehrere Tage vor dem Mord.

Eine Depesche flog nach der Zarenstadt.

Die Antwort traf am nächsten Nachmittag ein und lautete: »Antonelli Cavallo nicht zu ermitteln.«

Jetzt wurde er in Berlin gesucht. Gleichfalls vergeblich.

Engel reiste nach Hamburg. Ging die Künstlerin nach England, so lag es nahe, dass auch der Verlobte dorthin streben, ja, vielleicht sie in Hamburg erwarten würde, um sich dort wieder mit ihr zu vereinigen. Gegen den Aufenthalt in der Hafenstadt lagen umso weniger Bedenken vor, als der Artist sich infolge der ihm zweifellos bekannt gewordenen Verhaftung der beiden Marcks vollkommen sicher, seine Spur völlig verwischt glauben musste. Dass die Dame die Reise nach England lediglich vorgeschützt hatte und darunter ein anderes Ziel verbarg, war freilich denkbar. Doch würde die hauptstädtische Polizei sie zu überwachen und eventuell ihr zu folgen wissen.

Die Behörde der alten Hansestadt unterstützte die Bemühungen des Kommissars ebenfalls bereitwillig und energisch. Indes ohne Erfolg. Angemeldet war ein Antonelli Cavallo nicht. Ein paar anderweitig verdächtige Individuen fielen der Polizei in die Hände. Der Gesuchte nicht.

Mehrere Tage waren mit vergeblichen Forschen zugebracht

worden, als der Beamte unvermutet zum Ziel kam. Engel betrat vom Gänsemarkt her den Jungfernstieg, um sich zu einer Erfrischung in den ›Alsterpavillon‹ zu begeben. Dicht vor dem altbekannten Restaurant blieb er aufmerksam stehen, machte dann kehrt und folgte einem von einer Dame begleiteten Herrn. Sie schlugen den Weg durch den Valentinskamp nach St. Pauli ein. Da sie dem Beamten in dem Gewühl der Langenreihe aus dem Gesicht zu kommen drohten, näherte er sich ihnen rascher und konnte, als das Paar in eine Seitenstraße einbog, Gestalt und Gesicht des Herrn deutlich erkennen. Die Berliner Polizei hatte ein genaues Signalement des Jongleurs aufgestellt. Es schien zuzutreffen, Signor Cavallo zufällig gefunden zu sein.

Das Paar verschwand in einem Kellerrestaurant, und Engel folgte ihm nach wenigen Minuten.

Die Dame war nicht im Lokal, als der Beamte eintrat; der Herr nahm eben hinter einem runden Ecktisch auf einem lederüberzogenen Sofa Platz und unterhielt sich laut durch den ganzen Raum mit der hinter dem Büfett hantierenden Wirtin und einer vor dem Schänktisch offenbar auf bestelltes Getränk wartenden Kellnerin. Das Mädchen lachte belustigt, schritt aber gleich auf den neuen Gast zu und fragte nach seinem Wunsch. Engel kniff ihr in die Backen und bestellte. Niemand hätte in dem jovialen Herrn den verschlossenen Beamten wiedererkannt.

»Mir auch eins?« sagte das Mädchen dreist.

»Für dich auch eins, mein Kind, natürlich!« bestätigte er.

Das Mädchen brachte das Gewünschte und nahm neben dem Gast Platz.

»Prosit!« Sie stießen an. »Prosit, Herr Baron!« rief sie nach dem Nebentisch hinüber.

»Danke, Käfer!« antwortete der als »Baron« Angerufene. »Die Nanni bleibt aber lang. Muss viel auszuschälen haben.«

Er trat ans Büfett, und die Kellnerin unterhielt sich mit ihrem Gast, an dem sie Gefallen fand, obwohl ihr bei seinem Eintritt der Gedanke durch den Kopf geschossen war: Der sieht aus wie ein Kriminaler. Natürlich war er keiner, wie sie sich überzeugt hatte, da sie die Kommissare sehr gut kannte und, wie die Wirtin, vor ihnen immer auf der Hut war.

Endlich trat die Begleiterin des Herrn wieder ein, führte ihn vom Büfett weg und setzt sich zu ihm. Auch sie war eine Kellnerin.

Engels Partnerin warf oft Rufe nach dem andern Tisch hinüber, die ungeniert Antwort fanden.

Eine Stunde mochte so verflossen sein, als sich drüben ein lebhafter Streit erhob.

»Nee, Baron,« sagte das Mädchen, »du bist zwar 'n nobler Kerl, aber echt ist das Ding nicht. Und so'ne silberne Bammel dran. Das ist was recht's. Talmi ist's.«

Sie hatte ihm die Uhrkette abgenestelt und betrachtete sie mit offenem Unglauben.

Er protestierte.

»Talmi? Selbst Talmi!« gab er zurück.

»Bin ich auch, Baron,« bestätigte sie lustig, »oder bin ich Gold? ›Mein goldenes Herz‹ hast du heute Nachmittag gesagt. Na, echter ist mein Herz als das hier. – Du, Leni, Fratzel, kuck mal!«

Sie kam an den Nebentisch und zeigte Uhr und Kette ihrer Kollegin.

»Soll ich entscheiden, goldenes Herz?« fragte Engel neckend, »ich kenn was davon.«

»Soll der Herr, Baron?« fragte Nanni ihren Gast.

»Meinetwegen,« klang es widerstrebend. »Das sieht doch jeder, dass das Gold ist.«

Engel betrachtete die Gegenstände genau und wog sie in der Hand. Die Kette war breit, schwer. Schlecht gearbeitet. Mit unverlöteten Gliedern. Fraglos Talmi. Daran eine schöne Koralle und ein Eberzahn.

»Goldherz, das ist echt,« entschied er.

»Nicht wahr?« fiel der Baron erfreut ein.

»Ohne Zweifel!« wiederholte Engel. »Kostet ein schönes Geld, Herr Baron.«

»Freilich, freilich!« bestätigte dieser. »Aber so ein dummes Mädchen ist der reine Thomas. Oder noch mehr. Glaubt ja noch nicht einmal, was sie greifen kann.«

Er lud Engel dankbar und mit einer gewissen Gönnermiene ein, sich mit an den Tisch zu setzen, und der Kommissar siedelte bereitwillig über. Er beobachtete mit stillem Vergnügen, wie er seinem Ziel näher kam. Dass er einen Ausländer vor sich hatte, verriet sich seinem geübtem Ohr leicht. Dass der Fremde der Artistenwelt angehörte, bewies sein Auftreten ziemlich unfehlbar. Und der Signor Cavallo war dann der Baron, den der Bahnbeamte beschrieben hatte. Die Kleidung war auffallend, wenn auch nicht dieselbe, die er an jenem Tag auf der Station Buchwald getragen hatte. Die Kette verdächtigte ihn stark. Dennoch wollte der Beamte sicher gehen.

Voll Eifer beteiligte er sich an dem Gespräch und horchte gläubig den Aufschneidereien des Barons, der von seinen Weltreisen erzählte und mit der Versicherung schloss:

»Nun habe ich aber genug. Nun setze ich mich zur Ruhe. In Deutschland. Ah, Deutschland ist sehr schön.«

»Das freut mich,« fiel Engel ein. »Wenn ein Ausländer das sagt, dann hat es Gewicht. Wissen Sie, lieber Baron, was ich Ihnen empfehlen würde? Kaufen Sie sich an. Ein Gut, groß oder klein. Im Hannoverschen oder in Holstein. Es ist ja gleich.«

»Ja, Hannover,« stimmte der Baron etwas zurückhaltend bei. »Holstein, nein, Holstein nicht.«

»Ih, warum nicht? Kennen Sie denn Holstein?«

»Kennen, nein, das nicht –«

»Was, nun kennst Du's nicht? Du bist mir ein schöner Prahlhans!« sagte seine Partnerin strafend. »Hast du mir nicht heute erst gesagt, in Kiel seist du gewesen und in Neumünster und in Plön und wo sonst noch?«

»Na ja, Nanni,« entgegnete er ärgerlich. »Aber doch nur einen Tag. Zum Vergnügen, Käfer.«

»In Plön und in Neumünster?« fragte Engel. »Nanni, noch ein Porter! Donner, Baron, da kennen Sie wohl gar meine Heimat? Buchwald meine ich. Wenn Sie mit der Bahn von Neumünster nach Plön fahren – warten Sie einmal – gleich erste Station von Neumünster ab!«

»Buchwald? Buch – wald?« sann der Baron. »ja, das kann sein. Das – – hm!«

Er war zerstreut geworden.

Engel schien es nicht zu bemerken. Er fuhr aufgeräumt fort:

»Bravo, das ist eine Gelegenheit. Ich weiß was für Sie. Ein schönes Gut. Nicht groß. Aber sauber. Donner noch einmal! Ich bitte mir eine Provision aus. Ein Stück von Buchwald liegt ein Bauerngut, der ›Schimmelhof‹. Da ist ein Unglück passiert. Der Bauer will verkaufen. Das ist eine Gelegenheit, wie sie in zehn Jahren nicht wiederkehrt.«

Der Baron war bleich geworden und wollte von dem Thema nichts mehr hören. Er habe auch keine Zeit mehr. Er zog die silberne Uhr. Zehn schon! Alle Wetter. Er müsse fort ... Er wollte sich erheben. Plötzlich stand Engel gebieterisch dicht vor ihm.

»Ich gehe mit Ihnen. Sie sind mein Gefangener, Signor Cavallo.«

Die Mädchen prallten zurück, und die Wirtin kam erschreckt hinter dem Büfett vor. Ihr Scharfblick hatte sie doch wieder einmal getäuscht.

Der Kommissar zeigte seine Marke.

Mit einem Fluch sprang der Artist auf und versuchte sein Heil in der Flucht.

»Was, kein Baron biste?« schrie Nanni erbost.

Der Kommissar vertrat ihm den Ausweg.

Ein Messer blitzte in der Hand des Entlarvten. In seinen Augen funkelte es wild. Aber die Mädchen schlugen sich jetzt klug auf die Seite des Polizisten. Das Messer wurde ihm entwunden. In wenigen Sekunden war er gefesselt.

VII.

Signor Antonio Cavallo hatte sich in einem Netz gefangen, aus dessen Maschen es ein Entrinnen nicht mehr gab, wenn er selbst auch ein solches noch für möglich zu halten schien und alles aufbot, der drohenden Nemesis zu entgehen.

Auf die Frage nach seiner Wohnung antwortete er störrisch, dass er keine habe. Dass sein Name Cavallo sei, gab er durchaus zu. In Berlin sei er gewesen. Dann aber in Russland, wohin er sich abgemeldet. Er habe kein Engagement gefunden und sei nach Hamburg gefahren, um von dort nach London zu gehen. In der Hansestadt weile er erst zwei Tage. Sein Gepäck sei noch in Russland. Den Ort anzugeben weigerte er sich. Einen Offizier Reick habe er nicht gekannt. In Holstein habe er sich früher einmal einen Tag aufgehalten. Vor einem Jahr oder länger. Jetzt nicht. Sein Gewissen sei rein. Einen Mord zu begehen, habe er keine Ursache gehabt. Es sei überhaupt eine Niedertracht, ihn in diesen Verdacht zu bringen. Er wolle die seine Heimat vertretende Behörde um ihren Schutz anrufen.

Durch die Kellnerin wurde die Wohnung des Verhafteten, der sich ihr gegenüber Frederic Normann genannt und den Barontitel beigelegt hatte, festgestellt. Als Engel in Begleitung eines heimischen Kommissars und zweier Schutzleute in der Wohnung, einer kleinen Bude bei einer unbemittelten, älteren Frau, erschien, händigte die Wirtin den gefürchteten Besuchern in ängstlicher Bereitwilligkeit alles aus, was dem Mieter gehörte; auch einen Brief, der erst kurz vorher für ihn eingegangen war und ihm wegen seiner Abwesenheit noch nicht hatte übergeben werden können.

Die Schutzleute schafften die umfangreichen Koffer und wenigen losen Gegenstände, welche umherlagen, aufs Polizeibüro, wo sich die Kommissare schon eingefunden und gespannt den Brief geöffnet hatten.

Sie hielten ein ihnen durch den Zufall zugeführtes, ausschlaggebendes Beweisstück in der Hand.

In den flüchtig hingeworfenen Zeilen sprach die Absenderin ihr Staunen darüber aus, einen Brief aus Hamburg, statt aus Petersburg erhalten zu haben. Sie ahne, wo er sich aufgehalten habe, statt nach Russland zu gehen. Und sie könne nur bedauern, dass er so wahnsinnig gewesen sei, sich von seiner blinden Wut fortreißen zu lassen. Wenn sie an dem Leutnant Gefallen gefunden habe, so sei das ihre Sache allein gewesen. Niemand habe sich einzumischen gehabt. Auch er nicht, da er sie zwar mit seiner maßlosen Eifersucht unablässig gequält, aber trotzdem keine Schritte getan habe, sie zu ehelichen. Jetzt müsse sie natürlich danken. Höchstens wolle sie ihm noch den einen Dienst erweisen, ihn zu warnen und zu schleuniger Flucht zu mahnen. Denn die Polizei sei ihm auf der Spur, und der nordische Frederic Normann werden den Signor Cavallo wohl kaum auf die Dauer verbergen.

Eine Unterschrift fehlte. Die Absenderin war unschwer zu erraten.

In einem der Koffer fand sich der Anzug, den der Reisende auf der Station Buchwald getragen hatte. Ein Notizbuch in der Brusttasche enthielt die Aufzeichnung: »Station Buchwald b. Neumünster. Bauerngut ›Schimmelhof‹. Neustädter Zug ab Neum. Mtt. 1 Uhr 6 M., auch 4 U. 18 M. ab B. nach Neum. fr. 6 U., 9 U. 36 M., 3 U. 24, 5 U. 7 M.« Eine leere Zigarrenkiste enthielt neben belanglosen Briefschaften und einer Reihe Toilettengegenstände eine Schachtel mit Revolverpatronen; die Waffe war nicht zu finden.

Die Untersuchung gegen den Artisten spann sich später Wochen lang hin und ergab seine Schuld trotz seines bis zuletzt beibehaltenen Leugnens mit völliger Sicherheit.

Beide Marcks wurden inzwischen in Freiheit gesetzt, sobald der Richter das Material gegen den Artisten geprüft und der alte Verwalter der Station Buchwald den »Baron«, der den gleichen karierten Anzug hatte anlegen müssen, mit Bestimmtheit wieder erkannt hatte.

Der Untersuchungsrichter hatte den Bauern Jessen vorgeladen, der auch zu ihm geführt wurde. Er verzichtete aber auf die Vernehmung und erklärte dem freudig Überraschten, dass ein Umschwung eingetreten, der Schuldige ermittelt, die Schuldlosigkeit der beiden Marcks festgestellt sei. Er lud den Bauern zur Begleitung ein und begab sich unverzüglich in das Untersuchungsgefängnis.

Zu ungewohnter Stunde wurde die Zelle des Bauern Marcks aufgeschlossen. Der Richter öffnete die Tür weit und reichte dem Bauern mit freudiger Herzlichkeit die Hand.

»Herr Marcks, der Ausgang ist offen, für Sie und für Ihren Sohn. Sie sind frei.«

»Frei?«

Marcks stieß es mit einem rauen Schluchzen hervor und lehnte sich einen Moment fassungslos gegen die eiserne Bettstelle. Er hatte es ja gewusst, es musste so kommen. Aber nun überwältigte es ihn doch. Er war blass, die Lippen bebten ihm, und die Tränen rannen ihm über die rauen Backen. Dann jedoch fasste er sich und verlangte nach seinem Sohn. Beide lagen sich lange in den Armen, und der Richter und Jessen standen feuchten Auges dabei.

Das gab eine Freude im Dorf! Am Nachmittag ging eine Depesche an den Ortsvorsteher Arp ein und wurde gegen alle Dienstordnung schon vom Bahnhof aus vollinhaltlich bekannt:

»Hurra! Beide Marcks sind frei. Kommen Siebenuhrzug. Jessen.«

Schon eine Stunde vor Eingang des Zuges stellten sich nähere Freunde des Marckschen Hauses auf der Station ein und
tauschten lebhaft ihre Meinungen aus, was endgültig zu der
Freilassung der beiden geführt haben mochte. Die Einbringung
des Artisten war in dem Dorf freilich rasch bekannt geworden
und hatte die Entlassung der Marcks schon damals nur noch
eine Frage der Zeit erscheinen lassen. – Immer neue Scharen
strömten eilig und erregt auf den Bahnhof, bis gegen sieben
Uhr eine mehrhundertköpfige Menge mit Spannung dem sich
nähernden Zug entgegensah.

Der Zug hielt. An dem geöffneten Fenster eines Waggons
wurde der Bauer sichtbar. Hundert Hände streckten sich
ihm zugleich entgegen, Hüte und Mützen wurden jubelnd
geschwenkt. Nur mit Mühe konnte der Schaffner die Tür öffnen.

Es entstand ein ungeheures Gedränge. Jeder wollte den Aus-
gestiegenen die Hand drücken, jeder ihnen seine Freude zum
Ausdruck bringen. Und in das aufgeregte Rufen und Lachen
hinein schrillte der Pfiff der Lokomotive, tönte das Keuchen
und Poltern des weitereilenden Zuges.

Arp schüttelte dem alten Freund voll Freude beide Hände.
Aber zu einer Aussprache war keine Gelegenheit. Die Menge
wogte, die Heimgekehrten in ihrer Mitte, nach dem Arpschen
Krug. Das Bier floss in Strömen.

Spät erst wurde aufgebrochen, und eine lärmende Rotte junger Leute gab den Bauern das Geleit bis auf den Hof. Und in
aufgeregter Stimmung zog die Schar dann nach dem ›Schimmelhof‹ und brachte Hurras auf die Erlösten und Verwünschungen gegen den Schimmelhofbauern aus.

Reick war aus dem Bett gesprungen und versteckt ans Fenster getreten. Mit zusammengebissenen Zähnen und geballten Fäusten, doch in ohnmächtiger Wut lauschte er, bis die
nächtlichen Störenfriede wieder abzogen und ihr Lärm und
Gesang fern und ferner verklang. In dem nachtstillen Stüb-

chen Annas aber schlug ein junges Herz in ungestümem Jauchzen. – – –

In aller Frühe schritt der alte Marcks durch Haus und Scheunen und über die Felder, um nach dem Rechten zu sehen. Die Pferde im Stall streckten ihm schnuppernd und wiehernd die Köpfe entgegen; der große Hofhund gebärdete sich wie toll und sprang an ihm empor, in ausgelassenem Wirbel um ihn herum und bellte fast heulend. Marcks blieb oft stehen und nickte dem treuen Tier gedankenverloren zu. Die Felder standen in Sommerpracht. Aus den Büschen der Wälle klang erster Vogelsang. Fern am Horizont im Osten hob sich der Sonnenball.

Nach stundenlangem Rundgang kehrte der Bauer auf den Hof zurück und traf seine Anordnungen. Er sprach den Knechten freundliche Anerkennung aus, dass alles recht gegangen sei. Dann ging er ins Wohnzimmer, setzte sich in den altgewohnten Sessel am Fenster und stopfte sich eine Pfeife. Sie wollte ihm nicht schmecken. Er legte sie weg und begann unruhig im Zimmer zu wandern. Ziellos schritt er dann wieder durchs Haus, stellte sich zu Detlev oder zu den Leuten, ohne viel zu sprechen, und suchte, wieder allein zu sein. Bis gegen Mittag kämpfte er so offenbar gegen einen bestimmten Gedanken, bis er dann mit einer gewissen Hast sich umkleidete, Detlev sagte, er wolle auf einen Tag wegfahren, und den Hof verließ, um sich auf die Bahn zu begeben.

Spät in der Nacht traf er in Hannover ein und nahm in einem kleinen Hotel dicht am Bahnhof Wohnung. Am andern Vormittag ließ er sich nach der Anstalt des Doktors Schlag fahren.

Ein schlossartiges Gebäude, mit Erkern und schlanken Türmen. Großer, parkartiger Garten.

Der Arzt habe bereits Besuch und sei nicht zu sprechen, sagte man ihm.

Wann denn?

In einer Stunde.

Marcks bat mit rauer Stimme, ob er sich solange im Garten aufhalten dürfe: Er wolle sich irgendwo auf eine Bank setzen.

Es wurde ihm gestattet.

Und dann saß er im Schatten einer niedrig zweigenden Rotbuche und starrte auf den Palast vor sich. So also sah das Heim der Armen aus. Fürstlich das Haus, vornehm abgeschlossen die Umgebung, aber ärmer als arm die bejammernswerten Geschöpfe, die für den Reichtum und für den Frieden um sich kein Auge hatten. Kein äußeres Zeichen verriet den Irrgeist, der hinter den großen, im Sonnenschein spiegelnden Fenstern des Bauwerks das Zepter führte; kein rauer Schrei, kein Kreischen der Freude oder Angst, kein wahnwitziges Lachen scholl aus dem Innern in den Garten hinaus. Auf dem Dach lag der Sonnenschein, aus einem Schornstein wirbelte friedvoll ein feiner blauer Rauch auf, ein paar Tauben girrten auf der Dachrinne und äugten klug hernieder – ein Idyll, Haus, Baum und Strauch, und doch dem finstern Dämon geweiht alles: Paläste und Park, Reichtum und Friede, das flutende Sonnenlicht und auf den Beeten und an den Stöcken der schier verschwenderisch reiche duftende Blumenflor.

Regungslos saß der Bauer und sog die Eindrücke in sich. Der Mund war ihm herb geschlossen, die Stirn gefurcht. Die Augen glänzten feucht.

Ob er es wieder erkennen würde, sein unglückliches Kind, das noch in der frischen Jugendschöne vor seinem geistigen Auge stand? Oder ob das entsetzliche Leiden ihre hohe, klare Stirn mit Furchen durchfressen, ihre Wangen gehöhlt, ihr reiches blondes Haar gebleicht hatte? Ob sie zusammengesunken vor ihm stehen würde, abgemagert, knochig, hohläugig, schlotternd, ein Jammerbild an Geist und Körper?

Lebend tot!

Ob es nicht besser gewesen wäre, die Arme hätte in der Tat die müden Augen zum erlösenden Todesschlaf geschlossen, wie er geglaubt, statt in dämmerndem, inhaltlosem Träumen langsam dem ewigen Schlummer entgegenzuwelken?

Und eine heftige Reue kam über den grübelnden Mann.

Dass er sie doch nicht von sich gelassen hätte damals in ihrer dumpfen Verzweiflung um den Treulosen; dass er sie gehalten hätte mit seiner starken Liebe; die Arme, Kranke gestützt hätte mit verzeihendem Sorgen, statt mit hartem, fühllosem Wort das Maß ihres Leidens vollzurütteln! Vielleicht – vielleicht hätte es doch anders werden können; anders, besser. Und er hätte sie noch – noch –

Aus der Tiefe des Gartens schollen Schritte und undeutliche Stimmen. Marcks verharrte auf seinem Sitz und brütete weiter. Plötzlich sah er zwei Männer dicht vor sich und sprang auf. Vor ihm stand Reick mit dem die Anstalt leitenden Arzt.

In wieder jäh aufloderndem Zorn fasste Marcks das Geländer der Bank mit einem Griff, als wolle er es mit wilder Kraft zerbrechen und die Bruchstücke als Waffe schwingen gegen den Verhassten, der betroffen unwillkürlich einen Schritt zurückwich.

»Nun, das bedeutet?« fragte der Arzt erstaunt.

»Marcks!« stieß der Schimmelhofbauer hervor.

»Ah!«

Der Arzt verstand den Zusammenhang. Über seine schönen, männlichen Züge flog ein Ausdruck der Wärme und inneren, herzlichen Teilnahme. Er trat auf Marcks zu und sprach mit schlichten Worten ernst und freundlich mahnend auf ihn ein.

»Sie sind er Vater meines Pfleglings, und Sie haben das Recht, zu mir zu kommen. Ich bin Ihnen auch dankbar dafür. Aber lassen Sie mir den Frieden meines Heims. Es ist das Haus Vieler und Armer, die ein Anrecht auf Milde und Schonung haben. Ihr Gang war ein schwerer, Herr Marcks; der dieses Mannes,« er zeigte auf Reick, »auch. Nein, reden Sie nicht. Ich weiß, was auf Sie eingestürmt ist; ich empfinde, dass Sie Grund haben, den Gegner zu hassen, der Sie nicht geschont und Ihnen Schweres, Unerträgliches fast, zugefügt hat. Aber auch auf seinen Schultern ist Hartes gelegt worden, und er hat sühnen müssen, was er in einer hässlichen Stunde frevelte. Mehr büßen vielleicht, als er es zu erkennen gegeben hat. Denn das Bewusstsein, wenn nicht selbst und direkt, so doch mittelbar ein Menschenleben geknickt, eine frische, junge Blüte in ewige Nacht gestoßen zu haben, musste in ihm lebendig bleiben, weil er das gebrochene Menschenkind in all seinem Jammer gesehen hatte und ein solcher Eindruck nicht mehr verwischbar ist. Das hat er getragen, durch lange Jahre, während Sie Ihr Kind der Erde entrückt wähnten und halbe Heilung, Trost fanden in der Zeit. Für Reick gab es keine Heilung, kein Vergessen, für ihn kein Ausruhen von peinigender Erinnerung. In ihm musste es nur immer düsterer werden, er musste sich nur immer rauer von der Welt abschließen, die sein Wesen nicht verstand und der er es auch nicht erschließen konnte, der er vielmehr hinter Härte und Trotz verheimlichen musste, was in ihm lebte, wirrend in ihm webte, ihm die Ruhe nahm, die Freude am Leben vergällte. Es war ein Leiden, das Leben all die Jahre, und es erreichte den Gipfel, als das Geschick ihm in unerbittlicher Strenge den Sohn nahm, der das Unheil beschworen hatte. Jetzt sind Sie quitt, Herr Marcks; eine höhere Macht hat es übernommen, die Abrechnung zu halten – und nun fordern Sie diese nicht von Neuem heraus – Sie nicht, und ein anderer nicht!«

Sein sprechender Blick ruhte forschend auf dem Bauern.

Marcks hatte seine anfängliche drohende Haltung aufgegeben, und die eindringliche Mahnung des Arztes ging nicht ohne tiefe Wirkung an ihm vorüber, wenn er sich auch mühte, seinen finstern Trotz sich zu wahren. Reick stand reglos wie sein Gegner.

Der Arzt schwieg nur wenige Sekunden.

»Es ist eine Überraschung,« fuhr er dann fort, »dass Sie beide heute hier zusammentreffen. Reick musste ich rufen lassen, weil der Prozess mir bezüglich meines Pfleglings eine Aufklärung brachte, die ich nicht geahnt hatte, die mich auch – ich gestehe es – keineswegs angenehm berührte. Aber nun kommen Sie dazu, ehe ich Sie bitte konnte, und es ist, als ob die Fügung Ihnen allen beiden einen Fingerzeig geben wollte, von wo der betrübende Hader angegangen und von wo einzig auch sein Ende zu ermöglichen ist.«

Er unterbrach sich und sah forschend umher. Ein deutliches Kichern war an sein Ohr gedrungen und zugleich ein sonderbar, kurzer, rauer Brummton. Auf einem der weichen Kieswege waren zwei Mädchen lautlos herangekommen, die jetzt mit erhitzten, lächelnden, doch leeren Gesichtern die Männer neugierig zu beobachten schienen. Groß, schlank, blond die eine, klein, elfenhaft zierlich, mit dunklem Haar die andere. Beide Arm in Arm und zärtlich dicht aneinander geschmiegt.

Marcks fasste zum zweiten Mal nach der Bank. Mit weit geöffneten Augen starrte er auf das eine der Mädchen, schreckhaft sank ihm der Kopf vornüber. Das war Sophie. Seine Sophie! Sein Kind! So, wie es in seiner Erinnerung lebte. Hoch. Blühend. Mit freier, reiner Stirn. Nicht verändert in all den Jahren. Nur im Ausdruck, im irren Glanz des Auges das Walten des grässlichen Feindes!

Ein stoßweises Gurgeln drang aus seiner Kehle, das Wasser strömte ihm über die Backen.

Die Mädchen kamen langsam dicht heran und lachten. Wieder der raue Brummton. Rrrrr – rrr – rrrr! Dann wieder Lachen. Hell, silbern. Keine Spur eines Erkennens. Plötzlich zog die Größere ein unter ihrem Kleid verborgen gehaltenes Instrument hervor und begann zu steichen. Rrrrr – rrr – rrrr! … Die Bauern kannten es, das primitive Musikwerkzeug. Ein irdener Topf war es, mit einer Blase überspannt, und durch die Blase ein Stab gestoßen. Durch die Auf- und Abbewegung des Stabs erzeugte die Irre die Brummtöne. Als Kind hatten sie damit gespielt – sie und ihr Gefährte, der junge Reick. Und der Kindheit mochte sie sich zurückgegeben glauben, denn sie hob an, zu singen, was an Jahreswenden einst aus Kindermund geklungen, eine plattdeutsche, monotone Weise:

>»Rummel, rummel rütt –
Fro, gew mi wat in'n Pütt!
Rummel, rummel rütt,
Ich bin jo noch man lütt;
Ick warr jo noch mal gröter,
Denn speel ich ok veel beter.
Baben in de Firste
Hängen de lange Würste.
Fro, gew se mi de langen,
Lat de korten hangen.
Un gew se mi de dicken
Un lat de smallen sitten.
Fro, gew se mi dat grote Brot
Un behol dat lütte alltohop.

Rummel, rummel rütt –
Ick wünsch ehr ok veel Glück!
De Herr sall Hus un Schün bewahrn
För Für und all Gefahrn.
Un Rikdom und all Ihrn
Ehr un den Burn beschiern.
Un fehlt ehr noch en lüttes Göhr:
Mak Finster up un Dur und Dör,
Dat bringt in't nee'e Jahr
Ut Afrika de Adebar.

Rummel, rummel rütt –
Fro, gew mi wat in'n Pütt.
Lat mi ni so lange stahn –
Ick mutt noch'n Hus wieder gahn.«
Rrrrr –rrr –rrrr!

Die Mädchen wandten sich die Gesichter zu, lachten wieder hell, wirbelten ein paarmal herum und liefen leichtfüßig der Anstalt zu.

Marcks barg das Gesicht in den Händen.

»O Gott!« stöhnte er. »Nein Kind! Mein armes Kind!«

Reick war erschüttert. Jetzt erkannte er die Größe der Schuld seines Sohnes, – wie viel durch ihn dem einst befreundeten Mann geraubt worden war, wie wenig der letztere selbst ihm und seinem Haus den Hass und das schwere Leid vergolten hatte. Ja, wie der Hass und das Sinnen auf Böses nur auf seiner Seite genährt worden waren. Und die Erkenntnis ließ ihn das eine, rechte, erlösende Wort finden:

»Marcks, vergew mi! Un min doden Söhn!«

*

Ein sichtlich auf amtlicher Inspiration beruhender Zeitungsbericht entfesselte in Detlev Marcks eine Flut überströmender Dankbarkeit und freudiger Hoffnungen.

Wie erst nachträglich bekannt werde, hieß es, habe in dem Mordprozess die Tochter des Bauern Reick zuerst ihre feste Überzeugung von der Unschuld der verhafteten Marcks Vater und Sohn lebhaft und beredt zum Ausdruck gebracht und zuerst die Vermutung ausgesprochen, die sich bald als überraschend zutreffend erwiesen habe, dass nämlich der Täter kein Einheimischer sein konnte, sondern ein Fremder gewesen sein musste, der mit dem Gewässer, in das er die Waffe hinein versenkte, nicht vertraut war und so nicht die tiefe Hälfte des Teiches als Versteck wählte, sondern blindlings sich des Instruments in den flachen Tümpel entledigte. Da die Bauern seit Jahren verfeindet seien, erscheine das mut- und charaktervolle Eintreten des Mädchens umso erfreulicher und bewundernswerter und sei hoffentlich geeignet, beide schwer geprüften Familien einander wieder zu nähern.

Detlev befand sich in einem Taumel, der ihn ruhelos in Haus und Hof herumirren ließ und ihn endlich nach dem ›Schimmelhof‹ führte. Er wollte dem Mädchen in die Augen sehen, ihm die Hand drücken, ihm danken ... danken, oh so heiß! Und dann gewahrte er sie im Garten, trat klopfenden Herzens durch die Pforte und stand vor ihr im flutenden, goldenen Sonnenschein und stammelte abgerissen, was er gelesen hatte, fragte stockend, ob es die Wahrheit sei, und wie er ihr vergelten, wie er danken, wie er ihr sagen könnte – sagen – sagen –. Er stotterte sich in völliger Verwirrung, aber aus Worten und Mienen sprach ein Empfinden, so wahr und ergreifend, dass das Mädchen voll überwallenden Glücks ihre Arme um seinen Hals schlang und so die Herzen der Liebenden sich fast in demselben Augenblick fanden, in dem in der Ferne die um Vergebung werbenden und Vergebung findenden Worte das junge Glück sicherten. –

»Marcks und Reick?«

Die Leute liefen vor die Türen und sahen den Heimkehrenden nach.

Und einen Tag später:

»Detlev und Anna verlobt? Ja, die Jungen passen schon zusammen. Aber die Alten, die Alten! Und Sophie Marcks lebt? Krank, verwirrt – –? Ja, ja! Solch junges Wesen und solche Krankheit. Die Arme! Lebend tot – –«

WER WIRFT DEN ERSTEN STEIN?

In wenigen Tagen ist die Verhandlung. Ich bin als einziger Augenzeuge geladen worden, und ich will mein Zeugnis vor den Schranken des Gerichts und vor der Welt ablegen.

Wer wirft den ersten Stein? Ich möchte es die Richter fragen, und ich frage es die, die nicht nach dem zu urteilen haben, was der tote Buchstabe des Gesetzes vorzuschreiben scheint.

*

Die Wellen desselben Sees, die das verwitterte, altersgraue Gemäuer des Gutshauses von Tiefenau bespülen, rauschen zu Füßen der leicht ansteigenden Anhöhe, welche das stolze, moderne Herrenhaus des Gutes Padöhl trägt. Ein Dorf mit weit verstreuten Häusern, sanft gewelltes Ackerland, weite Moorwiesen und Waldung umkränzten den See.

Das Dorf heißt Hollen, und der See wird nach dem Dorf benannt. Sein Wasser ist tückisch. Wer an seinen Ufern wandelt, muss achtgeben, dass er der dunkelschimmernden Flut nicht zu nahe kommt, denn sie hat das Ufer unterspült, und die überstehenden Ränder sind oft nicht stark genug, um die Last eines Menschen zu tragen.

Die Dörfler meiden den See. Ein paar Boote, die am Ausgang des Dorfes, nahe dem Gutspark von Padöhl, in rauschendem Schilf halb versteckt angekettet liegen, gehören den beiden alten Fischern, welche die Fischereigerechtigkeit des Sees von den Herren auf Tiefenau und Padöhl gepachtet haben. Die Fahrzeuge sind plump und roh gebaut und stechen von den beiden Booten, die zu den Gütern gehören, ebenso ab, wie die armseligen, strohgedeckten Fischerhütten von den stolzen Herrenpalästen. Von den Bauern besitzt keiner ein Boot, und selten traut sich ein jüngerer Bursche mit den Fischern auf das schwankende Element hinaus. Gegenüber dem Dorf Hollen befindet sich eine der wenigen Stellen des Sees, an denen das Ufer flach verläuft und zum Tränken der Pferde benutzt werden kann. Die Kinder waten im Sommer mit hochgekrempelten Kleidern dort umher und suchen nach Muscheln und glatt abgeschliffenen Steinen. An den schroff abfallenden Rändern der Wiesen übt höchstens ein einsamer Angler seinen verbotenen Sport. Sonst hat der See zu dem Leben der Dörfler keine tiefer greifende Beziehung gewonnen. Eine Scheu hält Jung und Alt von ihm fern.

Auch die Fischer wissen von ihm nichts Gutes zu berichten, außer dass er reich an Barschen, Brassen, Schleien und Hechten ist. Kommen sie mit dem Netz dem Waldufer zu nahe, so bleiben sie mit dem Garn unliebsam an den Wurzeln hängen, die vom Wald aus in den See hinauslaufen, oder an den umgestürzten Baumriesen, die der Sturm in die Tiefe hinabgestürzt hat und die aus dem dunklen Grund herauf ihre gabeligen Äste gleich Fangarmen emporstrecken ... Oder es sind andere Arme, die dort unten festzuhalten suchen, was in ihren Bereich kommt – – von den Menschenopfern, die der See seit alten Zeiten gefordert und die er selten wieder herausgegeben hat.

Unter den Opfern ist der letzte Gutsherr von Padöhl, Klaus von Rohr. Er ist an einem dunklen, sturmrauen Abend hinausgefahren und nicht wieder gesehen worden. Und wie die Trauer in das neue, eben erst im Bau vollendete Herrenhaus von Padöhl eingezogen ist, da hat zugleich Fritz von Tuxen auf Tiefenau, der den besten Freund verloren hatte, seinem alten Herrensitz den Rücken gekehrt und ist in die Welt hinausgewandert, die ihn in der Ferne festgehalten hat, bis der Allbeherrscher Tod dort auch ihn ereilte.

Auf beiden Gütern herrschten dann die Frauen: die Herrin von Tiefenau mit ihrem unerwachsenen Sohn, Frau von Rohr mit ihrer Tochter.

Als der Gutsherr von Padöhl sein Grab in den Wellen fand, zählte seine Tochter Elise acht Jahre. Die Wirkung des schweren Verlustes auf das Kind war eine solche, dass niemand, der die Vaterlose vor der Katastrophe gekannt hatte und sie nach derselben wieder sah, sich des tiefsten Mitleids erwehren konnte.

Ein rechtes Sonnenkind, sorglos, heiter, so war sie mit ihrem Vater durch Park und Garten, Feld und Wald, in die Scheuern des Gutes und in die Häuser der Beamten und kleinen Leute gekommen, hatte die schüchternen Altersgenossen durch ihr zutrauliches, erquickend offenes Wesen im Sturm gewonnen und sich in die Herzen der Eltern bleibend eingeschmeichelt. Klaus von Rohr hielt wohl durch seine Gegenwart eine allzu intime Annäherung der Dorfkinder an seinen Liebling fern, aber auch in seinem Beisein schütteten die Kleinen ihre Herzen gern dem Herrenkind aus, das an ihren Sorgen stets so herzlich teilnahm und so willig, freundlich, selbstbeglückt half. Kamen Vater und Tochter die zum Dorf führende Allee herab und stand so eine Kleine etwas zagend abseits, so sprang Elise auf sie zu, die hellen Blauaugen strahlend, das liebliche frische Gesicht von schelmischem Frohsinn und kindlichem Eifer durchleuchtet, und ermunterte die schüchterne Wegelagerin, ihren Wunsch oder ihre Sorge rasch zur Sprache zu bringen. Ein Händedruck, ein zuversichtliches, freundliches Wort, ein neckisches Lächeln scheuchte meist den großen Kummer des kleinen Herzens wie mit einem Zauberschlag fort, und Elise eilte dann jubelnd ihrem vorausgeschrittenen Vater nach, aus der Ferne noch der Zurückgebliebenen zuwinkend.

Nach der traurigen Katastrophe hütete das Gutskind, das mit schwärmerischer Liebe an dem Vater gehangen hatte, wochenlang das Bett, und der Arzt hatte genug zu tun, den schwachen Lebensfaden nicht völlig reißen zu lassen. Die Dorfkinder standen nach der Schulzeit stumm am Ausgang der Allee und blickten scheu auf das große, schlossartige Herrenhaus und auf die Fenster, hinter denen sie die viel entbehrte kleine Kranke wussten. Und in ihre jungen Augen stahl sich manche Träne, die verlegen mit der Schürze oder dem Rücken der Hand abgetrocknet wurde.

Der stolze Herrenbau, der ihn früher als das Höchste aller ihrer Vorstellungen und schier übermäßig kostspielig und schön erschienen war, hatte seinen Hauptreiz in ihren Augen verloren. Eher brachten sie ihn jetzt in eine dunkle, geheimnisvolle Beziehung mit dem Unglück.

»Neunundneunzig Stuben hat das Schloss,« raunten sie untereinander, »weil es keine hundert haben durfte. Unser Herr wollte es. Aber hundert Stuben hat der König, und der hats nicht erlaubt. Da ist zwischen zwei Stuben die Wand, die schon gebaut war, wieder weggerissen worden, und aus den zweien hat man eine gemacht. Und die Stube gerade, die neunundneunzigste, hat Elise bekommen, und in der liegt sie jetzt hinter den luftigen, weißen Gardinen, mit wundem Herzen und mit verweinten Augen ...«

Als der Hochsommer herangekommen war und mit ihm die schulfreie Zeit, hielten sich die Kinder noch mehr in der Nähe des Herrenhauses auf; denn der Arzt hatte im Dorf von der fortgeschrittenen Genesung Elises berichtet und die Hoffnung ausgesprochen, dass sie nun bald ganz hergestellt sein werde. Da wollte jedes aus der Schar sie zuerst sehen, ihr die Hand drücken, oder ihr aus der Ferne freudig zunicken, wenn die gnädige Frau sich in der Nähe aufhalten und sie hindern sollte, zwischen den Rasen und Blumenbeeten hindurch auf die Kranke zuzustürmen.

Ihre Geduld wurde auf eine harte Probe gestellt, und als ihre Sehnsucht endlich in Erfüllung ging, wagte keines der Kinder, den gefassten Vorsatz auszuführen, denn Elise lehnte reglos in einem Rollstuhl, der von einem fremden, goldbetressten Diener langsam auf den gelbbraunen, sauberen Kieswegen dahingeschoben wurde. Erst als der Wagen in die Nähe der

Allee kam, schritt eines der Mädchen zögernd vor und hielt der Kranken eine kopflose Puppe wie Hilfe suchend entgegen. Der Diener achtete ihrer nicht und schob den Rollstuhl weiter. Enttäuscht ließ die Kleine den Arm mit der verstümmelten Puppe sinken, und Tränen traten in ihre Augen.

»Gah nah! Tönte es da aufmunternd hinter ihr, und da sie den Fischer Hinrich Pries erkannte, der bei dem verstorbenen Herrn viel gegolten hatte, so lief sie quer über den Rasen an den Rollstuhl und hob ihre Puppe von Neuem flehend empor. Zu sagen vermochte sie nichts. Das Herz schlug ihr zum Zerspringen.

Elise von Rohr rührte sich nicht. Die großen blauen Augen richteten sich fragend auf das Mädchen und streiften dann verständnislos die Puppe.

»De Kopp –« kam es seltsam rau über ihre Lippen. »Ja, der Kopf! ... Es ist nicht gut, den Kopf zu verlieren. Willst du meine Puppe?«

Die Kleine konnte sich nicht mehr fassen, ein tiefes Erbarmen in ihrem unschuldigen Kinderherzen ließ die Tränen unaufhaltsam aus den Augen stürzen, und da sie zugleich sich ihrer schämte, so eilte sie davon, so schnell ihre Füße sie tragen wollten. Und mit ihr verschwand die ganze betrübte Schar, um fortan nur selten noch dem Gutspark sich zu nähern und nach der ehemaligen Freundin, die so ganz verändert war, auszuspähen.

Elise war auch selten zu sehen. Als sie soweit hergestellt war, dass sie wieder allein umhergehen konnte, hielt sie sich mit Vorliebe zu Füßen der Anhöhe auf und blickte sehnsüchtig auf den See hinaus. Ihr fröhliches Plaudern war verstummt, das Lächeln von ihrem langsam wieder erblühenden Gesicht verschwunden. Eine stumme Frage lag in ihren tiefen Augen, ein stummer, ergebener Schmerz um ihren weichen Mund.

Frau von Rohr überließ die Obhut ihrer Tochter ausschließlich der Erzieherin. Das Verhältnis zwischen Mutter und Tochter war ein rätselhaftes. Fuhr die Gutsherrin aus, so musste ein betresster Diener neben dem Kutscher Platz nehmen und ihres leisesten Winkes gegenwärtig sein. Nie sah man das Kind neben ihr im Fond des seidengepolsterten Wagens. Ein Diener folgte ihr in gemessener Entfernung, wenn sie im Park promenierte; ihr Kind begleitete sie nicht. Das Mittagsmahl nahm die Herrin zwar mit ihrer Tochter und der Erzieherin gemeinsam ein. Aber selten richtete sie auch bei dieser Gelegenheit ein kühles Wort an das Kind, und dieses atmete jedes Mal auf, wenn die Tafel vorüber war.

Ein Jahr nach dem Trauerfall ging Frau von Rohr auf Reisen. Elise musste sie an den Wagen geleiten und ihr die Hand zum Abschied reichen. Sie legte die schmale Hand in die der Mutter, nickte ihr tränenlosen Auges zu und sah dem davonrollenden Wagen tief aufatmend nach. Dann eilte sie an den See, pflückte vom Boot aus ein paar volle gelbe Seerosen und schaute sinnend auf ihr Spiegelbild im Wasser, das in dem leichten Wellenschlag wundersam verflüchtigt und verzerrt wurde. Aber in das Sinnen stahl sich bald ein glückliches Lächeln, als sei sie von einem schweren Druck befreit worden.

Frau von Rohr schien die Heimat zu vergessen. Jahre kamen und gingen und nur selten traf selbst im Anfang eine flüchtige Nachricht von ihr auf Padöhl ein. Nur das Eine stand fest, dass sie sich in Hamburg eine Villa gekauft und sich dort wenigstens vorübergehend niedergelassen hatte. An einen Hamburger Bankier musste auch der Verwalter des Gutes eine bestimmte Summe regelmäßig einzahlen.

Elise fragte nicht nach der Mutter. Sie lebte still für sich hin und zeigte sich anhänglich und dankbar ihrer Erzieherin gegenüber, die sich ihrer mit wahrer, etwas pedantischer Herzlichkeit annahm und für den Unterricht mit den Jahren den Prediger des nahen Kirchdorfes mit heranzog.

Ihre Vorliebe für den See behielt das junge Mädchen bei. Sie ließ im Schatten einer Weidengruppe unmittelbar am Ufer eine

Bank herrichten und saß dort träumend stundenlang. Oder sie kettete das Boot los und ruderte auf die silberglänzende Fläche hinaus, zog weit draußen die Ruder ein und stützte den Kopf in die Hand.

»Wenn dat man keen Unglück gifft,« sagte dann wohl Hinrich Pries, der Fischer, wenn er sie einsam draußen auf den Wellen schaukeln sah, und er ließ sie nicht aus den Augen, solange sie ausblieb. »Ja, de See, de verdammte See!« brummte er während des Wartens missbilligend und unbehaglich in den grauen, struppigen Bart hinein. –

Elise von Rohr feierte ihren achtzehnten Geburtstag.

Die Gutsleute hatten zu ihrer allseitigen Überraschung am frühen Vormittag einen seltenen Gast durch das Dorf reiten, unfern vom Gutshaus halten und dann kehrtmachen sehen. Der Reiter war kein anderer gewesen, als Friedrich von Tuxen, der junge Herr von Tiefenau, der also wieder einmal dem alten Sitz seiner Familie einen kürzeren oder längeren Besuch abstatten musste. Die Leute sahen in dem Auftauchen dieses Mannes nichts Erfreuliches. Der Verkehr zwischen den beiden Herrschaften war seit dem Unglück stillschweigend und doch wie auf Verabredung eingestellt worden, und die Leute auf beiden Gütern ahnten dunkel einen Zusammenhang zwischen dem augenscheinlichen Bruch und dem gewaltsamen Ende des Herrn von Rohr, wenn auch jedermann sich hütete, seinen Gedanken offen Ausdruck zu geben. Das plötzliche Erscheinen des Gutsnachbarn rief jedoch auf Padöhl eine Stimmung des Unbehagens hervor, die auch ohne Worte deutlich genug zu erkennen war.

Elise wusste von dem merkwürdigen Besuch nichts, und dieser konnte also auch nicht die Schuld an der sichtlichen Erregung tragen, in der sie sich befand. Sie saß vor dem Schreibtisch ihres Vaters und hielt einen unscheinbaren, zerknitterten Zettel in ihrer Hand, auf den sie mit brennenden Augen hinstarrte. Ein Zittern durchlief ihren schlanken Körper und

die wenigen Zeilen des Zettels verschwammen zur Unkennt-
lichkeit. Sie suchte sich zu fassen und von Neuem zu lesen.
Das Blatt war offenbar aus einem Notizbuch gerissen und flüchtig beschrieben:

»Constance! Ich muss Dich sprechen, heute noch, trotz
Sturm und Dunkelheit. Du weißt, wo ich warte. Lass mich nicht
umsonst warten. Immer und ewig.

Dein

F. 28./7.«

Elise fasste sich an die Stirn. Eine schreckliche Ahnung ließ
sie im Tiefsten erbeben.

Der 28. Juli war der Todestag des Vaters … Constance hieß
ihre Mutter … Also waren an sie, und an diesem Tag, die Zeilen gerichtet? Wem hatte sie eine geheime Zusammenkunft
gewähren sollen? Mit welchem Recht war eine solche von ihr
gefordert worden? Und wie endlich kam das Schriftstück an
diesen Ort, in den Schreibtisch ihres Vaters, in das verborgene
Fach, das sie selbst eben erst gefunden hatte?

Sie schlang die Hände ineinander und ließ den blonden Kopf
tief sinken. Blitzschnell reihten sich die Gedanken zu einer
furchtbaren Kette.

Nichts sprach, wenn noch ein Zweifel statthaft gewesen wäre,
deutlicher für die Adresse, an die das Schreiben gerichtet war,
als der Ort, an dem es gefunden wurde. Wäre es an eine gleich-
gültige, nur denselben Namen führende Person gerichtet gewesen: Es wäre nicht dorthin gekommen. Die Adressatin war
ihre Mutter, oh Schmach! – und der Zufall oder die Fügung
hatte die Aufforderung in die Hände dessen gebracht, den gerade zu umgehen sie bestimmt war.

Wer war der Absender – –?

Das Mädchen schluchzte auf.

»Immer und ewig Dein F.

»Immer und ewig Dein F.« … F. … Fritz von Tuxen! Der Herr
von Tiefenau. Der Freund ihres Vaters, der nach dessen Tod

in die Welt gegangen war, um nie mehr – – – Es ist nicht auszudenken ... Der 28. Juli ... Er sollte ihn verraten haben? Ihm sollte der Vater in der stürmischen Nacht entgegen gefahren sein, um seine Ehre zu schützen, oder zu rächen, und dabei den grausamen Tod zu finden? Und an diesem Tod sollte vielleicht nicht das Unwetter allein Schuld, sollte der verräterische Freund unmittelbar beteiligt gewesen sein?

Sie erinnerte sich einer auffälligen Schilderung des Fischers Hinrich Pries, die dieser von dem Unglücksabend gegeben hatte, und des Umstandes, dass der Tiefenauer Gutsherr bei seinen vielen Besuchen stets über den See zu kommen pflegte ... Und sie gedachte der Mutter, die – wie einst jener – ein ruheloses Wanderleben in der Fremde führte – ruhelos, liebelos – – schuldbeladen und schuldbewusst?

Die zarten Finger bebten, als sie das Blatt wieder verbarg, den Schreibtisch abschloss und den Schlüssel in die Tasche gleiten ließ. Sie ging durch eine Reihe Zimmer und sah im letzten, tränenden Auges und stumm fragend, zu dem aus prunkendem Goldrahmen auf sie niederblickenden Bild der Mutter empor ... Es gab keine Antwort und brachte keinen Trost.

Sie kehrte in ihre Räume zurück, stand am Fenster und sah den See durch die Bäume des Parks silbern zu sich herauf grüßen. Sie trocknete die Tränen und schellte nach ihrer Dienerin.

»Ich lasse Hinrich Pries bitten, mich zu besuchen.«

Der Gerufene fand sich bald ein. Besorgt blickte er auf das erregte Mädchen.

»Hinrich Pries,« begann Elise, »Ihr habt mir einmal erzählt, was Ihr gesehen – an dem Abend – Ihr wisst, was ich meine? Wollt Ihr mir das noch einmal sagen, recht sorgsam und genau?«

Der Fischer war etwas befremden, folgte aber der an ihn ergangenen Aufforderung.

»Ja, giern, so gut, als ich kann,« sagte er. »Ich meine man, dass das nicht so leicht is. Mein Kopf wird all was schwach. Aber es wird woll gehen. Nich war, das wissen Sie noch, dass es dazumal en höllisch stürmischer Abend gewesen is, un düster draußen, dass man knapp die Hand vor den Augen sehen konnte. Ich habe noch mein Netz einholen wollen, was ich ausgespannt hatt und was mir der Sturm leicht hätt zerreißen können. Da kam ein Lichtschein den Berg herunter, un, als ich hinsah, da war's der Herr. Er trug seine große Laterne, die neumodische, höllisch helle, leucht mir ins Gesicht und sagt, ich solle heimgehen in dem Hundewetter, un er wolle noch nach Tiefenau fahren. Nee, sagt ich, Herr, das geht nich, denn das Wetter is wie behext. Ruhe, sagt er, ich fahre. Un ich mit, setzt ich hinzu. Du bleibst un machst, dass du die Decke über die Ohren kriegst, sagt er, hängte die Laterne fest hin un stieß ab. Ich hab nich mit dürfen, Fräul'n, sonst – – –«

»Ich weiß, lieber Pries. Sonst wäre das Glück auf Padöhl wohl nicht so jäh zerstört worden. Ihr saht das Boot noch lange?«

»Nee, das Boot nich, Fräul'n. Bloß das Licht. Das gaukelte draußen in der pechschwarzen Nacht wie ein Irrlicht. Un schier war mir's, als ob es immer halten blieb, wo es war, auf derselben Stelle, dass ich mir schon dachte: Auf wen wartete er denn nur? Aber meine Augen müssen mich wohl für'n Narrn gehalten haben, denn als ich sie kurze Zeit zumachte un wieder hin sah, da war's just so, als ob zwei Lichter da wär'n nun hin un her sprangen, als ob sie tanzten. Ich graule mich nich leicht, Fräul'n aber ich kriegte 'ne Gänsehaut un wurde erst wieder ruhig, als ich endlich nicht mehr doppelt sah, als ob ich benebelt wäre, sondern deutlich wieder das eine helle Licht erkennen konnte, das sich nu auch richtig nach Tiefenau zu weiter bewegte. Dann is es in der Bucht verschwunden, un ich hab gedacht, nu kommt der Herr richtig an un bleibt die Nacht bei seinem Freund, dem Herrn von Tuxen. Is aber doch nich geblieben. Is gar nich da gewesen. Ja, de See, de verdammte See – – – Ich bitte, dass Sie das man entschuldigen, was mir da herausgeplatzt is. Ich fluche ja nich, aber de verdammte See – –«

Elise von Rohr dankte hastig und verabschiedete den Fischer so schnell, dass er in der Bestürzung sogar die beabsichtigten Glückwünsche völlig vergessen hatte.

»Dat is doch rein ton Dullwar'n,« brummte er kopfschüttelnd. »Ja ja, de verdammte See!« –

Zwei Lichter

Elise lehnte sich müde gegen einen Schrank und strengte ihr zermartertes Gehirn zu logischem Nachdenken an.

Zwei Lichter. Wirklich zwei? Oder war es Sinnestäuschung gewesen, wie Hinrich Pries es angenommen hatte und noch heute glaubt? Still gelegen hatte das Boot, dass es ausgesehen, als ob der einsame Ruderer jemanden erwartet hätte. Nur ausgesehen? Oder traf die unbewusste Reflexion das Richtige? Hatte der Verratene tatsächlich gewartet, um den Frevler seiner Ehre, den er mutmaßte, den er vielleicht kannte, den Weg des Verrates abzuschneiden? Und hatte dann ein unheimlicher Zweikampf dort draußen stattgefunden in dem heulenden Sturm, der den Racheruf und das Gegenwort verhallen und verwehen ließ? Sank das eine Licht dort in die Tiefe der schwarzen Nacht und des sturmgepeitschten Sees und mit ihm der doppelt Unglückliche? ... Armer Vater!

Das gequälte Mädchen musste sich festhalten, um nicht umzusinken.

Eine Dienerin, deren Klopfen sie überhört haben musste, blieb bedrückt an der Tür stehen.

Elise fasste sich.

Das Mädchen berichtete von dem jungen Herrn von Tiefenau und seinem Besuch im Dorf.

»Ich danke. Das kann mir nicht gelten. Ich – bin auch nicht zugegen.«

Elise eilte den Parkweg hinab an den See, trat ins Boot und ruderte hinaus.

Die Sonne fiel grell und blendend auf das Wasser. Die Ruder blitzten bei jedem Ausholen. Die aufsprühenden Tropfen funkelten im heißen Sonnenlicht. Eine Wildente erhob sich klatschend, um ein paar Schussweiten entfernt wieder ins Wasser zu fallen.

Der blonde Scheitel des Mädchens leuchtete golden, ihre helle Gewandung hob sich schwanenweiß vom Boot und der glitzernden Wasserfläche ab.

Eine Stunde ruderte sie beschienen von der brennenden Sonne. Ermüdet von der Anstrengung, matt von der Glut, landete sie im Schatten mächtiger, tief zweigender Buchen. Sie warf die Kette um den Stamm einer verkrüppelten, niedrigen Erle, strich sich mechanisch über die erhitzte Stirn und kniete in dem Boot nieder, die Arme auf die Bank stützend und den Kopf in die Hände vergrabend.

Armer Vater!

Alle ihre Gedanken konzentrierten sich auf ihn ... Und dann hatte sie alles ringsum und was ihr Herz in fieberndem Schmerz schlagen ließ vergessen, den Vater, die Mutter, den Verräter, den Festtag, den Sonnenbrand über den Wipfeln und über dem gleißenden Wasser, den Weg, der in der Nähe an den See streifte und von dem aus ihr Boot beobachtet werden konnte, und sich selbst – – – Wie ein Kind hatte sie sich in den Schlaf geweint, der die Brust sich ruhig dehnen ließ und den blassen Wangen neue Färbung lieh.

Plötzlich schreckte sie auf und erhob sich jäh. Jeder Blutstropfen wich aus ihrem Gesicht. Auf ihrem Nacken brannte ein Kuss, vor ihr stand ein Fremder, jung, städtisch gekleidet, ein Monokel im Auge, ein breites, vertrautes Lächeln um den offenen Mund. – – Die Scham erpresste ihr einen heiseren Schrei, das ahnende Erkennen des Sohnes des verhassten Verräters ließ sie blitzschnell nach einem der Ruder greifen, ein Schlag, und der Eindringling stürzte über den Bootsrand in die aufspritzende Flut. Wie gejagt sprang das Mädchen ans

Land und stob dem Herrenhaus zu, hilferufend, bis ihr die Stimme und die Füße den Dienst versagten und sie bewusstlos vor den tieferregt hinzueilenden Gutsleuten zusammenbrach.

*

Die Stelle, an der Friedrich von Tuxen ein tragisches Geschick ereilte, ist tief. Er war kein Schwimmer und teilte das Grab mit dem Gutsherrn von Padöhl. Die Retter kamen zu spät.

Infolge des Prozesses gegen Elise von Rohr ist bekannt geworden, was jahrelang verschwiegen herumgetragen worden war. Wie ich es gehört und wie ich den letzten Akt selbst gesehen habe, so habe ich es berichtet.

Sein letztes Opfer hat der See nicht behalten. Es ruht im Erbbegräbnis auf Tiefenau.

Elise von Rohr aber steht im Schutz der Göttin des Rechts. Wer wirft den ersten Stein auf sie?

'NE HANDVOLL UND 'N SACKVOLL

Der Großbauer Jochen Dürk vom ›Buchenhof‹ öffnete eine vom Vorflur auf die Dreschdiele gehende Tür, blieb stehen und rief in das herrschende Dunkel:

»Fritz –.«

Er erhielt keine Antwort und wiederholte den Ruf lauter.

»Fritz –!«

Auf der rechten Seite der Diele wurde eine Tür aufgeklinkt und eine brummige Stimme antwortete:

»Ja –? Was is?«

»Fritz, komm rein zu mir –«

»Sind Sie das, Bauer?«

»Frag nich lang, mach –!«

»Jawoll –«

Fritz fuhr in die Kleider, so eilig seine alten Glieder es erlaubten, rieb ein Schwefelholz in Brand, entzündete ein Talglicht und sah bei dem trüben Flackerschein auf seine Taschenuhr.

»Nanu, halb vier –?« Um die Weihnacht un denn halb vier? Brrr –«

In der ungeheizten Kammer herrschte in der strengen Winternacht eine eisige Kälte, und Fritz Suhr schüttelte sich vor Frost.

Nach wenigen Minuten stapfte er, mit der Kerze vor sich herleuchtend, in Holzpantoffeln über die Diele, blies das Licht auf dem Vorflur aus und klopfte leise an die Stubentür.

Der Bauer selbst öffnete.

»Komm rein, Fritz,« raunte er.

»Gu'n Morgen, Bauer.«

Fritz schob sich ins Zimmer und bemühte sich, mit den schweren Pantoffeln behutsam aufzutreten.

Eine Hängelampe erhellte den wohnlich ausgestatteten

Raum, entlockte den Eisblumen an den beiden Fenstern ein mattes Aufblinken und beschien auf dem runden Tisch in der Mitte des Zimmers einen Brief, der auf der nach oben liegenden Rückseite mit rotbraunem Siegel verschlossen war.

Die Luft in dem Raum war verbraucht, aber von dem mächtigen Kachelofen strömte noch eine Wärme aus, die den Knecht angenehm berührte.

Fritz lehnte sich mit dem Rücken gegen den Ofen und sah schweigend auf den hin und her wandernden Bauern. Jochen Dürk trug bis an die Knie reichende Schaftstiefel, unter deren derben Doppelsohlen der auf den Fußboden gestreute Sand aufknirschte. Sein Anzug aus dickem, dunkelgrauem Wollstoff zeigte den Sportschnitt der Jägerkleidung, und die schwere, mit Wärmetaschen versehene Jacke war bis an den Hals zugeknöpft.

Der Bauer rauchte trotz der frühen Stunde aus einer kurzen Pfeife, blies dünne Wolken vor sich hin und verzog zuweilen die Lippen wie im Selbstgespräch.

Erst nach Minuten schoss unter den buschigen Brauen ein Blick der grauen Augen nach dem Knecht hinüber, und über das glatt rasierte, verschlossene Gesicht glitt ein belebendes Zucken.

»Ich will nach Kiel,« redete er den Knecht mit gedämpfter Stimme an. »Schieb nachher! – den Einspänner raus und stell den Schimmel ein. Den Schlitten kann ich nich nehmen, denn die Bless lahmte gestern un muss Ruhe haben un die Braunen brauchst du nach der Mühle. Bestell an den Müller einen Gruß von mir, un die fünfzig Sack Weizen könnte er nach Neujahr haben. Aber erst so was acht Tage nach dem Fest. Früher nich.«

Er machte eine Pause, drückte mit dem Finger die Asche in dem Pfeifenkopf nieder, sog ein paar kräftige Rauchwolken auf und fuhr langsam fort:

»Fahr erst nach Mittag. Is dann Zeit genug. Vormittag – –«
Er wies auf den Brief.

»– – bestell den da. Schick aber nich – geh selbst. An den Hans vom ›Neuen Jäger‹; – steht auch drauf. – Ich muss mit dem mal ein Ende machen. Der und die Dore? Das geht nich. Der ›Jägerhof‹ un der ›Buchenhof‹– 'ne Handvoll un'n Sackvoll. So'n Habenichts kriegt sie alle Tage. – Fritz, du bist an die vierzig Jahre auf'm Hof un hältst was von uns, da weiß ich. Das könnte dem vom ›Jäger‹ passen, sich so in unser warmes Nest zu setzen, nich war? Aber dass daraus nichts wird, un dass er's sich hinter die Ohren schreibt, gebe ich es ihm schwarz auf weiß. Die Landstraße kann ich ihm nicht verbieten, aber wenn er bei uns vorbei muss, soll er sich den Hof von außen besehen un nich auf ein Willkommen drinnen rechnen. Die Deern wird sich fügen. Is ja überhaupt bloß eine Kinderliebelei. Wie alt war sie, als sie sich in ihn verkuckte? Fünfzehn, eben aus den Kinderschuhen hinaus. So was hält nich, un das is ein Glück. Un nu er den bunten Rock nich mehr an hat, wie damals, is er auch bloß noch halb so forsch ... Der Deern brauchst du nichts zu sagen, Fritz. Wenns Zeit is, wird sie's schon zu wissen kriegen. Dem Hans seinem Vater brauchst du nich in den Weg zu laufen; dem mag es der Bengel selbst sagen, wenn er sich's getraut. Das is seine Sache. Hast du mich verstanden?«

Fritz schob die an den Kacheln gewärmten Hände hervor, schob sie linkisch wieder hinter den breiten Rücken und knurrte:

»Ich mein woll.«

»Dann nimm den Brief man gleich mit in deine Kammer ... Vor acht heut Abend werd ich woll nich zurück sein ... Leg 'n paar warme Decken auf den Wagen un den großen Fußsack un Hafer für den Schimmel. Un wenn der Hans vom ›Jäger‹ dich fragt, was in dem Brief drin steht, hast du natürlich keine Ahnung un drückst dich, eh er's lesen kann. Un nu mach.«

»Jawoll –«

Fritz trennte sich von dem Ofen, nahm den Brief mit spitzen

Fingern an sich, suchte auf dem Flur nach seiner Kerze, ohne sie zu finden, und tappte im Dunkeln nach seiner Kammer.

Tief Atem holend blieb er stehen, stieß einen langen, gedämpften Pfiff aus und nickte in der undurchdringlichen Finsternis vor sich hin.

»Sowas!« murmelte er heiser, stieß mit dem Knie gegen eine scharfe Kante seines Koffers und zuckte mit einem »Deuwel auch!« zurück.

Er entzündete eine Laterne, schob bei ihrem Schein den Brief in den Koffer, rieb sich das misshandelte Knie und hinkte hinaus.

Nach einer Viertelstunde rollte der Einspänner vom Hof, und Fritz sah ihm auf der Landstraße nach, solange er das Licht der Wagenlaternen bemerken und das eigentümliche Schrillen der Räder auf dem hart gefrorenen Schnee vernehmen konnte.

Dann zog er sich ins Haus zurück, kroch angekleidet unter die wärmende Bettdecke und versank in halbwaches Grübeln.

Es war ihm, als ob er sich in einem Eisenbahnzug befinde und höre und fühle das ruckende Poltern – so täuschten ihn die hämmernden Schläfen.

Mit schmerzendem Kopf kam er, als die gewohnte Zeit zum Aufstehen da war, zur Besinnung, weckte die dienenden Hausgenossen und ging schweigend an sein Tagewerk.

»Is der Bauer all weg, weil der Schimmel nich da is?« fragte einer der jüngeren Knechte neugierig.

»Kiel –« antwortete Fritz lakonisch.

»Was is denn da?«

»Hat er nich gesagt, un geht dich nichts an,« fertigte Fritz den Neugierigen ab.

»Weißt du's?«

»Halt deinen Schnabel!« schloss der Missgestimmte grob.

»Fritz, wo is denn der Vater?« klang es von der Diele her in den Pferdestall.

Der Angerufene verließ die Bless, die er eben untersucht hatte, und kam auf die Diele.

»Morgen Dore,« grüßte er freundlich. »Der?« fragte er »Ach, hat er Ihnen nichts gesagt? Na, ich weiß nich –« er kraulte sich hinter den Ohren, »– ob ich nich den Mund halten soll – von wegen dem Kindjes, das nu doch bald kommt un dass er gewiss holt.«

»Er ist schon fort?« fragte das junge Mädchen lachend. »So früh?«

»Kiel!« flüsterte Fritz vertraulich. »Ich soll Nachmittag nach der Mühle, weil zwischen Weihnacht un Neujahr zu viel zu tun is un wir doch Mehl haben müssen für den Aniskuchen zum Silvester. Un vormittags – hm. Soll ich vielleicht auf dem ›Neuen Jäger‹ – einen Gruß bestellen?« platzte er heraus.

»Was hast du denn da zu suchen?«

»Auf dem ›Jäger‹ –? Ja – hm – Dore – sagen Sie, haben Sie mal 'ne Minute Zeit für mich?«

»Das brauchst du doch nicht zu fragen –«

»Nee, nee – –«

Fritz zögerte etwas. Aber dann fuhr es ihm heraus: »Ich hab nämlich einen Brief zu bestellen –«

»Nach dem ›Jäger‹ –?«

Er nickte. »An den Hans,« – ergänzte er.

»Wo?« fragte das Mädchen unsicher. »Zeig doch mal –«

»Ja. Is aber zu un'n Siegel drauf.«

Er hinkte in seine Kammer und folgte dem Mädchen mit dem Brief ins Wohnzimmer.

»Weißt du, was – drin steht?« forschte Dore mit erkennbarer Besorgnis.

Fritz konnte schlecht lügen.

»Na ja –« gestand er zu.

»Was denn?«

»Was – was Verflixtes, Dore. Aber Ihnen werde ich's doch sagen – – muss ich auch, nich?«

»Ja, sags mir –!«

Fritz hing an dem Hof und an dem Bauern, aber mehr als an beiden an dem hübschen Mädchen, das sich von Kindheit an unwiderstehlich in sein gutes, alterndes Herz gestohlen hatte. Und skrupellos gab er das Geheimnis des Bauern preis.

Dore horchte schweigend und scheinbar ruhig, aber aus ihren weichen, blühenden Zügen wich doch langsam alle Farbe.

»Da haben Sie's. Natürlich is er verrückt,« schloss Fritz seinen Bericht.

Dores Augen verschleierten sich.

»Bring den Brief hin und – und – sag Hans –«

Ihre Stimme versagte in ausbrechendem Schluchzen.

»Deern, ruhig, ruhig –!« mahnte Fritz. »Bis acht sind wir sicher vor dem Bauern, hat er gesagt. Soll der Hans herkommen?«

Dore nickte hastig.

»Ja, Fritz. Aber nicht gleich. Abends, wenn es dunkel ist. Und nicht ins Haus – draußen – ich werde aufpassen und hinauskommen, wenn er da ist – –«

Sie stieß die Worte überstürzt hervor und flüchtete dann schnell in ein Nebenzimmer.

Fritz schüttelte den Kopf.

»Das tut er nu seinem eigenen Kind!« knurrte er, während er hinausging, zornig in den stoppeligen, ergrauten Vollbart und war auch noch nicht beruhigt, als er nach Erledigung der Morgenarbeiten die Sonntagspelzmütze aufstülpte und sich auf den Weg nach dem ›Neuen Jäger‹ machte.

Er spähte, als er sich dem Hof näherte, scharf umher und hatte das Glück, den jungen Hans Verköpen in der Einfahrt einer Scheune zu entdecken. Er steuerte über den Hof gerade auf das Gebäude zu.

»Gu'n Dag, Hans.«

»Gu'n Dag, Fritz. Nanu, wo schneist du denn all her?«

»Kannst du dir woll denken, Hans. Bist du allein?«

Fritz Suhr hatte dem jungen Bauern gegenüber das Du bei-
behalten, während es ihm bei Dore nicht mehr hatte über die
Lippen wollen, seitdem sie ein Jahr in einer Kieler Pension
gewesen und ihm dadurch vorübergehend entfremdet worden
war.

»Mutterseelenallein,« antwortete Hans Verköpen. »Warum?
Bringst du nichts Gutes?«

»Doch, 'n Gruß von der Dore. Aber auch'n Wisch vom Bauern. Da – – lies man erst.«

Der junge Bauer nahm den Brief mit schnell erwachtem
Unbehagen entgegen, trennt den Umschlag mit einem Taschenmesser auf und las schweigend.

»Gib dem Bauern den Wisch zurück und bestell ihm: Von
dem Mädchen lass ich nicht!« erklärte er energisch, faltete
den Brief zusammen und händigte ihn dann dem Boten wieder ein.

»Un die von dir auch nich,« ermunterte Fritz überzeugt und
richtete aus, was das Mädchen ihm aufgetragen hatte. »Is rech
von Dir, Hans: immer Kopf oben. Wer rüber will übern Berg,
muss zuerst rauf. Ihr könnt ja auch beide noch warten, un wenn
dein Schädel nich mürber is als dem Bauern seiner, dann wird
aus dem Nein doch noch'n Ja werden – das is all immer so
gewesen. Na, also komm heut Abend und red dem Mädel zu.
Adje solang.«

Die Antwort Hans Verköpens zauberte eine aufglühende
Freude in Dores schönes, junges Gesicht, und ihre weiche Hand
umschloss dankbar die arbeitsharte des alten Freundes. –
Gleich nach Tisch fuhr Fritz nach der eine halbe Stunde entfernten Mühle und kehrte heim, als eben die Dunkelheit hereinbrach.

»Ich werde auskucken,« raunte er Dore bei einer Begegnung
zu, »bleiben Sie man in der warmen Stube drin. Wenn er da is,
klopf ich ans Fenster.«

Fritz promenierte um das Haus. Zum ersten Mal seit einer

Woche war der Himmel wieder frei von den verhüllenden, schneeweißen Wolken, und der mondlose Sternendom schimmerte in majestätischer Pracht, die nur durch das noch nicht ganz geschwundene Tageslicht etwas abgedämpft wurde. Die Felder und der unfern vom Hof beginnende Buchenwald, der bis nach dem ›Neuen Jäger‹ reichte, lagen in diesem Schweigen, die weiten Feldflächen von schützender Schneedecke verhüllt, die Bäume und das Buschwerk der Knicks von glitzerndem Reif geschmückt und belastet. Ein Syringenbusch an der Straßenseite des Gartens schien die weiße Last kaum noch tragen zu können, so tief hing er hernieder. Fritz schüttelte ihn, und der Busch schnellte auf.

Zwischen Weißkohlköpfen in einer Ecke des Gartens liefen zahllose Hasenspuren, und ein hungriger Lampe, der sich zu frühzeitig herausgewagt hatte, flüchtete beim Nahen des Knechtes.

Fritz kehrt um. »Die werden auch noch mit satt,« murmelte er und dachte daran, dass der Weißkohl ohnehin nicht sein Lieblingsgericht war.

Er stapfte wieder nach der Landstraße zu, trat durch die knarrende Gartenpforte und schritt den Weg ein Stück hinab. An der Waldgrenze, an der ein Fußsteig vom ›Neuen Jäger‹ mündete, blieb er lauschend stehen. Kaum ein Laut unterbrach die fast beängstigende Stille der Nacht, und nur der Wind rauschte eigentümlich gedämpft und hohl in den reifbedeckten Wipfeln. Die schwarzen Stämme der Bäume zeichnete sich dunkel vom nächtlichen Grauweiß der Schneelandschaft ab, und wie unheimliche Schatten schien es in der Waldtiefe zwischen ihnen hin- und herzugleiten.

Fritz Suhr kehrte wieder um, blies den warmen Atem in die erstarrten Hände, schlug die Arme in rascher Wiederholung quer über die Brust und verfiel in einen gelinden Trab.

Von Zeit zu Zeit horchte er abermals, und ehe er noch den Hof wieder erreichte, vernahm er rasche, feste, schneeknirschende Schritte hinter sich, und eine dunkel umrissene Gestalt näherte sich ihm eilig.

»Hallo, Hans –?« rief der Wartende fragend.

»Is er, Fritz. Wo is Dore?«

»Ich werd sie gleich rufen. Komm man mit bis an die Pforte.«

Dore huschte, in einen dicken Mantel gehüllt, um den Kopf ein weißes Wolltuch, bald aus dem Haus, und während die Liebenden in eifrigem Gespräch standen, hielt Fritz in ihrer Nähe Wache und horchte die Landstraße hinunter, dass der heimkehrende Bauer das Paar nicht überraschen sollte.

Als er ein fernes Räderschrillen zu vernehmen glaubte, räusperte er sich, machte dadurch auch das Liebespaar aufmerksam und bewirkte, dass Hans Verköpen sich rechtzeitig empfahl und, um dem Bauern nicht in den Weg zu laufen, die entgegengesetzte Richtung einschlug.

Das junge Mädchen blieb noch stehen, um ihre Tränen zu trocknen, und Fritz sprach tröstend und ermutigend auf sie ein. Darüber hatten sie beide nicht bemerkt, dass der Bauer dicht an sie herangekommen war, und erst, als der Heimkehrende laut und zornig zu schimpfen begann, flüchtete Dore wie gehetzt ins Haus.

»Himmeldonner – der verdammte Windhund!« fluchte Jochen Dürk mit schwerer Zunge. »Du Habenichts, – du Lausejung – di will ick!« und er riss am Zügel und schlug mit pfeifendem Peitschenhieb auf den Schimmel ein, dass das erschrockene Tier in wilden Sätzen auf den Knecht zuraste, ehe dieser noch bei Seite springen konnte, ihn mit dem Scherbaum vor die Brust traf und rücklings in den zwischen Wall und Wegrand befindlichen Graben warf.

Der Schimmel raste mit dem hin und her schleudernden Wagen weiter, machte bei der Hofpforte den gewohnten, für die Einfahrt nötigen Bogen und prallte auf das geschlossene Tor, dass die schweren Holzflügel krachend zusammenbrachen

und Schimmel und Wagen in wirrem Knäuel an der Unglücks-
stätte liegen blieben.

Der Bauer war bei dem Rasen des Pferdes aus dem Wagen
geschleudert worden, ehe der Aufprall auf das Hoftor erfolgte.
Er war glücklich in einen Schneehaufen an der Wegseite gefallen, richtete sich wieder auf und fuhr sich tastend mit der Hand
über die Stirn.

Die schneidende Kälte des Abends hatte ihn gegen seine
Gewohnheit auf der Rückfahrt wiederholt einkehren lassen,
und die verschiedenen Grogs hatten seine Sinne umnebelt.
Auch jetzt fasste er in dem Dunkel – die Wagenlaternen waren
bei dem Aufprall erloschen – nicht gleich, was geschehen war.
Aber ein Schauern lief ihm den Rücken hinab und rüttelten
ihn in wortlosem Schrecken.

Er schwankte an das Hoftor, übersah mit plötzlich nüchter-
nem Blick, was geschehen war und rief dann nach Hilfe.

»Fritz – Krischan!« schrie er, dass es auf dem Hof widerhallte, »her – hierher!«

Er erhielt Hilfe von einer Seite, von der er es nicht vermutet
hatte: Hans Verköpen stürmte den Weg zurück.

»Was is – was is?« rief er fragend.

Der Bauer stand wie gelähmt, und die Frage packte ihn:
»Herrgott, wenn der – da ist, wer ist dann der andere – der
andere –?

Der Jägerhofer sah den Schimmel zwischen den Trümmern
der Pforte liegen und begriff. Er flog ins Haus und kehrt mit
einer Laterne zurück, während Dore und mehrere Leute ebenfalls mit Licht folgten.

»Lass den Schimmel!« keuchte der Bauer. »Folg mir –«

Er stürmte voran, schlug auf dem glatten Fahrweg hin, erhob sich wieder und eilte weiter.

»Da – da –«

Er wies auf einen dunklen Körper im Graben und sprang
zugleich hinunter.

»Leutchen!« schrie er heiser. »Gott im Himmel – der Fritz!«
Der Bauer lehnte sich erschüttert gegen den Wall. Aber Hans
Verköpen behielt die Überlegung, reichte der nachgekomme-
nen Dore die Laterne und rief dann dem Bauern zu:

»Anfassen! Vor allem ins Haus hinein!«

»Ja, ja,« stammelte Jochen Dürk und fasste zu, wie der Jägerhofer es mit militärisch kurzen Anweisungen verlangte.

»Nich fallen!« mahnte Verköpen.

»Nein,« antwortete der Bauer gurgelnd.

Im hellen Zimmer riss Verköpen dem Verletzten die blut-
durchtränkte gestrickte Wollweste auf, zerschnitt das hinder-
liche Unterzeug und stellte eine breite Wunde auf der Brust
fest. Er hatte während der Militärzeit heilsame Erfahrungen
im Sanitätsdienst gemacht, legte mit Hilfe einer zum Glück
vorhandenen Hausapotheke einen Verband an und jagte dann
einen der Knechte zum Arzt nach dem Kirchort.

»Was außen zu sehen is,« erklärte er zur Beruhigung des
Bauern und der bestürzten Tochter, »wird woll nich schlimm
sein. Ob's innen was gegeben hat, muss der Doktor sagen.«

Fritz Suhr lag bleich, aber bei ungestörtem Bewusstsein, und
die Augen ruhten auf dem Bauern. Er wurde bequem gebettet
und fand dann auch die Fähigkeit zum Sprechen wieder.

»Hans, geh mal,« forderte er gedämpft.

Als er mit dem Bauern allein war, suchte er sich etwas auf-
zurichten, fiel aber mit einem Schmerzenslaut in die Kissen
zurück.

»Gut un schlecht, Bauer – 'ne Handvoll un'n Sackvoll,« sagte er dann mit Betonung. »War das für mich draußen? Nee,
das war für den! – Is das so?«

»Schweig darüber – Fritz – um – Gotteswillen!« stotterte
Jochen Dürk.

»Ja! Sagen Sie nu auch – ja?«

»Meine Deern un Hans –? – Ja, Fritz ...«

Der Knecht fand rasch ein Lächeln.

»Denn macht mir das nichts,« entgegnete er stockend. »Das – is aber doch das erste Mal gewesen, dass – ich – den Schimmel nich – halten konnte. So'n Aas, dicht beim Hof noch – durchzugehen. Was, der Doktor soll kommen? Den brauch ich doch nich. – Können sie hereinkommen, die – beiden?«

»Ja, Fritz, gleich.«

Der Bauer holte sie.

Das Liebespaar fand in der Verstörung noch kein Glück. Die Unruhe auf dem Hof, die Sorge um den Verletzten war noch zu groß.

Aber um Mitternacht brachte der Arzt die Erlösung.

»Von Eisen, der Brustkasten,« erklärte der Doktor, »der kann einen Puff aushalten ... Wenn der, der den Notverband angelegt hat, wachen will, können die andern ruhig schlafen gehen. Ihnen kann der Sensenmann noch nichts anhaben, was Suhr?«

»Ach wo,« sagte Fritz trocken. »Diesmal nich un noch lange nich. Nee.«

Der schloss die Augen zu regelmäßigem Schlaf und erwachte spät am andern Tag, als eben der Arzt noch einmal gekommen war.

»Über den Berg,« erklärte der Doktor befriedigt, und das Liebespaar hatten zugleich beide denselben Gedanken, dass sie nun auch über den Berg aufgetürmter Schwierigkeiten hinweg waren und in der drohenden Winterstarre ein lenzsonniges Glück gefunden hatten!

»'ne Handvoll un'n Sackvoll« – das Wort des Bauern wollte dem Verwundeten nicht aus dem Sinn, »'ne Handvoll Wehdag,« dachte er von sich, »un'n Sackvoll Glückseligkeit,« reflektierte er von dem Brautpaar ... »'ne Handvoll Unverstand vom Bauern – 'n Sackvoll Einsehen vom Herrgott! Und umgekehrt: »'n Sackvoll hinter die Ohren verdient und bloß 'ne Handvoll gekriegt,« und mit der Handvoll Strafe zielte er auf den Schimmel, der dem Verhängnis zum Opfer gefallen war.

Er hatte beide Vorderbeine gebrochen gehabt und war noch in der Nacht durch einen Flintenschuss von seiner Qual befreit worden. Die einzige Strafe für den Bauern, dem das Verenden des treuen Tieres doch nahe ging ...

Swart op wit

Verflogene Tage und verflogener Glanz nützen zu nichts und
verlorener Reichtum verbittert. Jürgen Arp war einst der reiche und geldstolze Besitzer des Bauerngutes Altenkoppel gewesen und jetzt mehr der geduldete als der rechtmäßige Eigentümer eines kleinen sogenannten Altenteils. Als Großbauer hatte er es unter seiner Würde gehalten, mit kleinen Leuten
zu verkehren. Sie standen in seiner Schätzung tief unter ihm.
»Pack«, das war der Kollektivname für sie, bei dessen Anwen-
dung der Bauer verächtlich den Kopf in den Nacken warf. Seit
er an den Bettelstab gekommen war, lenkte sich sein Schimpfen und Hassen in andere Richtung. »De verfluchten Geld-
katten, de hochsnutigen Deuwels!« rief er wütend aus, wenn
er einmal einem der ihm früher befreundeten Bauern begegnete und seinen Gruß von diesem gönnerhaft erwidert glaubte.

»Wer dat so gaud hemm künn als Se,« hatten die Leute früher zu Jörgen gesagt; »de Döskopp!« riefen sie jetzt hinter
ihm her.

Am meisten hasste Jörgen Arp den neuen Eigentümer von
Altenkoppel, der das Gut im Zwangsverkauf erstanden und
bald durch Ankauf einiger Nachbargrundstücke noch bedeu-
tend erweitert hatte.

»De latinsche Bur,« schimpfte ihn Jörgen. »Na, he ward ja
sehn, wo wiet he kümmt. Ward wat ihrlichs wesen. So'n – so'n
Geelschnabel!«

Aber der Hof gedieh unter Hermann Marxens tüchtiger Leitung. Die Felder waren gut bestellt. Die Gebäude, die unter
Jörgens Lotterwirtschaft heruntergekommen waren, wurden
neu instand gesetzt und bekamen ein sauberes, freundliches
Aussehen. Das bisherige Wohnhaus wurde umgebaut und für
die Leute eingerichtet, nachdem Marxen etwas abseits in rei-

zender Lage für sich ein neues Wohngebäude von mehr herrschaftlichem Charakter hatte ausführen lassen.

Jörgen Arp wurde umso giftiger, je weniger er sich den Fortschritten zum Bessern auf dem Hof verschließen konnte, und je mehr er erkannte, was er selbst aus diesem Besitz hätte machen können. Er pflegte dann die Hände in der Tasche zu ballen, die Zähne aufeinander zu beißen und jedermann höhnisch anzufahren, der sich ihm nahte. Selbst seine Tochter, die er in seiner Weise hochhielt und liebte, musste sich dann hüten, durch irgendeine Bemerkung, einen Blick oder auch nur eine Bewegung einen Zornesausbruch bei ihm hervorzurufen. Konnte er sich nicht aussprechen, so warf er sich in den Lehnstuhl am Fenster und starrte brütend vor sich hin. Oder er wanderte ruhelos in dem engen Raum auf und ab, stieß mit dem Fuß die Stühle zur Seite, dass sie oft hart umschlugen, und rückte an Tischen und Schränken, dass sie zusammenzubrechen drohten. Bei Tisch war kein Geschirr vor seinen Wutausbrüchen sicher, und die Tochter schrak heftig zusammen und blickte ihn flehend an, wenn seine nervigen geballten Fäuste auf den Tisch niedersausten und Teller und Besteck klirrend emporflogen. Wortlos räumte sie dann wieder zurecht und nahm den gewohnten Platz ein, das liebliche Gesicht blass, aber die stillen Augen ohne Vorwurf.

Klara war die einzige Tochter des Bauern. Ihre Mutter war schon lange tot. Sie erinnerte sich ihrer nicht einmal. Eine alte Magd hatte sie in den ersten Jahren gepflegt und dann eine wohlgesinnte Lehrerfamilie sich ihrer angenommen. Der Vater hatte sich wenig um sie gekümmert. Er war auch oft nicht daheim gewesen, sondern hatte in der Stadt am Spieltisch Hab und Gut unsinnig verschleudert. »Dreekart um den Schäpel Weeten« – ein anderes Spiel hatte keinen Reiz mehr für ihn gehabt. Es ging schon stark mit ihm zu Ende, da hatte die vierzehnjährige Klare ihn gebeten, doch die Reisen zu lassen und sich zu pflegen. Wild hatte Jörgen ihr das abgeschlagen und sich die Einreden ein für alle Mal verbeten. Wenige Wochen später hatte er das Kind mit in die Stadt genommen und es in eine Pension gebracht. »Du musst wat liern, Deern,« hatte er gesagt. Die muss aus dem Weg, hatte er gedacht.

Das Spiel war noch zwei Jahre fortgegangen. Dann war das Ende da, das Ende mit Schrecken. Jörgens Hof wurde versteigert, und der stolze Bauer wanderte ins Altenteil. Klara kehrte aus der Pension zurück und wurde von dem Vater mit rauen Scherzworten empfangen. »Wi hemm't ümmer noch beter as de Dacklünken, uns Nest is wenigstens baben tau,« höhnte er. Geduldig ertrug sie alle seine Launen, unermüdlich war sie um ihn besorgt.

Wie die Monde flogen, so reifte das Kind heran, ernst in seinem Wesen, doch oft von innerem Glück sonnig verklärt. In den klaren Augen und auf der reinen Stirn leuchtete dann eine Freudigkeit, dass Jörgen Arp sich verwundert nach dem Grunde fragte und mit einer gewissen Zufriedenheit seinem eigenen Verhalten den ersten Anteil daran beimaß. Das stimmte ihn dann weicher, und Klara kam zeitweilig gut mit ihm aus.

Plötzlich wurde Jörgen misstrauisch. War sein Kind nicht oft verschwunden, er wusste nicht wohin? Und wenn er nach ihr rief, mit seiner dröhnenden Stimme, kam sie dann nicht meist mit hochrotem Kopfe und sichtlich erregt hergeeilt? Was hatte das zu bedeuten? Sollte das etwa – – Er pfiff laut und erstaunt vor sich hin und schlug sich vor die Stirn. »Aha, aha,« murmelte er grimmig, »dar schall dat rut? Kiek mal an! Oh du Gräunsnut, du schast mi kamen! – Gott verdamm mi!« fügte er fluchend hinzu und schüttelte die Faust gegen das Herrenhaus. »Nee, nee! Du ni, du Spitzbauw! Erst mi von Hus und Hoff driwen und denn min Deern halen! Ick biet di mit den Hun'n von'n Hoff – und wenn keen Hund dar is, biet ick di sülm in de Waden, du Röwer du!«

*

Die Fenster des Herrenhauses von Altenkoppel glänzten im Sonnenschein, und sie warfen die Strahlen blitzend und funkelnd zurück. Auf dem breiten, hölzernen Balkon erschien einen Moment die Gestalt Marxens; er schattete die Augen mit der Hand und spähte an den in wolkenloser Bläue lachenden Himmel. Heiterer Julisonntag oben und unten, sonnendurchlichtet der große Garten, von Glutwellen umflutet Stein und Strauch.

Der Gutsherr zog sich wieder zurück, trat aber bald darauf aus dem Haus und schritt in den Garten. Er folgte einem mit frischem Kies befahrenen, sorglich geebneten Weg. Wie neugefallener Schnee zeigte der weiche Sand die Fußspuren. An einer Rosenhecke verweilte er und musterte die vollen, duftigen Blüten. Dann setzte er seinen Weg fort, dem Altenteil zu.

Hermann Marxen mochte am Anfang der dreißiger Jahre stehen. Darauf deutete der männliche, gereifte Ausdruck seines Gesichtes. Er war schlank gewachsen, seine Haltung aufrecht und straff. Die blauen Augen blickten ruhig und sicher. In seinem ganzen Wesen lag edle Männlichkeit.

Jörgen Arp saß im Lehnstuhl am Fenster und fuhr erstaunt auf, als er den sich nähernden jungen Mann gewahrte. »Den Dunner!« rief er seiner Tochter zu. »Kann de Grotsnut den'n Weg hierher ok noch fin'n? Been hat he as'n Adebar, und gahn deiht he, as wenn dat Gras natt weer. Wat wüll he, hm? Mi swant so wat! Awer man langsam, min Jung! Gah in din Kammer, Deern! De mit'n Voss do dauhn hatt, mutt den Häunerstall tauholn.«

Gehorsam verließ Klara das Zimmer. Ihr Gesicht war weiß, die Augen schimmerten feucht.

»En gaud Gewäten makt en vergnäugt Gesicht!« rief ihr Jörgen drohen nach. Dann stemmte er die Arme auf die Lehnen und erwartete finster den Besucher.

Marxen grüßte ihn mit freundlichem Ernst. Jörgen dankte frostig.

»Setten Se sik!« lud er widerwillig ein.

Der Besucher nahm ohne Umschweife das Wort. Da er des Plattdeutschen nicht genügend mächtig war, sprach er hochdeutsch. Sein Blick ruhte fest auf Jörgen.

»Es wird nötig sein, dass ich Ihnen auseinandersetze, warum ich komme. Ihre Mienen, die zu fragen scheinen, sagen mir das. Wenn ich eine unfreundliche Haltung bei Ihnen wahrzunehmen glaube, so will ich hoffen, dass ich mich täusche. Jedenfalls liegt kein Grund vor, mir Übelwollen entgegenzubringen oder ein solches mir zuzuschreiben. Ich komme in guter Absicht. Lassen Sie als solche gelten, dass ich den Frieden mit Ihnen suche. Unsere Begegnungen sind nicht immer erfreulich gewesen. Die ganzen Verhältnisse waren es nicht. Ich kann begreifen, was uns trennt; aber ich bin es nicht gewesen, der die Schranken geschaffen hat. Ein Fremder bin ich hergekommen. An Ihrem Unglück hatte ich keinen Teil. Durch den Kauf des Hofes bin ich lediglich auf den Boden getreten, mit dem für Sie schmerzliche Erinnerungen verbunden sind. Lange schon hätte ich Ihnen gern die Hand geboten. Sie ermutigten mich nicht. So wartete ich. Meine Absicht, Ihnen näher zu treten, blieb bestehen, die Ausführungen wurden aufgehoben. Ich hoffte auf eine sich darbietende günstige Gelegenheit, sie ist nicht gekommen. Aber heute darf ich nicht mehr schweigen, heute kommen nicht Sie und ich allein mehr in Frage, heute trägt eine Dritte schwerer als wir beide« –

Jörgen lachte hart auf. »Na, man ümmer wieder!« warf er spöttisch hin.

»Die beiden Jahre,« fuhr Marxen fort, »die ich hier verlebt habe, haben mir Glück gebracht; Glück im doppelten Sinn. Ich habe das Arbeitsfeld gefunden, auf dem ich mich wohlfühle, und ich bin einem Mädchen begegnet, das meine Seele gewonnen, das mir die ihre gegeben hat. Sie hat mich zuerst geflohen. Erst nach langem, beharrlichem Mühen durfte ich mich nähern. Scheu hat sie auch dann zurückgehalten, ängstlich auf den Vater geachtet, dass sie ihn nicht kränken möchte. Zagend hat sich ihre Liebe mir zugeneigt, bebend hat sich mir ihr Herz erschlossen. Ein goldenes Herz, rein wie die Sonne! Sie wusste nicht, dass ich heute zu Ihnen kommen wollte. Sie hätte es auch nicht geduldet, hat es lange verhindert. Aber ich muss mir Klarheit schaffen, ich muss mein Glück voll gewinnen. Herr Arp, ziehen Sie wieder auf den Hof, seien Sie mir Ratgeber, Freund und Vater – segnen Sie unsern Bund! Ich will Ihnen ein dankbarer Sohn sein.«

Er hatte sich warm gesprochen, und in den letzten Worten lag eine gewinnende Herzlichkeit. Er streckte Jörgen die Hand hin. Aber dieser schlug nicht ein. Seine grauen Augen funkelten, in dem groben, faltigen Gesicht zuckte es.

»Raden is as Schiebenscheeten,« entgegnete er bissig, »veel Wit und wenig Swart. Awer dütmal wüll ick nageben: Minen Rad schülln Se hemm'n. Geel snacken kann ick ni, oder mag ick ni; awer platt is ok dütlich. Wat ick raden kann, is datt: Gahn Se hin, wo Se herkamen sünd. Op'n Hoff, in de Stadt – is mi gliek. Min Deern bliwwt hier. Worüm! Dat will ick se vertelln. Ick heww mal en groten Hoff hatt. Se kenn'n en. Ick heww Unglück hatt. Se wäten dat; all wät dat. Dar sünd de Schinners kamen und hemm'n mi dat Blaut utsaugn. Irst een, denn mihr. Toletzt alltosam. Irst Geld halt, denn Weeten, denn Köh, denn de Peerd, de Döschmaschien, Wagen, Husrat. Toletzt den'n Kopp – den'n Hoff! Und denn ist noch een kamen. De snackt geel. Hett en groten Geldbüdel. De köff den'n Hoff. De füng an to boen. De reet tosam. Den'n weer de ol Kasten ni gaud nog! De bo en Herrenhus. De sä op Jörgen Arp von baben dal. De kenn'n em twee Jahr ni. Denn käum he tau em. Denn wull he wat. Wull sin Deern hamm. Em ok dat Letzte vör de Snut wegsnappen. Nee, Herr Marxen von Olenkoppel, nee, segg ick! Nee! – Un nu sünd wie wull to En'n«

»Nein!« erwiderte Marxen bestimmt. »Sie scheinen vergessen zu haben, dass von Ihrer Entscheidung auch Ihre Tochter betroffen wird. Ihre Tochter Klara erwidert meine Liebe. Und sie ist kein Mann, der mit eisernem Willen über sich zu herrschen vermag. Sie ist eine Frau, zart und weich. Sie wird den Schlag, der gegen ihr Glück geführt wird, nicht ohne aufreibenden Seelenschmerz zu tragen vermögen. Wenn Sie auch gegen mich hart sein wollen: Schonen Sie Ihr Kind, Ihr eigenes Blut!«

»Dat is Snack!« unterbrach Jörgen schroff. »Dat makt de Katt noch keenen Buckel. So'n Piesack is min Deern ni.«

»Was haben Sie gegen mich?« fragte der junge Mann ungeduldig.

»Gotts Dunner!« schrie Jörgen aufgeregt. »All'ns, und noch wat!«

Marxen trat dicht vor den Alten, der noch immer im Sessel lehnte.

»Ich sehe,« sagte er jetzt auch scharf. »Ihr Hass ist so maßlos wie ohne Grund: In Ihrem Kopfe hat sich der Gedanke festgesetzt, dass Sie durch Ihre Ablehnung mich treffen können bis ins Innere. Jawohl, ich bestätige es Ihnen. Ich bestätige Ihnen, dass es kein Glück für mich gibt, wenn Klara es nicht teilen kann. Ich bestätige Ihnen auch, dass Sie, Jörgen Arp, die Macht haben, dem Herzensbund zwischen Ihrer Tochter und mir zu vernichten, denn ohne Ihre Einwilligung wird Klara nie die Meine werden wollen. Aber ich bescheinige Ihnen noch weiter, dass Sie mit dem Glücke zweier Menschen ein frevlerisches Spiel treiben, dass Sie die Zukunft Ihrer Tochter um eines Wahnwitzes willen preisgeben« –

»Natürlich!« fiel Jörgen schneidend ein, »wo künn dat anners wesen. Den'n riken Grotburn von Olenkoppel afwiesen, ick, de verlumpte Jörgen Arp, de sin beeten Geld und Gaud verspeelt und versapen hett. Natürlich, ick müss ja mit beide Hänn'n taugripen, müss Ja und Amen segg'n und den'n Preester hal'n – den'n Preester – – hahaha! Awer – töw mal, töw mal –«

Ein besonderer Gedanke musste ihm gekommen sein. Er sprang rasch von seinem Sitz auf und trat an eine Schatulle. Mit beiden Händen brachte er ein altes, mit Silber beschlagenes Gesangbuch zum Vorschein, suchte Tinte und Feder und kehrte ans Fenster zurück. Er legte das Buch auf die Fensterbank, schlug das leere Vorsatzblatt auf und stieß die Feder in das Tintenglas.

»Wat Preester!« lachte er höhnisch. »Den'n künn'n Se ja sülm halen. Blot de Inwilligung fehlt – dat lütt Stück Papier und de Ünnerschrift, grad as bi de verdammten Halsafsnieders. Kieken Se mal her, so könn wi ja woll schriewen: ›Ich, Jörgen Arp, Altenteiler auf Altenkoppel, gebe mit vieler Danksagung dem Herrn Marxen‹ – Marxen mit x ›Wohlgeboren, Gutsbesitzer auf Altenkoppel, meine geliebte Tochter Klara zur Frau.‹ So, Namen drünner: ›Jörgen Arp.‹« Er machte unter dem Namen einen derben Strich und hielt das Buch dem Besucher voller Hohn hin.

»Anner Papier hett so'n Kirl as ick ni,« schrie er, »ni eenmal en Schuldschien. Awer swart op wit steiht dat nu hier: Wenn Se dat Ding hier kregen künn'n« – er hielt das Buch hoch – »denn hemm'n Se min Wurt! Awer ick swör bi Gott und den'n Deuwel: En Tuun durt dree Johr, en Hund länger as dree Tüün, en Peerd länger as dree Hun'n, en Minsch länger as dree Peerd – und min Wurt, min Nee länger as dree Minschen, as ick und Se und de Deern!«

Er schlug das Buch zu und warf es in die Schatulle. Rasselnd zog er dann den Schlüssel ab und steckte ihn ein.

Verwundert, angewidert hatte Marxen dem wüsten Treiben zugesehen. Jetzt verließ er wortlos das Zimmer, und das herbe Lachen des Zurückbleibenden schallte ihm in den bedrückenden heißen Sommertag nach.

*

Unmittelbar an den Garten von Altenkoppel grenzte ein kleiner, fast rings von Wald umgebener See. Dicht an seinem Ufer standen im Nachtdunkel der Bäume Klara Arp und Hermann Marxen. Der See rauschte dumpf, und in den Wipfeln der Buchen und Eichen brauste es hohl. Der Wind fegte stoßweise über die Wasserfläche und wirbelte im Wald das Laub von den Bäumen, es raschelnd am Boden jagend. Trotz des fortgeschrittenen Herbstes war die Luft drückend schwül. Fern am Horizont leuchteten Blitze.

Fest schmiegte sich das junge Mädchen in den Arm des Mannes. Ihr zierlicher Kopf ruhte an seiner Brust. Ungeachtet des Dunkels der Nacht und des beginnenden Aufruhrs in der Natur unterhielten sie sich nur flüstern.

Hermann hauchte einen Kuss auf die Stirn des Mädchens.

»Was auch kommen möge, harre aus. Geliebte! Jetzt ist dein Vater noch unbeugsam, weil zornig und verbittert. Die Zeit bringt oft Heilung, vielleicht auch ihm. Und dann ist unser Glück voll. Was aber deine Ahnung betrifft – glaubst du denn an Ahnungen, meine Liebe!«

Sie nickte stumm.

»Und was könnte uns bevorstehen? Was uns drohen oder deinem Vater?«

»Er ist so sonderbar jetzt, so erregt. Er murmelt Unzusammenhängendes vor sich hin, stößt harte Worte aus. Oh Hermann, wenn er Unheil sinnen könnte – Unheil gegen dich, mein eigener Vater! Schluchzte sie auf.

»Sei ruhig, Klara,« besänftigte er und strich zärtlich über ihre Wangen. »Er hat Schweres erlebt. Die Vergangenheit mag mahnend und quälend vor ihm aufsteigen. Vielleicht auch stürmt schon jetzt die Überzeugung auf ihn ein, dass er zum zweiten Mal unrecht an dir gehandelt hat, und er wehrt sich dagegen, verzweifelt, mit letzter Kraft, unter Anrufung alles dessen, was er gegen mich hat oder zu haben vermeint.«

»Er ist hart,« klagte sie verzagt, »und unzugänglich. Er wird bei seiner Weigerung verharren, und dann – und dann, – oh, Hermann, es ist schrecklich!«

»Des Herrgotts Mühlen mahlen am feinsten,« entgegnete er zuversichtlich. »Wir können warten. Vertrauen wir, hoffen wir! Das letzte Wort ist nicht gesprochen. Und wenn – auch die Gewalt des Vaters ist beschränkt« –

»Nicht doch,« fiel sie ängstlich ein. »Nein, nie. Der Eltern Segen – nein, nein! Ich könnte nicht glücklich werden. Und er ist allein, ich kann ihn nicht verlassen. Er ist sehr gealtert, fast scheint es mir, er ist auch krank. Wer sollte ihn auch pflegen, wenn nicht ich? Und er ist gut zu mir gewesen, früher, Hermann. Auch jetzt noch; und wenn er unfreundlich ist, da drükken ihn die Sorgen. Er kann nicht überwinden. Er ist hart, aber auch zu bedauern, ja, Hermann, von ganzem Herzen. Kränke ihn nicht. Sei gut zu ihm, wenn er es dir auch schwer macht. Denk an mich, er ist doch mein lieber Vater ...«

Ein lauter Ruf unterbrach sie.

»Kla–ra!«

Das Mädchen schrak zusammen. Sie schlang die Arme um den Hals des Mannes und küsste ihn.

»Ich muss gehen, Hermann. Lieber, lass mich!«

Aber sie selbst löste die Arme nicht. Bebend hing sie an seinem Hals.

»Es wird ein Gewitter geben heute Nacht, ängstige dich nicht,« sagte er mit zärtlicher Sorge. »Und wenn dein Vater in seinem Groll noch ein anderes Unwetter heraufbeschwören sollte, tröste dich; nach dem Regen folgt auch wieder Sonnenschein. Und das eine behalt, und vergiss es nicht: Ich bin dir nah, und ich bleibe bei dir, heute und ewig, so wahr Gott lebt!«

»Gute Nacht!« flüsterte sie. »Hermann, Lieber!«

»Auf Morgen, du geliebtes Mädchen, du mein einzig Gut und Glück!«

Sie riss sich los und eilte davon.

Noch eine Weile verharrte der Mann an derselben Stelle. Er

lauschte den flinken, verhallenden Schritten – dem Wellenschlag und dem Brausen des Windes. Sein Herz pochte. Hatte sie ihn angesteckt mit ihrer Unruhe? Im Schein der Blitze prüfte er den Himmel. Das Gewitter kam hoch. Nachtschwarz und drohend ballten sich die Wolken. Der Wind gewann an Stärke, die halbentlaubten Äste der Bäume peitschten heftiger gegeneinander ... Er schritt langsam nach dem Gut. Im Garten fielen von einzelnen Spätobstbäumen die hin und her geschüttelten Früchte dumpf zu Boden. Er ließ die Fensterläden des Hauses schließen und begab sich in sein Arbeitszimmer, wo er sich in Zeitungen vertiefte, bis lauter Donner ihn aufschreckte.

Jörgen empfing seine Tochter ohne ein Wort des Vorwurfs. Er saß an seinem gewohnten Platze am Fenster und blickte bei ihrem Eintritt kaum auf.

»Gah to Bett!« sagte er nach kurzer Zeit barsch. »Ick bliew noch op; wart dat Gewitter slimm, denn weck ick di. Awer du töwst, bet ick di rop. Frunslüd sind Hasenfäut, Frunslüd hul'n bi'n Gewitter as'n Hun'n bi Musik. Ick kann dat ni utstahn. Gun Nacht.«

Klara ging in ihre Kammer. Sie sank am Bett in die Knie, barg das Gesicht in die Kissen und weinte.

Kaum aber war die Tür hinter ihr ins Schloss gefallen, so erhob sich Jörgen und trat an die Schatulle, die er behutsam öffnete. Er griff nach dem Gesangbuch, schlug es auf und trat dicht an die Lampe. Hohnvoll las er wieder die Inschrift des Vorsatzblattes. Dann zog er sein Taschenmesser und schob die starke Klinge unter den Silberbeschlag. Ein Ruck, noch eines – das Silber löste sich. Er trennte es vollends ab, öffnete eine Schublade der Schatulle, schob das Metall hinein und schloss ab. Das verunzierte Buch steckte er zu sich und setzte sich wieder. Er sank in sich zusammen und lauschte und brütete. Ein finster entschlossener Ausdruck lag auf seinem harten Gesicht.

Eine Stunde mochte vergangen sein. Der Sturm heulte um

das Haus, Blitze durchfuhren in grellem Zickzack die Luft. Der Donner krachte. Jörgen blies die Lampe aus, horchte einen Augenblick an der Tür zu Klaras Zimmer und ging schweren Schrittes, wenn auch behutsam, hinaus.

Er atmete hoch auf. Der Sturm riss an seiner Kleidung und stemmte sich ihm entgegen. Er zog die Mütze fester über den Kopf und drang vorwärts. Erst an den See, dessen wild aufgeregte Wellen von den Blitzen ungewiss beleuchtet wurden, dann durch ein Stück des gepeitschten, ächzenden Waldes und hinaus aufs freie Feld. Pfeifend schrillte der Sturm über die kahlen Stoppeln. Minutenlang eilte der nächtliche Wanderer vorwärts, so schnell er konnte. Keuchend blieb er endlich stehen. Ein mächtiger Kornfeimen erhob sich dicht vor ihm, hausgleich, hochragend und breit. Jörgen wandte sein Gesicht in die Richtung nach dem Hof. Hoch hob er die geballte Faust. »Hund!« schrie er heiser in den heulenden Sturm hinein, »hier hal di min Wurt, wenn morgen noch en Baukstaw darvon dar is!« Er tastete sich nach der dem Hof abgelegenen Seite des Feimens, fasste das Gesangbuch und schob es mit nerviger Faust in das Stroh, auf Armeslänge, soweit er es zu bringen vermochte. Ein greller Blitz hüllte ihn in bläuliches Licht, ein krachender Donnerschlag ließ ihn erbeben. Aber die Fäuste wühlten suchend in der Tasche. Er schlug Feuer. Die Funken von Stahl und Flintstein stoben um den Schwamm und zündeten schwach. Er hielt den glimmenden Zunder gegen den Wind, dass er aufglühte, und schob ihn in den Feimen. Dann eilte er davon, zehn Schritte, fünfzig – und sah sich um. Das trockene Stroh hatte Feuer gefangen, und gierig leckten die züngelnden Flammen an dem Feimen empor. Vom Sturm getragen, jagte der Brandstifter davon. Ein Sausen füllte die Luft. Schwere Tropfen fielen dichter und dichter. Dann goss der Regen ohne Unterbrechung, klatschend, strömend, selbst die gefräßigen Flammen dämpfend, wenn auch nicht sie bezwingend.

Atemlos langte Jörgen zu Hause an, kraftvoll zwang er die Tür gegen den rasenden Sturm ins Schloss, und dann wankte er ans Fenster. Glutroter Feuerschein fiel ihm ins starre, irrende Auge – und ein Schrei des Entsetzens drang aus Klaras Kammer.

»Feuer, Vater! Feuer auf dem Hof! Oh Hermann!«

Sie stürzte verzweifelt aus dem Hause und mit wildfliegenden Haaren durch Sturm und gießenden Regen,

Die Tür hinter ihr blieb auf, heulend tobte der Sturm in dem Innern des Hauses, ließ die Fenster erklirren und riss von Schränken und Wänden, was nicht niet- und nagelfest war. Doch Jörgen saß und rührte sich nicht. Seine Hände umklammerten krampfhaft die Lehnen des Sessels, seine Blicke hingen entgeistert an dem Feuerschein. Das Poltern, Schlagen und Klirren um ihn traf ihn wie im Traum.

Das fieberhaft geängstigte Mädchen wollte um Hilfe rufen, schon von fern. Doch die Kehle wer ihr wie zugeschnürt. Keine Silbe brachte sie hervor, nur einen unartikulierten Freudenschrei, als sie auf dem Hof reges Leben fand und den Geliebten selbst und die Gebäude ohne Gefahr sah.

Marxen hatte bald nach dem Kauf des Gutes eine Feuerspritze angeschafft; heute sollte sie ihren Dienst erweisen. Schon rasselten die Räder über das raue Steinpflaster des Hofraumes, und kaum Minuten später schossen die ersten Strahlen in das rote Feuermeer. Ganz in der Nähe des Feimens befand sich ein Feldteich, zur Tränke für die Kühe, wie auf allen Feldern. Hurtig flogen die ledernen Rettungseimer von Hand zu Hand, Nachbarn kamen mit neuen hinzu, ununterbrochen zischten die Wasserstrahlen in die Glut; mitleidsvoll hielt selbst der Himmel seine Schleusen offen, um dem Frevel von Menschenhand zu löschen.

Tiefer sank die Feuersäule zusammen, schwächer wurde der weithin leuchtende Glutschein, bald nur noch flammenloser Qualm, und nach nicht halbstündiger Arbeit herrschte tiefes

Dunkel um die schreienden und stolpernden Menschen, die ihr Rettungswerk vollbracht hatten.

»De Blitz hett inslahn! Gaud, dat he den'n Hoff ni drapen hett.«

So sprachen und raunten die Leute, und so glaubten sie's. So glaubten es der Besitzer des Gutes und das zitternde Mädchen, das wieder zu ihrem Vater zurückgekehrt und bemüht war, in dem arg verwüsteten Haus neue Ordnung herzustellen. Teilnahmslos stierte Jörgen vor sich hin. Er achtete nicht mehr das sich legenden Unwetters draußen noch des sorglichen Schaffens seiner Tochter um ihn. Bei tagendem Morgen suchte er sein Lager. Er breitete die nassen Kleider zum Trocknen aus. Ihn fröstelte trotz der im Zimmer noch herrschenden drückenden Schwüle.

*

Der »lateinsche Bauer« war es gewohnt, mit der Sonne aufzustehen und bei der Arbeit selbst tüchtig mit Hand anzulegen. Auch am Morgen nach der Gewitternacht war er als einer der Ersten im Hof. Der Regen hatte das Pflaster reinigend abgespült, und nur an tieferen Stellen waren noch Lachen zurückgeblieben, die sich im Lauf der wenigen Stunden geklärt hatten und nun freundlich in der Morgensonne glänzten. Der Himmel war wolkenlos und klar, und über den Feldern lag das Gold des ersten Sonnenscheins. Aber abgerissene und fortgeschleuderte Baumäste und ein merklich kühler Luftzug erinnerten an das Toben während der Nacht. Die Spritze stand noch auf dem Hof, und die Rettungseimer lagen neben ihr aufgeschichtet. Von einer kleinen Anhöhe des nahen Feldes ragte stumpf ein niedriger, schwarzer, wüster Brandhaufen. Marxen nickte. Das hätte schlimmer werden können. Der Schaden war nicht unerheblich, aber zu verschmerzen. Die Spritze hatte gute Dienste getan. Kaum mehr als zur Hälfte schien der Feimen dem tückischen Feuerstrahl zum Opfer gefallen zu sein.

Marxen schickte die Leute an ihre gewohnte Arbeit und schritt dann selbst nach dem Feimen, um das verkohlte und unbrauchbar gewordene Korn abzuräumen. Der Boden ringsum war schwarz von Asche und durchweicht von dem Wasser. Ein starker Brandgeruch füllte die Luft. Marxen stand sinnend. Der Regen musste ein gut Teil mitgeholfen haben, sonst wäre das Feuer wohl bis auf den Grund gedrungen und erst erloschen, nachdem der letzte Halm verzehrt war. Auch die gegen den Wind angebrachten schweren Feldsteine auf dem First mochten den Flammen hinderlich gewesen sein. Er stieg auf den Schober. Rüstig räumte er die Ballaststeine und die angebrannten Schichten weg. Ob er Spuren des Blitzschlages finden würde? Er war wohl nicht geschult genug, um sie zu erkennen. Nach drei Stunden hatte er noch keine gefunden. Er suchte auch kaum noch. Nur eine kleine Ecke war noch bloßzulegen, dann war die Arbeit getan. Die Forke stieß auf etwas Hartes, das doch leicht nachgab und keineswegs ein Stein war. Er forschte sorgfältiger nach und fand zu seinem Erstaunen ein halbverkohltes Buch. Er lachte. Das hatte er noch nicht gewusst, dass unter seinen Leuten ein Lernbedürfnis vorhanden war. Er klopfte das Buch gegen den Schaft der Heugabel und öffnete es. Er staunte. Ein Gesangbuch! Wie kam denn das an diesen merkwürdigen Aufbewahrungsort? Sollten die Knechte oder Mägde vom Gut bei Errichtung des Feimens sich fromm erbaut und dann das Buch verloren haben? Er blätterte. Plötzlich stutze er und schlug hastig nach dem Titelblatt zurück ... Er erblasste jählings ... Das Blatt trug eine Inschrift, halb verkohlt und halb verwischt, aber in den abgerissenen Worten noch überzeugen klar: »Ich, Jörgen A... ...teiler auf Altenk... ... mit vieler ... Marxen ... Einwilligung ...«. Der Gutsherr sah scheu forschend um sich. »Gott sei Dank,« murmelte er, »niemand hat den Fund gesehen!« Er barg das Buch in der Tasche, brach die Arbeit ab und schritt nach dem Hof. Die Tür zu seinem Arbeitszimmer schloss er ab. Er war von Natur nicht wehmütig, jetzt aber im Innersten betroffen und erschüttert. Also hatte der unselige Mann sich doch hinreißen lassen, schreckliche Rache an dem verhassten Gegner zu nehmen! Die Ahnungen der Tochter hatten sich bewahrheitet. Arme Klara!

Er durchmaß erregt das Gemach. Wie sollte er sich jetzt verhalten? Durfte er überhaupt noch wünschen, zu einem Manne, der solcher Taten fähig war, in enge Beziehungen zu treten? Aber er schüttelte sofort den Kopf, als wolle er den Gedanken damit abwehren. Welche Schuld traf das Mädchen, dieses reine, sanfte, unglückliche Kind? Nein, nein! Sie durfte er das nicht entgelten lassen, sie durfte es nicht einmal erfahren – sie nicht und kein Mensch. Aber – und er reckte sich auf – mit Jörgen Arp würde er abrechnen. Er war Manns genug, dem finstern, verbitterten Menschen entgegenzutreten, ihm die Wahrheit ins Gesicht zu schleudern, ihn zu mahnen, drohend zu mahnen, nicht weiter zu gehen. Seines Eigentums, seiner Ehre, seiner Manneswürde wollte er sich wehren. Und das Mädchen wollte er schützen, auch mit Gewalt.

Der Zufall war ihm günstig. Klara schritt, mit einem Korb am Arm, dem am See entlangführenden Weg zu. Sie mochte zu Besorgungen ins Dorf wollen. Die mutmaßliche Zeit ihrer Abwesenheit war ausreichend, den Alten aufzusuchen. Marxen ging direkt durch den Garten nach dem Altenteil. Das Buch nahm er mit.

Jörgen fuhr von seinem Sitze auf, als ein Schatten vom Fenster her in Zimmer fiel und er flüchtig den Großbauern zu erkennen glaubte. Was sollte das heißen? Was wollte der? Sollte – er etwa gesehen worden sein nachts? Sollten Fußspuren – trotz des Regens? – Oder sonst was? Wirr jagten sich die Gedanken in seinem Hirn. All die künstliche Ruhe, in die er sich mühsam eingewiegt hatte, war plötzlich dahin. Der Hass hatte ein Grausen vor der Tat nicht aufkommen lassen; mit den Flammen war er verloht, an seine Stelle war Furcht und Zittern vor den Folgen getreten. Ein Gedanke übertäubte die andern: fliehen! Aber schon ging die Tür auf, und der Bauer stand vor ihm, ernst, fast finster, mit entschlossener Miene.

»Ihre Tochter ist nicht zugegen,« begann Marxen mit hart klingender Stimme. »Es ist gut so, denn nun kann ich ungestört aussprechen, was mich zu Ihnen drängt. Es ist nichts Freudiges. Ich wollte, ich hätte einen andern Anlass gehabt. Sie haben gesehen – oder erfahren, was heute Nacht geschehen ist?«

Jörgen nickte stumm. Er hielt die Zähne zusammengebissen. Seine Augen flackerten unter den buschigen Brauen.

»Ein Unglück,« bestätigte Marxen. »Kein großes. Der materielle Schaden ist gering. Der Blitz soll eingeschlagen haben. Der Herrgott weiß, ob es wahr ist. Und noch einer. Sie, Jörgen Arp!«

»Wat! – wat denn sunst as de Blitz?« stotterte Jörgen mit rauer Kehle.

»Wozu die Umwege,« betonte Marxen scharf. »Ich weiß, dass es nicht der Blitz war. Und Sie wissen es auch!«

Er sagt es mir auf den Kopf zu! dachte Jörgen halb betäubt. »Nee, nee!« schrie er heiser auf, »ick – ick weet – weet nichts!«

Die Angst trieb ihn, blind zu leugnen. Er wollte sich aufrichten, sank aber kraftlos wieder zusammen.

»So will ich es Ihnen erzählen!« fuhr Marxen entschieden fort. »Das Feuer ist von – Menschenhand gelegt worden. Die Nacht hat den Frevler unter ihren Mantel genommen. Der Regen hat seine Spuren barmherzig verwischt. Kein Stern, kein Menschenauge hat sein Treiben erschaut. Die Tat der Finsternis würde in Dunkel gehüllt bleiben für immer, ohne ein Spiel des Zufalls – oder eine Fügung des Schicksals. Der Scheiterhaufen, der zur Vernichtung eines Wortes bestimmt war, ist nur halb von der züngelnden Glut verzehrt worden. Und in der Asche habe ich einen Fund getan, ein Buch gefunden, auf Armeslänge in die Feuerzehrung hineingeschoben – ein Buch, wie es nur einmal gibt, mit frommen Liedern und gottlosem Schuldschein –«

Der alte Mann stöhnte laut auf. Sein Gesicht war verzerrt.

»Ein Manneswort ist auf der ersten Seite verpfändet,« erläuterte Marxen weiter, und auch er konnte die Bewegung, die ihn übermannen wollte, nur mühsam unterdrücken. »Mein Wort dauert länger als drei Menschen« – das fiel mir ein, als ich die Schrift las. Der Richter über uns scheint dem Recht geben zu wollen, der das sagte. Er hat das Wort dieses Mannes selbst im Feuer noch bewahrt.«

Er holte das rußige Buch aus der Tasche. Jörgen sah voll großer, maßloser Spannung und zugleich voll Entsetzen auf den stummen Zeugen seiner Tat. Die Verzweiflung sprach aus jedem Zuge seines Antlitzes, aus jeder halb unbewussten Bewegung der knochigen, krampfenden Fäuste. Das Mitleid mit der Jammergestalt stieg in Marxens Brust auf.

»Mag der ewige Richter seines Amtes weiter walten,« sagte er erschüttert. »Und er allein. Fürchten Sie nicht, dass ich die weltliche Gerechtigkeit anrufe. Nein. Um des Mädchens willen nicht, das Sie Vater nennt, und das ich liebe, das mir teurer ist als selbst mein Leben. Hier, Jörgen Arp. Ihr Wort zurück! Wenn ich es mir aus dem Feuer holen muss, dann will ich es nicht; dann will ich warten, bis ein höherer mit seiner Macht eingreift und Sie und Ihren Willen bricht.«

Er hielt dem Alten das Buch hin. Aber Jörgen rührte sich nicht. Der Kopf war ihm vornüber gesunken, und kraftlos lagen die Hände auf den Knien, jeder Blutstropfen war aus dem grob geschnittenen, verwetterten Gesicht gewichen. Die Lippen zuckten konvulsivisch. Ein Schüttelfrost schien den ganzen Menschen zu erfassen.

Hermann legte das Buch still auf den Tisch und verharrte schweigend. Sollte er diesen Gebrochenen noch mahnen, nicht weitere Schuld auf sich zu laden? Drückte ihn nicht schon die eine mit übermenschlicher Kraft zu Boden?

»Jörgen Arp,« sagte er nach einer Pause weicher. »Noch ein Wort: Ihre Tochter würde zum Tode betrübt sein, wenn sie die Wahrheit erführe. Schweigen Sie. Versprechen Sie es mir!«

Jörgen stand schwer auf und wankte an den Tisch. Er zitterte an allen Gliedern und hielt sich fest. Er hatte wieder verspielt und diesmal mehr als je. War es noch gutzumachen? Waren sie noch zu bannen, die Schreckgespenster?

»Wullt – wullt du't noch?« stieß er abgebrochen hervor. »Kennst du den'n – den'n Bran... Branstifter – oh Gott, un de Schan'n op mine olen Dag!«

Er schluchzte qualvoll auf und tastete zitternd, hilflos nach dem Buch. Aber er fand es nicht. Die Augen schwammen in Tränen, und die Tropfen nässten den Tisch. Mit rascher Bewegung schob ihm Marxen das Buch hin. Warme Hoffnungsfreunde und Mitgefühl schwellten ihm die Brust. Der Alte suchte ihn durch den Tränenflor zu erkennen.

»Gott vergew mi!« sagte er keuchend. »Swart – op wit. Hier steiht dat. Hier – hest du't! Gott's Seg'n di un – ehr!«

Er ist einer der großen Unbekannten in der Schleswig-Hol-
steinischen Literatur. Dabei sind die Spuren zahlreich, die er
sowohl in der Literaturgeschichte wie auch in der Sekundärli-
teratur hinterlassen hat. Dietrich Theden gilt als einer der ersten modernen deutschen Erzähler von Kriminal- und Detek-
tiv-Geschichten. Noch in der Mitte des 20. Jh. hieß es dazu,
Theden verstand es in seiner Zeit eine »*feinere Naht*«[1] zu spin-
nen als alle anderen. Und – was kaum ein deutscher Autor bis
heute erreicht –, Theden gelang es sogar, sich auch durch Übersetzungen einen Namen im Ausland zu verschaffen.[2] Quintes-
senz des Ganzen: »*Characteristic of the German detective
story are the books of Dietrich Theden*«.[3]

*

Hans Dietrich Theden erblickte am 15. Juni 1857 auf dem später erst so benannten Bauernhof ›Dreieichen‹, Bansrader Weg
Nr.6, bei Wankendorf als unehelicher Sohn des Bauern Johann
Friedrich Theden das Licht der Welt. Die Mutter, Maria Doro-
thea Riecken, stammte von der nebenan liegenden Halbhufe
›Bansrade‹ und war »*10 Monate zuvor auf dem Hofe*« gewesen.[4] »*Der väterliche Bauernhof lag inmitten gesegneter Ge-
treidefelder, die in den Jahresfolgen mit Weizen, Roggen,
Gerste, Hafer, Klee usw. bestellt wurden. ›Große Kartoffeln‹
wollten nicht gedeihen; da war der Boden zu schwer. | Die
Haselsträucher der Knicks brachten oft eine reiche Nussernte,
an den Wällen schimmerte das Rot der Erdbeeren, und über
und in den Gräben wucherten Brombeeren und Himbeer-
stauden. Die Feldteiche mit ihren goldschuppigen Karauschen
waren mein Fischrevier.*«[5]
Über die Jugend Dietrich Thedens ist wenig bekannt. Er be-

suchte die Schule in Wankendorf. Danach entschloss er sich, den Beruf eines Pädagogen zu ergreifen.[6] Doch die finanziellen Mittel der Eltern reichten nicht, ein Studium aufzunehmen. So bildete Theden sich zunächst selber weiter und legte als Autodidakt, als Externer, das Examen am Eckernförder Lehrerseminar ab.

Erst Jahre später kehrte er noch einmal in seine Heimat zurück, doch es war nicht mehr das Refugium seiner Jugend: »*Ganz nah dem Bauernhofe durchzog die Landschaft der dunkle Strich der Waldlisiere. Dieser Wald war der Schmuck der Gegend. Da kam ein Bauer der Gemeinde, kaufte den Wald an und steckte die ganzen schönen Erlen-, Buchen- und Eichenschläge in seine großen, golddurstigen Taschen. Ich war nicht Zeuge, als die Axt auf dem heiligen Boden wütete; aber als ich nach Jahren wiederkam, da hatten sie mit dem Walde der Heimat die Seele genommen. Ich habe die Stätte nicht mehr wiedergesehen. Bin in der Fremde geblieben.*«[7]

Wenn auch der elterliche Hof 1873 in andere Hände gelangte und die Spuren der Familie sich verwischten, muss doch nach seinem Weggang aus Wankendorf noch ein Kontakt zur Heimat bestanden haben. Manches, was er zukünftig in seinen Werken verarbeiten, worauf er Bezug nehmen wird, ereignete sich erst viele Jahre später.

Nach einem kurzen Intermezzo am Waisenhaus zu Wandsbek erhielt Dietrich Theden 1879 eine feste Anstellung am Hamburger Waisenhaus in der Averhoffstraße auf der Uhlenhorst. Die Stadt war zu der Zeit Anlaufpunkt tausender von Auswanderern, die ihr Glück in den USA suchen wollten, sowie Rückkehrhafen von zahllosen in den Staaten Gescheiterten. Der Pädagoge Theden wunderte sich, wie gutgläubig, wenig informiert, manchmal sogar leichtsinnig doch viele der Auswanderer waren. So verfasste er mit seinem allerdings wenig beachteten Erstlingswerk ›*In der Fremde. Eine Volksgeschichte für Auswanderungslustige*‹ (1883) eine didaktisch klug eingefädelte Erzählung, die durchaus auf die Schattenseiten eines Auswanderers in New York eingeht.[8]

Neben seiner Tätigkeit als Lehrer war es besonders die zum Hause gehörende Schülerbibliothek, die ihn vor allem vom pädagogischen Standpunkt veranlasste, sich erstmals eingehender mit der Jugendliteratur im Allgemeinen zu beschäftigen.[9] 1883 war es soweit: Der ›*Führer durch die Jugendliteratur*‹ erschien, eine deutschlandweit beachtete und geachtete Schrift, die innerhalb kurzer Zeit zum Standardwerk und bis ins 20. Jh. immer wieder als Ratgeber genutzt wurde.

Als die Gebrüder Adolf und Paul Kröner mit der ›Gartenlaube‹ die bekannteste, auflagenstärkste und bedeutendste deutsche Familienzeitschrift übernahmen, fiel der Blick des Herausgebers auf den Hamburger Lehrer. An Thedens Bekanntheitsgrad im Bereich der Jugendliteratur konnte zu der Zeit niemand vorbeisehen. Der Verleger Adolf Kröner reiste sogar extra nach Hamburg, um Theden die Sache als Redakteur innerhalb der Jugendabteilung schmackhaft zu machen.[10] Theden sagte zu und übernahm zum 1. April 1884 eine Stelle als Redakteur an der ›Gartenlaube‹ in Leipzig.[11] Neben seiner Arbeit in der Redaktion begann er, erste kleinere Artikel zu verfassen.

Während dieser Jahre begann dann auch Thedens große Zeit als Bearbeiter. In den Jahren 1889-1891 erschien die 24-bändige Ausgabe der Werke des Weltreisenden und Schriftstellers Friedrich Gerstäcker (*1816 †1872). Über die Beschäftigung mit dessen Werk erlernte er schließlich sein eigenes Handwerk als Schriftsteller. So erschienen in der Folgezeit verstreut in Zeitschriften erste eigene Novellen. Zunächst sind es psychologisch nuancierte Beziehungsgeschichten.

Als Alfred Hauschildt der Herausgeber des ›Universum‹ – mit einer Auflagenhöhe von 42000 Exemplaren eine bedeutende gutbürgerliche Kulturzeitschrift liberalen Formats –, ihm 1890 gar die Stelle des leitenden Redakteurs anbot, folgte er dem

Ruf, und zog Mitte des Jahres nach Dresden.[12] Neben der
Hauptarbeit, seiner Redakteurstätigkeit, entstanden zum ei-
nen als Herausgeber ›Im Zauber der Dichtung. Ausgewählte
Liederblüthen‹ (1891), mit dem er vor allem die Tendenz ver-
folgte, ältere Lyrik wieder ins Gedächtnis zu rufen, sowie als
Autor und mit über 100 Illustrationen versehen ›Jugendgrüße.
Neue Geschichten für die Kinderwelt‹ (1891).

Nachdem Theden inzwischen eine reiche Erfahrung auf dem
Gebiete des Zeitschriftenwesens gesammelt hatte, folgte Dietrich Theden 1893 dem Angebot des Verlegers Richard Bong
vom ›Deutschen Verlagshaus Bong & Co.‹. Im Januar 1894
wechselte er seinen Wirkungs- und Lebenskreis. Er ging nach
Berlin, um dort als Chefredakteur die mit über 100 000 Abon-
nenten weitverbreitete belletristische Familienzeitschrift ›Zur
guten Stunde‹ zu leiten. Versüßt wurde diese Entscheidung
wohl auch dadurch, dass der Verleger ihm die Möglichkeit er-
öffnete, in der Zeitschrift eigene Erzählungen zu veröffentli-
chen sowie in dem zugehörigen Buchverlag ein Sammelwerk
zuvor abgedruckter Geschichten herauszubringen. Und so erschien nur ein Jahr später mit ›Im Banne der Leidenschaft‹
ein erster eigener Novellenband. Doch für das eigene Schaffen
blieb bald schon kaum noch Zeit übrig. Denn im selben Jahr
wurde die Zeitschriftenredaktion auch verantwortlich für das
Unterhaltungsblatt ›Für alle Welt‹. Theden zog daraus seinerseits Konsequenzen und schied zwei Jahre später zum 1. Fe-
bruar 1896 aus der Redaktion aus.[13] Die Stadt an der Spree
sollte aber seine letzte Wahlheimat bleiben. Fortan bestritt er
sein Haupteinkommen als freier Schriftsteller. Zahlreiche seiner Geschichten erschienen in den überregional bekanntesten
und renommiertesten Wochen- und Monatsblättern dieser
Jahre: in der Leipziger ›Illustrirte Zeitung‹, in ›Nord und Süd‹
und anderen.

Fortan waren es besonders seine rätselhaft-tragischen Bezie-
hungs- oder Kriminal- und Detektivgeschichten, die, nach

Zeitschriftenvorabdrucken in Buchform gesammelt, Leser wie Verleger erfreuten. Sei es ›*Auf der Flucht und andere Geschichten*‹ (1897), ›*Der Advokatenbauer*‹ (1899), ›*Ein Verteidiger*‹ (1900), ›*Neues Novellenbuch*‹ (1901), ›*Das lange Wunder und andere Kriminalgeschichten*‹ (1902), ›*Die zweite Buße*‹ (1903), ›*Menschenhasser*‹ (1904) oder ›*Fein gesponnen. Kriminalerzählungen und andere Geschichten*‹ (1905).

Ab 1906 verstummte Theden scheinbar. Neben einem zuvor in einer Zeitschrift schon veröffentlichten Roman erschien einzig ein weiterer Sammelband zuvor schon publizierter Erzählungen. Ein neues Großprojekt als Herausgeber und Bearbeiter forderte fortan die gesamte Schaffenskraft und Arbeitszeit. Die erste, 10-bändige Serie von ›Balduin Möllhausen, Illustrierte Romane, Reisen und Abenteuer‹ erschien dann im Zeitraum 1906 bis 1908. Doch der schon länger kränkliche, an Tuberkulose leidende Literat, hatte sich damit wohl zu viel zugemutet. Ein längerer Aufenthalt in einem geeigneteren Klima, als in einer der Berliner Mietskasernen, wurde dringend notwendig. Am 18. August 1908 fuhr Dietrich Theden mit dem Dampfer ›Ypiranga‹ von Hamburg nach Funchal auf Madeira, das am 23. erreicht wurde. Einen Tag später vermeldete das örtliche Tageblatt ›Diário de Notícitas‹ das Eintreffen des deutschen Schiffes und listete als einen der Passagiere einen »*Mr. Mc. [od. Me.] Teden*«[14] auf. Wenig später taucht unter den erwähnten Sommergästen in der regionalen Zeitung ›Heraldo da Madeira‹ oder der örtlichen Funchaler Zeitung, immer wieder einmal ein »*Herr Dietrich*« dann auch der richtige Namen »*Herr Dietrich Theden*« auf. Eine Besserung seiner angeschlagenen Gesundheit trat allerdings während aller der Monate auf der Insel nicht mehr ein; im Gegenteil. Am 21. November verstarb er in seiner Pension. Die Totenliste der örtlichen Zeitung hielt ein paar Tage später sachlich fest: »*Dierich [sic!] Theden, 52 Jahre, ledig, Eltern unbekannt, verstorben an Lungentuberkulose, Hotel Quisisana.*«[15] Die Beerdigung selbst folgte am Montag dem 23. November auf dem inzwischen aufgelöst und zum Stadtpark ›Santa Caterina‹ umgewandelten Friedhof Augustias im Grab Nr. 440.

*

Die vorliegenden Erzählungen erschienen zu unterschiedlichen Zeiten an unterschiedlichen Orten. Der Abdruck erfolgte zunächst in Zeitschriften und Magazinen. Die besseren Novellen fasste Theden später zu mehreren Auswahlbänden zusammen. Grundlage des vorliegenden Werkes bilden folgende Abdrukke: ›*Im Banne der Leidenschaft. Novellen*‹, Verlag Bong & Co. o.J. [1894] (*Jochen Duggen | Lebend – tot | Wer wirft den ersten Stein | Swat op wit*); ›*Neues Novellenbuch*‹, Verlag Schottlaender 1901 (*'ne Handvoll und'n Sackvoll*); ›*Das lange Wunder und andere Kriminalgeschichten*‹, Verlag Lutz o.J. [1902] (*Der Geheimrat | Dore Drews | Das lange Wunder | Nipp und Nepp | Das Geheimnis des Klosters*).
Dietrich Theden gilt als ein Vater der modernen deutschen Kriminalerzählung. Er war einer der Ersten, der die Ermittlungstätigkeit auch hinter den Kulissen durch Detektive oder Polizisten inkognito, die Arbeit der Gerichte und der Mediziner als Stilmittel nutzte. Die berühmte Frage im Fernsehklassiker Tatort an der Leiche, wann der Tot eingetreten sei, hier finden wir sie in seiner bis heute verwendeten Form klassisch aufbereitet:

»*Wann ist vermutlich der Tod eingetreten?*«

»*Vor sieben bis acht Stunden,*« *erwiderte der Arzt.*

»*Der Richter zog die Uhr. Sie zeigte auf die neunte Stunde.*

»*Also zwischen ein und zwei Uhr?*«

Und noch etwas: Dem Leser schon bekannte Figuren tauchen immer wieder einmal auf: so der Kommissar »*Schott*«, den wir schon aus der Geschichte ›*Auf der Flucht*‹ (in ›*Der Mord vom Brunkamp*‹) kennen oder der Bornhöveder Arzt »*Dr.*

Berg«, der auch im ›*Advokatenbauer*‹ die Leiche untersuchen muss. Noch 1952 wies das der Montrealer Universität angegliederte ›International Centre for Comparative Criminology‹ innerhalb der dort auf Französisch herausgegebene ›Revue internationale de criminologie et de police technique‹ auf den Stellenwert Thedens für Deutschland hin. Und selbst in neuerer Zeit tauchen in den USA immer wieder einmal Hinweise auf Dietrich Theden und seine Erzählungen auf, wo dann u.a. besonders darauf verwiesen wird, dass es sich nicht nur um rätselhafte und spannende Erzählungen handelt, sondern auch um Geschichten, die sich darin auszeichnen, dass sie »*full of the interesting sociological detail*« sind.[16] Zu dieser Art soziologischer Details gehört einerseits dem nicht mit der norddeutschen Kultur Vertrauten die Benutzung eines Rummelpotts oder die Herstellung eines steifen Grogs aufzuzeigen, als auch das Benutzen des Idioms des einfachen Volkes. Im vorliegenden Fall der Rückgriff auf das Plattdeutsche sowie beim Hochdeutschen das Annähern der Schriftsprache an die Umgangssprach innerhalb der wörtlichen Rede, das »Verschleifen« von Vokalen und Endungen.

Als Klassiker unter den vorliegenden Erzählungen gilt unzweifelhaft ›*Das lange Wunder*‹. Ins Englische übersetzt erschien die Novelle unter dem Titel ›*Christian Lahusens's Baron*‹ in den USA erstmals 1909 in einer sechsbändigen Anthologie der besten Kriminal- und Detektivgeschichten (*Library of the World's Best Mystery and Detective Stories*). 2005 erfolgte noch einmal eine Wiederveröffentlichung in den USA.

Die Geschichte selbst spielt in dem imaginären Kirchspielort »*Brügghofen*«, der an der Eisenbahnlinie zwischen Neumünster und Kiel sowie an einem See liegt. Die Wahrscheinlichkeit, dass es sich hierbei um Bordesholm handelt, ist groß, lag der Bahnhof doch auf der Brügger Feldmark.

Doch oft griff Dietrich Theden für die Handlungsorte auf ihm nur zu gut bekannte Gegenden zurück, wie Hamburg, das er aus seiner Zeit als Erzieher noch in Erinnerung hatte. Vor allem aber würzt er zahlreiche der Erzählungen und Novellen mit Lokalkolorit der Region um seinen Geburtsort. Immer wieder tauchen Örtlichkeiten und Personen aus seinem Heimatort Wankendorf und der Umgebung auf. Das Wissen, das einmal Erlebte, das Gesehene wird – wie in den Romanen so auch in vielen der Novellen – als großer literarischer Steinbruch genutzt.

Selbst wenn eine Geschichte, wie die Novelle ›*Nipp und Nepp*‹, in Hamburg angesiedelt ist, baut der Autor doch wieder eine Reminiszenz an die Region ein, in der er aufwuchs, wenn von einem Gut am Nordende des Stolper Sees die Rede ist. Wer, der die Gegend kennt, denkt dabei nicht an Gut Depenau.

Für den Kenner schon weniger verschleiert ist der Name »*Altenkoppel*« (›*Swat op wit*‹), gelegen an einem kleinen See. Es liegt nahe, dass dem Autor hier der unweit von Wankendorf liegende Hof ›Altekoppel‹ am Schiersensee im Kopf spukte. Ebenso wenig Rätsel geben die benutzten Synonyme »*Gut Tiefenau*« für Depenau und »*Gut Padöhl*« für Perdoel auf, wie sie in der Novelle ›*Wer wirft den ersten Stein?*‹ auftauchen. Und wenn in letzterer Erzählung das Herrenhaus des Gutes mit seinen 99 Zimmern Erwähnung findet, so spiegelt sich darin der 1800 auf Perdoel vom dänischen Architekten C. F. Hansen errichtete Bau. Behauptete der Volksmund, dass es im 100. Zimmer spuke, und somit offiziell nur von 99 Zimmern gesprochen werden dürfe, liefert Theden eine andere Version hierfür: » ... *weil es keine hundert haben durfte. Unser Herr wollte es. Aber hundert Stuben hat der König, und der hats nicht erlaubt. Da ist zwischen zwei Stuben die Wand, die schon gebaut war, wieder weggerissen worden, und aus den zweien hat man eine gemacht.*«

Auch die in der Nähe eines imaginären »*Gut Nettelsee*« am Holzsee angesiedelte Geschichte ›*Das Geheimnis des Klosters*‹ greift auf bekannte Namen zurück. Der reale Holzsee zwischen

Gut Nettelau und dem Ort Nettelsee ist für Angler durchaus ein Begriff.

Anders als in manchen seiner Romane und anderen Erzählungen bleibt in den vorliegenden Novellen sein Heimatort recht schemenhaft. Dagegen nutzt Theden die umliegenden Bauernhöfe als Handlungsorte, so den ›Neuen Jäger‹ in der Novelle ›'ne Handvoll und'n Sackvoll‹, der etwas außerhalb von Wankendorf am Obendorfer Weg Nr.3 liegt. Und mehr als einmal taucht der reale ›Schimmelhof‹ am Bansrader Weg Nr.1 auf. Unter anderem spielen hier die drastischen Novellen ›Jochen Duggen‹ und Teile von ›Dore Drews‹. Wenn auch im ersten Fall die Lage des Hofes in Richtung der Bauernstelle von Thedens Eltern auf Bansrade verschoben wird.

Der Schimmelhof 2016; 1902 nach einem Brand neu auf den alten Fundamenten errichtet

Im Fall des Mordes auf dem ›Schimmelhof‹, der in ›Lebend – tot‹ aufzuklären ist, ist der Standort des Hofes dagegen in Fiktion und Realität deckungsgleich. Auch der zweite zur Handlung gehörende Hof, der »Marcksche«, lässt sich verifizieren. Er liegt vom ›Schimmelhof‹ kommend in Richtung Norden hinter einer längeren Kurve des Fahrwegs, kurz vor dem damaligen großen Waldgebiet Lehmrade in der Nähe eines größeren Teiches. Dabei handelt es sich genau um Dietrich Thedens Elternhof am Bansrader Weg. Eigenen Angaben nach hatte er an dem nahe dem Hof liegenden Teich gerne geangelt und war dabei vielleicht auch desöfteren in Tagträume versunken, so wie der Leser es beim Protagonisten »*Detlev Marcks*« miterlebt.

Bei dem vom Täter und dem ermittelnden Polizeibeamten an der ehemaligen Eisenbahnstrecke Neumünster–Neustadt (später weitergeführt nach Lübeck) genutzten Bahnstation »*Buchwald*«, der erste Haltepunkt nach Neumünster, handelt es sich um Bokhorst mit dem gleichnamigen, später aufgelösten Gut. Der von dort genommene Weg beider Figuren führt über die Dorfstraße Bokhorsts entlang der damaligen einzigen passierbaren Verbindung zum benachbarten Gutsbezirk Depenau dem heutigen Ziegelhofer und Obendorfer Weg zum Tatort. Am Ende des Obendorfer Wegs, nur einen Steinwurf nach Norden, am Bansrader Weg liegt der ›Schimmelhof‹.

Die meisten Figuren der vorliegenden Erzählungen sind fiktional. Bei einigen dagegen gibt es durchaus Beziehungen zur Realität. So in der Erzählung der unglücklich verliebten »*Dore Drews*«, in der der Depenauer Gutsherr »*von Böhm*« Erwähnung findet, der in der Realität mit Eduard Georg II. Boehme gleichzusetzen ist, dem Besitzer von Depenau bis 1890. Und wenn in ›*Lebend – tot*‹ vom Ortsvorsteher Arp die Rede ist, mag Theden sich an seine Jugendzeit erinnert haben. Der Bauer Hinrich Arp vom ›Jägersberg‹ hatte zwischen 1867–1873 die benannte Funktion in Wankendorf inne. Die von ihm in der Erzählung betriebene Gastwirtschaft ›Weintraube‹ in Richtung Bahnhof ist allerdings etwas Fiktion. Schon im ›*Advokatenbauer*‹ hatte Theden sie in diese Richtung verlegt. Eine Gastwirtschaft mit dem Namen gab es in Wankendorf zwar, sie lag aber in der Ortsmitte (Dorfstraße Nr.15) und wurde zu der Zeit von Johann Hinrich Riecken betrieben. Etwas außerhalb des Ortes in Richtung Bahnstation, so wie in der Erzählung behauptet, lag dagegen der ›Gasthof zur Mühle‹.

Zwei Hauptfiguren sind von ihren Funktionen her historisch verbürgt. Eine tritt sogar fast unter dem realen Namen auf: Es handelt sich dabei um Pastor »*Hans Petersen*« in »*Höved*«, (›*Der Geheimrat*‹). Während Thedens Jugendzeit lebte und wirkte in Bornhöved der damals auch für Wankendorf zuständige Pastor Heinrich Petersen. Die andere wichtige Figur der Geschichte, Kaufmann »*Bruhn*« ist dann schon wieder zumindest vom Namen her völlig unkenntlich gemacht. »*Heinrich Bruhn war ein Mann, der klein angefangen, aber sich im Verlauf von einigen Jahrzehnten zu einem der reichsten Kaufleute der Provinz emporgearbeitet hatte.*« Hier stand Kaufmann Wilhelm Dohse Pate, der nach 1885 das von seinen Vorvätern weitergeführte strohdachversehene Bäckerei- und Kaufhaus abriss und fortan ein modernes großes Gebäude am Bornhöveder Marktplatz errichtete.

Kaufhaus Dose in Bornhöved um 1910

*

Das Werk, das Dietrich Theden uns hinterlassen hat, ist kein

Schmales und hier lohnt ein Blick auf sein episches Schaffen, lohnen vor allem die Erzählungen und Romane der Beachtung. Unabhängig vom literarischen Wert tauchen immer wieder Anspielungen aus seinem ehemaligen Lebensumfeld auf, aus seiner Heimat, seiner Geburtsregion. Obwohl er sie mit jungen Jahren verließ und bis zuletzt in allen biographischen Äußerungen einen Mantel des Schweigens über seine genaue Herkunft ausbreitete, blieb er ihr immer verfallen. Bis zum Ende seines Wirkens als Autor ist erkennbar, dass Dietrich Theden seinen eigenen Erfahrungsschatz vor den Augen der Leser ausbreitete. Nach wie vor laden diese Spuren auch zu literarischen Spaziergängen durch die Heimat ein.

ANMERKUNGEN

[1] Heinrich Spiero: Geschichte des deutschen Romans. Berlin 1950, S.350.

[2] Diedrich Theden: Zycia za Zycie [Leben um Leben]. Warszawa 1904. | Julian Hawthorn [Hrsg.]: The Lock and Key Library. German Stories. Rahway i. New York 1909, S. 16ff. u. S.252ff. Enthält die Erzählungen: Christian Lahusen's Baron [Das lange Wunder] u. Well woven evidence [Spachtel-Stores] | Noch 2005 erschien dieser Band als Nachdruck unter dem Titel: Library of the World's Best Mystery and Detectiv Stories.

[3] S.S. van Dine [Hrsg]. The Great Detective Stories. A Chronological Anthology. New York 1927, S.31.

[4] Laut Geburts-/Taufregister der Kirche Bornhöved.

[5] Richard Dose [Hrsg.]: Meerumschlungen. Ein literarisches Heimatbuch für Schleswig-Holstein, Hamburg und Lübeck. Hamburg 1907, S.258.

[6] Vergl. Franz Brümmer: Lexikon der deutschen Dichter und Prosaisten vom Beginn des 19. Jahrhunderts bis zur Gegenwart. 6. Auflage. Leipzig o.D. [1913], 7.Bd. S.175f.

[7] Dose a.a.O. | Das Gehölz Lehmrade wurde 1881 von der ehemaligen Dorfherrschaft, Frau Rücker auf Gut Perdoel und Wilhelm Godeffroy auf Gut Lemkuhlen, an drei Interessenten, darunter zwei Wankendorf-

er Hufner – u.a. Hinrich Arp von ›Jägersberg‹ u. Joachim Christian Kummerfeld von ›Puckrade‹ –, verkauft, abgeholzt und zu Ackerland umgewandelt.

[8] Vergl. dazu die mehrfachen Erwähnungen Thedens und sein Werk in Juliane Mikoletzky: Die deutsche Amerika-Auswanderung des 19. Jahrhunderts in der zeitgenössischen fiktionalen Literatur. Berlin 1988.

[9] Brümmer a.a.O.

[10] Dose a.a.O.

[11] Vergl. Eduard Alberti: Lexikon d. Schleswig-Holstein-Lauenburg. u. Eutinischen Schriftsteller von 1866–1882. Bd.2. 1886.

[12] Vergl. Richard Wrede [Hrsg.]: Das geistige Berlin. Bd.1. 1897. | Joseph Kürschner [Hrsg.]: Deutscher Litteratur-Kalender auf das Jahr 1891 [u. 1894]. Eisenach u.a. 1891 [u. 1894].

[13] Brümmer a.a.O.

[14] Diário de Notícitas, Nr. 9943, Funchal 24.10.1908, S.3.

[15] Totenliste im Diário de Notícitas, Nr. 10337, Funchal 25.11.1909, S.3. – Sämtliche Nachforschungen in Portugal sowie Übersetzungen erfolgten durch Eberhard Axel Wilhelm, Lissabon.

[16] Mike E. Grost auf: http://mikegrost.com/rogue.htm#Theden [Zugriff 31.3.2016]

DIETRICH THEDEN
Ausgewählte Werke

DER ADVOKATENBAUER

Der Wankendorf Krimi. – Ende des 19. Jahrhunderts. Da ist das im Kreis Plön gelegene Reickendorf. Der reiche und kinderlose Bauer Oldekop wird von seinem Bruder ermordet. Schnell gerät er in Verdacht, doch das Alibi scheint stichhaltig. Auch die Staatsanwaltschaft kann es nicht zum Wanken bringen. Im Gegenteil: Mit Verve zerpflückt der Angeklagte die gegen ihn aufgebaute Indizienkette und kommt wieder frei. Der vor Gericht mit seinen Ermittlungen gescheiterte Polizist macht auf eigene Rechnung weiter.

LEBEN UM LEBEN

Der Depenau-Krimi. – Ende des 19. Jahrhunderts. Da ist das im Kreis Plön gelegene Gut Deepenhagen und ein junges, kurz vor der Hochzeit stehendes Paar. Doch unvermittelt verschwindet der Bräutigam. Ein von der Familie beauftragter Detektiv und die Polizei ermitteln. Wenige Tage später wird die Leiche des Vermissten im Moor entdeckt und der Förster als Mörder verhaftet und auch verurteilt. Doch ist er es wirklich? Ein Roman von Liebe, Leid, Justizirrtum und der Wertschätzung auch der Ausgestoßenen der Gesellschaft.

DER MORD VOM BRUNKAMP UND ANDERE GESCHICHTEN

Ob Kriminalerzählungen oder problematische Beziehungsgeschichten, immer wieder greift der Autor auf die Region zurück, in der er aufwuchs und bindet historische Personen und Örtlichkeiten aus dem Kreis Plön mit ein: Da tut sich u.a. Merkwürdiges auf Gut Depenau, in Wankendorf geschieht ein Mord, auf den Höfen der Umgebung z.B. dem ›Grünen Jäger‹ ereignet sich fast eine Tragödie. Und was hat es mit dem »Sklavenhändler« auf sich, der Gut Löhndorf erwirbt?

———

Herausgegeben und mit einem Nachwort versehen
von Volker Griese